Klaus Wanninger
Schwaben-Liebe

Vom Autor bisher bei KBV erschienen:

Schwaben-Rache
Schwaben-Messe
Schwaben-Wut
Schwaben-Hass
Schwaben-Angst
Schwaben-Zorn
Schwaben-Wahn
Schwaben-Gier
Schwaben-Sumpf
Schwaben-Herbst
Schwaben-Engel
Schwaben-Ehre
Schwaben-Sommer
Schwaben-Filz
Schwaben-Liebe

Klaus Wanninger, Jahrgang 1953, evangelischer Theologe, lebt mit seiner Frau Olivera und den schwäbischen Katern Mogli und Balu in der Nähe von Stuttgart. Er veröffentlichte bisher zweiunddreißig Bücher. Seine Schwaben-Krimi-Reihe mit den Kommissaren Steffen Braig und Katrin Neundorf umfasst mittlerweile fünfzehn Romane in einer Gesamtauflage von über einer halben Million Exemplare.

Klaus Wanninger

SCHWABEN-LIEBE

KBV

Originalausgabe

www.kbv-verlag.de
E-Mail: info@kbv-verlag.de
Telefon: 0 65 93 - 998 96-0
Fax: 0 65 93 - 998 96-20
Umschlagillustration: Ralf Kramp
unter Verwendung von: www.fotolia.de · © mr.nico
Redaktion: Volker Maria Neumann, Köln
Druck: Aalexx Buchproduktion GmbH, Großburgwedel
Printed in Germany
ISBN 978-3-942446-71-6

Dr. Reinhard Ortwein gewidmet,
der es mit seiner menschenfreundlichen Haltung
und seiner positiven Ausstrahlung
seit vielen Jahren ermöglicht,
dass sich eine ganze Schule
in einen lebensfrohen Raum verwandeln konnte.

1. Kapitel

September

Tobias Hessler fühlte sich überwacht und verfolgt, hatte Angst, einfach Angst. Seit Wochen glaubte er, dass sie hinter ihm her waren, neue, immer wieder frische, unbekannte Gesichter, und je länger er darüber nachdachte und darauf achtete, ob sie begründet wäre, diese Angst, oder nur auf einem Wahn beruhte, desto mehr fühlte er sich bestätigt.

Hessler blieb stehen, mitten vor dem zentralen Eingang der Limes-Thermen, und schaute sich um. Das junge Paar hinter ihm starrte ihn überrascht an, den Mann mit dem auffallend bunten Hemd unter der hellen Leinenjacke, die seine breite Schulter bedeckte. Wie ein Spanner stand er da, die kleine Kamera in der Rechten, begaffte die beiden mit angespannter Miene von Kopf bis Fuß, die Gesichter, die Augen, ihre Kleidung, starrte ihnen sogar noch nach, als sie im Bogen um ihn herumliefen, um ihm aus dem Weg zu gehen.

Die Dämmerung war gerade angebrochen an diesem Septemberabend, tauchte Aalen und seine Ausläufer in ein mildes Licht. Fast unwirklich wie die gerade gelandeten Raumschiffe von einem fremden Planeten erhoben sich die Glaspaläste der Thermen in leuchtendem Gelb-Grün aus ihrer Umgebung hoch über der Stadt, überragt vom bewaldeten Anstieg der Schwäbischen Alb. Hessler spürte den Schweiß unter seinen Achseln, die Tropfen perlten ihm über den Rücken, sein Unterhemd wurde zunehmend klamm und feucht. Er verfolgte das seltsame Paar, das im Bogen um ihn herumstolperte, mit seinem Blick, überlegte, ob er die Gesichter kannte oder ob er sie zu Unrecht verdächtigte.

Wenige Meter hinter ihm, am Ende der schmalen Lindenallee, standen zwei junge Männer, um die fünfundzwanzig etwa – groß, blond, sportlich der eine, muskulös, dunkel, eher klein geraten der andere. Sie beachteten ihn nicht, gafften zu einer Gruppe kichernder Mädchen, warfen ihnen provozierende Bemerkungen zu, die mit lautem Gelächter kommentiert wurden. Auffällig unauffällig liefen sie an ihm vorbei, zeigten ihm auch nicht für den Augenblick einer Sekunde ihre Gesichter. Er starrte ihnen nach, beobachtete sie, bis sie auf den oberen Teil des Parkplatzes abbogen.

Den alten Schäferhund, der in seinem Rücken hinter seiner Herrin her langsam auf ihn zutrottete, bemerkte er erst, als er dessen schnuppernde Nase an seiner Hose spürte. Er schrak zusammen, tastete impulsiv nach seiner Jackentasche, spürte das kalte Metall. So absurd es auch war, die bloße Anwesenheit der Waffe wirkte augenblicklich beruhigend. Hessler atmete tief durch, scheuchte das Tier von sich weg, lief ein paar Schritte, versuchte zu entspannen. Vielleicht war überhaupt nichts dran an seiner Angst, vielleicht litt er doch unter einer Phobie, wie Fred es ihm vor ein paar Minuten bei seinem Anruf wieder einmal klarzumachen versucht hatte.

»Einbildung, nichts als Einbildung«, hatte er ihm erklärt. »Du steigerst dich da in was rein, nimmst das viel zu ernst. Das war im Affekt, als die sich zu diesen Drohungen hinreißen ließen, die haben sich doch längst beruhigt.«

»Beruhigt?«, hatte er gefragt. »Drei Anrufe allein in der letzten Woche nennst du beruhigt?«

»Das ist doch überhaupt nichts mehr im Vergleich zu dem früheren Terror.«

»Und die anderen Andeutungen? Du weißt genau, was ich meine. Ich bin dafür, dass wir es abblasen. Die Sache ist zu gefährlich. Ich traue denen alles zu.«

Fred war für einen Moment verstummt, hatte erst kurz danach wieder zur Sprache gefunden. »Du schaust zu viele Filme, beschäftigst deine Fantasie mit den absurden Ideen irgendwelcher Regisseure oder Schauspieler, die es nicht wert sind, dass man sie beachtet.«

»Ich schaue fast gar keine Filme«, hatte er erwidert. »Weder im Kino noch im Fernsehen.«

»Du liest zu viele Krimis und Schundromane.«

»Ich lese überhaupt keine Bücher.«

»Dann reiß dich zusammen. Ganz einfach.«

»Das tue ich. Aber die Gefahr ist da. Sie beobachten mich.«

»Ach, Quatsch. Wer denn?«

»Du weißt genau, von wem ich spreche.«

»Ich weiß nichts, null.«

»Du hast sie noch nicht gesehen?«

»*Sie* gibt es nicht. Wir machen das. Noch ein, zwei Tage, dann bin ich soweit, endgültig. Basta!«

Hessler hatte verstanden. »Klar, dir geht es nur ums Geld. Du glaubst, wenn wir die Sache vollends durchziehen, können wir damit den großen Reibach machen. Die werden sich alle darauf stürzen und uns das Material aus der Hand reißen. Aber so weit wird es nicht kommen. Bis dorthin werden wir nicht mehr leben. Die lassen sich das nicht bieten, begreif das doch endlich!«

»Quatsch. Schluss jetzt mit dem Schwachsinn. Alles ist Einbildung. Es gibt keine Verfolger. Reiß dich endlich zusammen. Ich verbiete dir, mich nochmals mit dem Quark zu belästigen, hörst du? Ich lege das Handy jetzt weg und will meine Ruhe haben. Werd endlich wieder normal!«

Er hatte das Gespräch einfach beendet und ihn hier allein stehen lassen. Hessler blickte sich um, betrachtete die Passanten, die im Schein der Laternen auf den Eingang des Bades zuliefen oder von dort zu ihren Autos strebten. Er kannte niemand, vermochte nicht zu sagen, ob Leute dabei waren, die er in den letzten Tagen schon einmal bemerkt hatte. Der Typ mit den schwarzen Jeans und den Sportschuhen etwa, der mit gemächlichen Schritten auffällig langsam von den Thermen wegschlenderte? Er trug eine jener widerlichen Sonnenbrillen, die die Augen komplett verbargen, dem Gegenüber keine Chance gaben, das Gesicht vollständig zu sehen. Jetzt, bei Einbruch der Dämmerung, noch mit Sonnenbrille? Hessler spürte, wie ihm noch mehr Schweiß kalt aus den Achseln perlte. Hatte der Kerl nicht eben direkt zu ihm hergeschielt? Er bewegte sich ein paar Meter auf das kleine Häuschen der Bushaltestelle zu, wandte den Kopf zur Seite, drehte ihn dann blitzschnell wieder zurück. Die widerliche Sonnenbrille war verschwunden, der gesamte Eingangsbereich menschenleer. Hessler überflog den Parkplatz mit seinem Blick, sah den Mann in ein dunkles Auto steigen. Der Typ klemmte sich hinter das Steuerrad, schien sich nicht für ihn zu interessieren. War es doch Einbildung?

Er versuchte, sich endlich auf sein Vorhaben zu konzentrieren, nahm die Kamera hoch, schaltete sie ein. Der Blick durch den Sucher bestätigte ihm, dass er genau die richtige Tageszeit für die Aufnahmen gewählt hatte: die mehr und mehr ins Dunkle getauchte Umgebung, Tausende von winzigen Lichtern in den Straßen und Gebäuden der Stadt unten im Tal, dazu die schwarze Mauer der Schwäbischen Alb als hoch aufragende Begrenzung im Süden. Dann der Schwenk zu den in leuchtendem Gelb-Grün aus dem Dämmer tauchenden Glaspalästen der Thermen ... Ein Traum, ein wunderbarer Traum als Aufmacher für den neuen Werbespot. Besser hätte es niemand in Szene setzen, effektvoller nicht der beste Regisseur auf den Chip bannen können ...

Hessler schwenkte die Kamera weiter nach rechts, hatte Teile des Parkplatzes im Bild. Eine dunkle Limousine, zwei

Männer im eifrigen Gespräch auf den Vordersitzen, die Gesichter deutlich zu erkennen.

Hessler hielt die Kamera still, versuchte, sich auf die beiden Männer zu konzentrieren. Er sah das dicke Geldbündel in der Hand des einen, zoomte sich so nahe heran, dass die Euro-Scheine deutlich zu erkennen waren. Hunderter, Fünfhunderter. In Großaufnahme war zu sehen, wie der andere den Packen mit weit aufgerissenen Augen entgegennahm. Der Mann schien sich zu bedanken, nickte dann mit dem Kopf, steckte das Geldbündel in seine Jackentasche. Im gleichen Moment erkannte Hessler den Mann.

Er blieb überrascht stehen, versuchte, das Gesicht hinter der Windschutzscheibe möglichst deutlich auf seinen Chip zu bannen. Der Mann in dem Fahrzeug ließ seine Augen über die Umgebung schweifen, blieb bei ihm hängen, schien plötzlich zu erstarren. Er stierte voll in die Kamera, riss seine Hände hoch, verdeckte sein Gesicht. Er rief seinem Nebensitzer mehrere Worte zu, tauchte nach unten ab. Hessler verfolgte die Szene fasziniert, sah, wie der andere plötzlich aufgeregt zu ihm herstarrte und nervös nach dem Fahrzeugschlüssel suchte. Mit laut aufheulendem Motor startete er den Wagen, riss das Steuer zur Seite, raste ohne Licht davon.

Hessler wusste nicht, was das zu bedeuten hatte, hörte plötzlich das laute Lachen eines Paares. Er drehte die Kamera zur Seite, dorthin, wo der Weg von dem etwas erhöht gelegenen, großen Hotel mündete, sah eine Frau und einen Mann mittleren Alters eng umschlungen und verliebt miteinander schäkernd auf den Parkplatz zuschlendern. Er nahm die beiden Gesichter voll ins Visier, filmte ihr strahlendes Lachen, sah die Aufmerksamkeit der Frau plötzlich auf sich gerichtet. Im Augenblick einer Sekunde veränderte sich ihre Körperhaltung vollkommen. Sie löste sich aus der Umarmung ihres Begleiters, starrte krampfhaft von der Kamera weg auf die andere Seite, beschleunigte ihre Schritte. Sie eilte so schnell sie konnte auf den oberen Teil des Parkplatzes, rannte im Schatten der Bäume davon.

Hessler wusste nicht, was das zu bedeuten hatte. Zuerst die beiden Männer in der Limousine, dann das verliebt miteinander schäkernde Paar. Alle hatten, sobald sie die Kamera erblickten, nur noch ein Ziel: möglichst schnell abzutauchen. Er hielt den Camcorder ins Dämmerlicht der Bäume, dorthin, wo die Frau verschwunden war, hörte plötzlich einen Motor aufheulen. Das Auto jagte mit irrsinniger Geschwindigkeit über den unteren Parkplatz, preschte um die Kurve, raste direkt auf ihn zu. Hessler riss die Kamera von seinem Gesicht, versuchte, zur Seite zu springen, spürte impulsiv, dass ihm keine Chance mehr blieb. Der Wagen erwischte ihn mit seiner linken Frontpartie, katapultierte ihn mehrere Meter durch die Luft, bremste unmittelbar vor dem wie ein Sandsack auf den Asphalt schlagenden Körper ab. Dann heulte der Motor erneut auf.

2. Kapitel

Acht Monate zuvor

Daran, wie alles angefangen hatte, konnte sie sich im Nachhinein nicht mehr erinnern.

Tanja Geible war nach Stuttgart gekommen, um die Wohnung ihrer verstorbenen Schwester endgültig aufzulösen, hatte den ganzen Tag damit verbracht, die dazu notwendigen Botengänge zu erledigen und die letzten Utensilien auszuräumen. Am späten Abend, kurz vor 20 Uhr, hatte sie endlich die Schlüssel an den Vermieter übergeben. Aufgewühlt von einer Unmenge längst verschüttet geglaubter Erinnerungen war sie ins vorher gebuchte Hotel gefahren, hatte ihren Mann fernmündlich über ihren Tagesablauf informiert.

»Ich weiß nur nicht, ob ich heute überhaupt in den Schlaf finde. Die Wohnung aufzugeben … Jetzt ist wirklich alles vorbei. Du glaubst nicht, was mir alles durch den Kopf gegangen ist.«

»Dann schließ dich noch nicht in deinem Zimmer ein«, hatte er ihr empfohlen, »gönn dir noch eine oder zwei Stunden an der Bar. Geh noch etwas unter Menschen, du brauchst das. Die haben doch ein Lokal in dem Hotel, oder?«

So hatte sie sich dann, vielleicht eine halbe, vielleicht auch eine ganze Stunde später dazu aufgerafft, frisch geduscht und eingekleidet ins Erdgeschoss des Hotels zu fahren. Ihr eigener Mann hatte ihr dazu geraten!

Tanja Geible war am Empfang vorstellig geworden, hatte sich von dem freundlichen Portier die hoteleigene Bar empfehlen lassen. Die Wohnung ihrer Schwester war geräumt, die Schlüssel übergeben, alle Botengänge erledigt, warum den Tag nicht noch freundlich ausklingen lassen?

Sie ließ sich einen Cocktail servieren, *Stuttgart Surprise*, eine Spezialität des Hauses, wie der Barkeeper betonte. Sie genoss das fruchtige Aroma in großen Schlucken. Die hochprozentige Flüssigkeit breitete sich wohlig im ganzen Körper aus. Von Glücksgefühlen angespornt bestellte sie ein zweites Glas, spürte Schluck um Schluck, wie die Anspannung endgültig verflog. Minute um Minute fühlte sie sich gelöster.

Wie der bildhübsche, junge Beau unmittelbar an ihre Seite gelangt war, konnte sie später nicht mehr sagen. Dass der Kerl verdammt gut aussehend und viel zu jung war, dagegen schon. Diese Erkenntnis war wohl der letzte vernünftige Gedankengang, zu dem sie an diesem bereits sehr weit fortgeschrittenen Abend noch imstande war. Sonst hätten sie wahrscheinlich schon seine ersten Sätze misstrauisch werden lassen.

»Der Tag scheint sich doch noch zum Guten zu wenden. So eine hübsche Frau in meiner Nähe. Wie habe ich das verdient?«

Sie hatte schon eine harsche Replik auf diese plumpe Anmache auf den Lippen, ließ sich aber von den unmittelbar folgenden Worten des Charmeurs besänftigen.

»Dem Strahlen Ihrer wunderschönen Augen nach hatten Sie einen sehr guten Tag heute. Das Glück war Ihnen hold. Interpretiere ich das richtig?«

»Warum fragen Sie noch, wenn Sie es angeblich wissen?«

»Weil ich gerne an Ihrem Glück teilhaben würde.«

»An meinem Glück?« Sie schüttelte den Kopf. »Mein Gott, ich bin doch viel zu alt für Sie.« Zu alt und verheiratet, schoss es ihr durch den Kopf, glücklich verheiratet, dazu noch viel zu dick. Der Speckgürtel über der Taille, die Fettschicht an den Oberschenkeln … Jeder Blick in den Spiegel offenbarte unbarmherzig die sportlichen Versäumnisse der letzten Zeit.

»Alt?«, säuselte der Beau. »Den Begriff dürfen Sie nicht in den Mund nehmen. Was wollen Sie mit diesem Fremdwort? Es passt nicht zu Ihnen.«

Sie bemerkte seinen verträumten Blick, spürte ihre Verlegenheit. Was wollte der Kerl von ihr, warum ließ er sich nicht von einem der aufgemotzten, jungen Dinger abschleppen, die von einem der Tische mit unverhohlener Lüsternheit zu ihm herstarrten? Der konnte doch jede haben, so wie der aussah und auftrat. Jede, weshalb ausgerechnet sie? Lange, dunkle Locken bis weit über die Ohren, samtig gebräunte Haut, ein schmales, von einem energischen Kinn geprägtes Gesicht, tiefblaue, direkt der Farbe des klaren Winterhimmels entlehnte Augen …

»Manuel. Meine Freunde nennen mich Manu.«

»Manu.« In dem Moment schon hatte sie sich nicht mehr im Griff. Sie wiederholte seinen Namen, ließ ihn über ihre Lippen gleiten, als ob …

»Gönnen wir uns noch einen?« Seine Augen wiesen auf ihr fast leeres Glas.

Die Warnsignale in ihrem Gehirn liefen längst auf Sparflamme. Letzte, vergebliche Versuche, der drohenden Gefahr aus dem Weg zu gehen. »Warum nicht?« War es der Alkohol?

»Dann muss es aber ein ganz besonderer Drink sein. Zur Feier des Tages«, setzte er hinzu.

»Zur Feier des Tages?«

»Ich allein mit einer so schönen Frau.«

In einer letzten Aufwallung, den Verstand nicht komplett außen vor zu lassen, wandte sie den Kopf zur Seite, suchte nach der schönen Frau, von der er sprach. Kein weibliches Wesen war in der Nähe, mit Ausnahme der drei aufgemotzten Tussen an dem Tisch auf der anderen Seite. Meinte der wirklich sie?

»Ich weiß nicht einmal deinen Namen.«

»Tanja«, antwortete sie ohne jede Überlegung.

»Tanja. Wunderschön. Der passt sehr gut zu dir«, flötete er.

Wie konnte es sein, dass dieser junge, umwerfende Kerl sie so unverhohlen anbaggerte, ausgerechnet sie? Stand der auf ältere Frauen?

»Was trinken wir, Tanja?«

Sie wusste keine Antwort, stimmte seinem zögernd, aber doch mit Überzeugung vorgebrachten Vorschlag zu.

»*Hot Kisses*. Wie wäre es damit?«

»*Hot Kisses*. Warum nicht?« Sie überließ es ihm, den Barkeeper zu rufen, der gerade am anderen Ende des Tresens beschäftigt war. Der schwarz gekleidete Mann nahm die Bestellung entgegen, holte zwei frische Cocktailgläser aus dem Regal an der Rückwand, machte sich sofort ans Werk.

»Verrätst du mir, warum deine Augen so strahlen?«, fragte der Beau. »Hat es mit mir zu tun?« Er sah ihr tief in die Augen.

Im gleichen Moment spürte sie seine Hand auf ihrem Knie. »Mit dir? Aber na klar«, girrte sie. Die Hormone hatten endgültig die Oberhand gewonnen, den letzten Einfluss ihres Verstandes ausgeschaltet.

»Die schönsten Augen der ganzen Stadt«, charmierte er.

Der Barkeeper schob die beiden Gläser über den Tresen, lächelte ihr verschwörerisch zu. »*Hot Kisses*«, meinte er, »genau das Richtige. Genießen Sie ihn wie den ganzen Abend.«

Sie nahm das Glas in die Hand, prostete dem jungen Mann zu, nippte, trank einen weiteren Schluck, dann noch einen. Das Zeug schmeckte verteufelt scharf, ließ sie für einen Moment nach Luft schnappen. Mein Gott, was hatte sie da bestellt? Wie flüssiges Chili schoss ihr der Mix in den Leib.

»Und?«, hauchte der Beau. »Eigens für uns beide geschaffen, findest du nicht?«

»Für uns beide?«, lallte sie mit schwerer Zunge.

»Für uns beide«, wiederholte er. Seine Hand machte sich wieder an ihrem Knie zu schaffen, rutschte höher und höher.

»Uns beide?« Sie begriff es immer noch nicht, konnte nicht im Geringsten erfassen, weshalb *ihr* das Glück zufiel, mit diesem sanften Jungen … ausgerechnet sie? Dieser junge, dunkle Schönling und sie …

Mein Gott, ich könnte seine Mutter sein, jedenfalls fast, sagte sie sich.

Der Gedanke blieb in ihrem Unterbewusstsein stecken, schaffte es nicht an die Oberfläche. Ganz im Gegensatz zu den Sehnsüchten, Hoffnungen und Begierden, die seine zarten Hände in ihr auslösten. Zuerst nur wie winzige Sprossen gerade in den Boden gesäter Keimlinge, dann als immer kräftiger in die Höhe schießende, in ihrem Lauf kaum mehr aufzuhaltende Triebe …

Die sanften Melodien des Pianisten hinter ihnen gaben ihr den Rest. *Strangers in the night …*

Sie fühlte sich emporgehoben und durch die Luft getragen, entschwebte mit einer Leichtigkeit, die sie noch nie erlebt hatte, den Mühen des Alltags, vergaß alles, was ihr in den vergangenen Stunden das Licht der Sonne verdunkelt hatte.

»Das Leben kann schön sein. Wunderschön mit dir.« Er hatte seinen Mund unmittelbar an ihrem Ohr, hauchte ihr die Worte wie himmlische Verheißungen in ihre Träume.

Sie spürte seine Hand zärtlich über ihren Rücken gleiten, musste an sich halten, nicht laut aufzustöhnen. Lange, viel zu lange war es her, dass sie sich diesen Gefühlen hingegeben hatte …

»Von meinem Zimmer haben wir eine wunderbare Aussicht über die ganze Stadt«, hauchte er, mit seiner Rechten sanft ihren Arm massierend.

Sie merkte, wie ihr die Hitze nicht mehr nur in die Schläfen stieg. Ihr ganzer Blutkreislauf tobte, überall pochte und nagte die Sehnsucht, schwoll die Begierde …

»Von deinem Zimmer.« Sie formulierte die Worte nicht als Frage, wiederholte sie impulsiv, um keinen Zweifel daran zu lassen, wie sie sich den Fortgang des Abends vorstellte. »Hier im Hotel?«

»Hier im Haus. Drei Stockwerke höher.«

Sie trank den Rest des Cocktails, ließ sich von seiner ausgestreckten Hand vom Stuhl auf die Beine helfen. Geradeaus zu gehen war ihr fast unmöglich. Sie schwankte, stolperte über die eigenen Füße, fühlte sich erst wieder sicher, als sie seinen starken Arm spürte.

Er führte sie zum Fahrstuhl, holte ihn mit Knopfdruck aus den oberen Stockwerken, ließ ihr galant den Vortritt. Die geräumige Kabine war rundum, vom Boden bis zur Decke, mit Spiegeln ausstaffiert. Überrascht starrte sie geradeaus, sah eine deutlich angeheiterte Mittvierzigerin, deren rote Wangen erwartungsvoll aufleuchteten, in die Arme eines dunkellockigen kräftigen Schönlings geschmiegt. Bevor sie noch darüber nachdenken konnte, wen sie vor sich hatte, kam der Aufzug zum Stehen. Sie ließ sich auf den mit dicken, dunkelblauen Teppichen ausgelegten Hotelflur führen, stand kurz darauf in einem gemütlich anmutenden Zimmer, dessen größter Teil das Doppelbett einnahm.

»Und?«, hörte sie seine Stimme. »Gefällt es dir?«

Seine Hände machten sich an ihrer Kleidung zu schaffen, streiften sie Stück für Stück ab. Sie kam nicht mehr dazu, ihm zu antworten, war zu sehr damit beschäftigt, die sich zu Ewigkeiten dehnenden Augenblicke zu genießen. Welch detaillierten Fortgang der Abend fand, wurde deshalb von ihrem Erinnerungsvermögen nur in vagen Ansätzen gespeichert – dass er höchst angenehm verlaufen war, davon jubilierten am nächsten Morgen sämtliche Glieder ihres Körpers.

3. Kapitel

September

Eine äußerst brisante Angelegenheit. Es handelt sich um Hessler, diesen Prominenten-Makler.« Die Vibrationen in der Stimme des Aalener Beamten hatten dessen Aufregung sogar durchs Telefon deutlich zum Ausdruck gebracht.

»Ein Makler?«, hatte Kriminalhauptkommissar Steffen Braig sich erkundigt.

»Makler, was heißt Makler. Das ist wohl nicht das richtige Wort. Dieser Ehevermittler oder Kontakt-Arrangeur, wie nennt man das genau? Hessler, der mit den Prominenten. Der wurde doch seit Monaten bedroht. Stand eine Zeitlang unter unserem Schutz. Und dann passiert es ausgerechnet hier bei uns auf der Ostalb.«

Langsam hatte es Braig gedämmert, von wem hier die Rede war. Er war zwar nie selbst mit der Sache beschäftigt gewesen, hatte aber aus der Presse und in Gesprächen mit Kollegen davon gehört. Der Inhaber eines äußerst erfolgreichen Kontaktvermittlungsinstituts, das sich darauf spezialisiert hatte, Menschen an besonders ausgefallenen Orten oder zu extravaganten Anlässen zusammenzubringen, war von ehemaligen Klienten bedroht und – soweit Braig wusste – tatsächlich auch angegriffen worden und hatte deshalb Polizeischutz beantragt. Offenbar handelte es sich bei der Klientel des Mannes fast ausschließlich um finanziell besonders betuchte Leute, weshalb die Sache schnell ins Licht der Öffentlichkeit geraten war. Was die Aggressionen der ehemaligen Klienten konkret ausgelöst hatte, war dem Kommissar nicht bekannt. Hatte der Mann sie zu unverfroren übers Ohr gehauen?

»Dieser Typ ist das Opfer?«, hatte er sich vergewissert.

»Sofern er keine gefälschten Papiere bei sich führt, ja. Aber wie ich höre, ist sich einer meiner Kollegen absolut sicher. Er kennt den Mann aus dem Fernsehen. Außerdem hatte er eine Waffe bei sich.«

»Was für eine Waffe?«

»Eine Makarov.«

»Registriert?«

»Tut mir leid. Soweit sind wir noch nicht.«

»Dann fühlte er sich wohl wirklich bedroht. Instruieren Sie bitte sofort alle Ihre Leute, den Medien gegenüber Stillschweigen zu bewahren. Es darf nichts nach außen dringen. Weder von seiner Person noch von der Waffe. Vorerst jedenfalls.«

Das hätte gerade noch gefehlt. Eine Meute neugieriger, nach Sensationen gierender Boulevard-Paparazzi, die den Fundort der prominenten Opferleiche belagerten und aus jeder nebensächlichen Bemerkung der dort tätigen Beamten eine bombastische, von Anfang bis zum Schluss verlogene Story zauberten. Unter solchen Umständen arbeiten zu müssen, war der reine Horror.

Der Anruf hatte Braig mitten im Trubel einer jener fast schon legendären Partys erreicht, die Isis Bopfinger alle paar Monate veranstaltete. Waren der Einladung der reichen Direktorengattin anfangs nur die betuchteren Teile der unmittelbaren Umgebung gefolgt, so hatten sich ihre Festivitäten immer mehr zu Treffpunkten all derer entwickelt, die in der Region von Rang und Namen zu sein glaubten. Zu Isis Bopfingers Partys eingeladen zu werden, galt in bestimmten Kreisen inzwischen als besondere Auszeichnung. In *bestimmten* Kreisen, wie Braig wusste. *Sehen und gesehen werden* als wichtigstes Ziel nicht nur des jeweiligen Abends, sondern des ganzen Lebens.

Mit Händen und Füßen hatten er und seine Partnerin sich deshalb dagegen gewehrt, den Abend im Kreis dieser Auserwählten verbringen zu müssen – allein, sein Vermieter war hart geblieben.

»Ann-Katrin, Steffen, liebe Freunde, Sie wollen mir das doch nicht antun, mich allein in dieses Haifischbecken zu lassen?«, hatte Dr. Genkinger ihnen Tage zuvor schon zugesetzt. »Wie soll ich die Zeit dort verbringen, mit welchem von all diesen aufgeblasenen Hohlköpfen auch nur ein normales Wort wechseln, wenn Sie mich nicht begleiten?«

Braigs Vorschlag, zu Hause zu bleiben und die Einladung einfach nicht zu beachten, war von seinem Vermieter entrüstet zurückgewiesen worden.

»Jetzt tun Sie doch nicht so, als wüssten Sie nicht über meine finanzielle Situation Bescheid: Irgendwoher muss das Geld kommen. Und da gilt leider immer noch die alte Regel: Wes Brot ich ess, des Lied ich sing!«

In der Tat hatte Braig längst begriffen, welche außerordentlich wichtige Rolle Isis Bopfinger für die Finanzierung der große Summen verschlingenden Praxis des Tierarztes spielte: Sie schätzte die medizinischen wie mentalen Künste des Veterinärs über alle Maßen, suchte ihn, um das Wohlergehen ihres Vierbeiners Caruso besorgt, alle paar Wochen auf, um sich zu immer neuen ebenso teuren wie nutzlosen Therapien und Placebo-Gaben für ihren Prinzen anregen zu lassen. Freundlichst behandelt und seelisch gestärkt kehrte sie dann in ihren Palast zurück, nicht ohne in den folgenden Stunden und Tagen unzähligen anderen sich vernachlässigt fühlenden Direktoren- und Präsidentengattinnen der Region in wahren Lobeshymnen von der außergewöhnlichen Heilkunst Dr. Genkingers zu berichten.

Die Flut großkalibriger Karossen vor dem Anwesen der Tierarztpraxis schwoll an den Tagen der zweiten Wochenhälften jedenfalls immer weiter an, frisch gestylte Damen mitsamt ihren vierbeinigen Kreaturen und megakalibrigen Kreditkarten ausspuckend. Dass die mehr als reichlich fließenden Erträge nicht in der privaten Schatulle Dr. Genkingers versackten, war seinen Mietern längst klar geworden. Montags und dienstags nämlich stand die Arbeit des Arztes nur denen zur Verfügung, die ihren Vierbeinern sonst keine Hilfe zukommen lassen konnten. Der Veterinär behandelte die Tiere der Bedürftigen nicht nur unentgeltlich, er versorgte seine Kunden auch noch mit Taschen voller Futter, das er palettenweise mehrfach im Monat ins Haus kommen ließ. »Ein moderner Robin Hood«, hatte Ann-Katrin ihre Wertschätzung eines Tages zum Ausdruck gebracht.

Dass er es sich nicht leisten konnte, Isis Bopfingers Einladung auszuschlagen, war daher leicht nachvollziehbar.

»Immerhin handelt es sich um eine Charity-Party«, hatte er Braig augenzwinkernd das auf wertvollem Pergament ausgeführte Schreiben überreicht.

»Charity?«

»Na ja, offiziell soll irgendwelchen armen Waisenkindern in der Ukraine geholfen werden. Um allen zu zeigen, was das doch für gute Menschen sind, die diese Peanuts spendieren.«

»Und inoffiziell?«

»In Wirklichkeit dient der Abend der Vorstellung des neuen Kandidaten der Partei. Der darf sich im Licht der wunderbaren Wohltäter sonnen.«

»Oh nein, muss das sein?«

»Jetzt lassen Sie sich doch mal überraschen!«

»Und weshalb muss das an einem Abend mitten in der Woche stattfinden und nicht an einem Freitag oder Samstag?«

»Um zu demonstrieren, dass es nicht ums pure Vergnügen, sondern um die Wohltätigkeit geht.«

Wie es auf dem Einladungsschreiben angeregt wurde, hatten sie bis auf einen leckeren Snack für Caruso auf ein Gastgeschenk verzichtet. *Wir bitten stattdessen um eine großzügige Gabe für das Waisenhausprojekt Herrn Bittlers.*

Isis Bopfinger hatte sie persönlich begrüßt, Ann-Katrin, Dr. Genkinger, Braig nacheinander freundlich die Hand reichend.

»Gaaaaaaanz herzlich willkommen! Was für eine Ehre für mich, mein lieber Herr Doktor, und welche Auszeichnung für unser Haus, dass Sie, liebe Frau und lieber Herr Kriminalrat unserer Einladung nachkommen, wo Sie beruflich doch so eingespannt sind!«

Braig hatte den Händedruck wie der Tierarzt mit einer artigen Verbeugung erwidert, die neue Aufmachung ihrer Gastgeberin innerlich grinsend zur Kenntnis genommen. Ein hoch aufgetürmtes Gebirge tief schwarzer, den Kopf weit überragender Locken, eimerweise aufgetragenes Make-up, ergänzt von nicht weniger reichhaltig verwendetem Eyeliner und Lippenstift. Das in seinem grellen Rot die Augen schmerzende Kleid legte weite Teile des üppigen Busens frei, endete dafür erst wenige Millimeter über dem Boden. Beim letzten Besuch war die Dame in hellem Blond erstrahlt, hatte sich Braig erinnert.

Dr. Genkingers charmierende Worte hatten ihn aus seinen Gedanken gerissen. »Wir wollen ja nicht gegen die Haus- und Charity-Ordnung verstoßen. Aber dass wir uns an keine Konvention halten, wissen Sie ja inzwischen, liebe Frau Bopfinger. Die wichtigste Person der ganzen Festgemeinde ist es uns wert.«

Isis Bopfinger hatte gegluckst wie ein alkoholisierter Teenie, als ihr der Veterinär den kleinen Snack überreicht hatte. »Caruso, oh, der wird sich aber freuen. Oh, wo ist er denn, unser kleiner Caruuuuuso«, hatte sie den Namen wie den Höhepunkt einer Opernarie geschmettert, bis ein kräftiges

Bellen aus den Tiefen des Hauses zu vernehmen und ein dicker, weißer Pudel bei ihnen aufgetaucht war. »Caruuuuuuso, mein Schatz, das ist für dich!«, hatte sie geflötet, den Snack ausgepackt und ihn ihrem Vierbeiner überreicht, sie dann ins Innere zu den übrigen Festgästen geführt.

Der riesige, mit weißen Fliesen ausgelegte Raum war von unzähligen festlich gekleideten und eifrig miteinander palavernden Menschen bevölkert gewesen. Braig hatte sofort mehrere Gesichter erkannt. Aus der Zeitung, dem Fernsehen, von den Plakaten politischer Parteien her. Die gegenüberliegende Seite des Raumes war von einem üppigen Angebot an Fisch-, Fleisch-, Käse- und Obsthäppchen geprägt, die fast der gesamten Wand entlang auf einer nicht enden wollenden Gruppe von Tischen aufgereiht waren, flankiert von einem meterlangen Sammelsurium aller möglichen Getränke. An der Rückwand am anderen Ende prangte in der Höhe eine gewaltige, weiße Leinwand, darunter warben Plakate mit großformatigen Fotos und dick gebalkten Überschriften um Spenden für das Bittler'sche Waisenhausprojekt. Zwei junge, mit ultrakurzen Röckchen und fein ziselierten, weißen Schürzen bekleidete Frauen wuselten umher, boten mit freundlicher Miene Cocktails, Weine und Champagner feil.

Braig hatte sich einen mit Campari angereicherten Orangensaft reichen lassen, war dann, von Dr. Genkinger angeleitet, gemeinsam mit Ann-Katrin zu einem der reichhaltig bestückten Tische geschlendert und hatte sich dort bedient. Er war, ob er es wollte oder nicht, Ohrenzeuge der verschiedensten Gespräche der rings um sie herum versammelten Gruppen geworden, hatte von exklusiven, bisher völlig unbekannten Reisezielen genauso wie von extravaganten, bislang noch nie in Europa angebotenen Delikatessen gehört und war schließlich auch mit den Dialogen beruflich äußerst erfolgreicher Herren vertraut geworden.

»Also, mein neuer XL schafft die 290 mit links. Geschwindigkeitsbeschränkung hin oder her, wenn ich freie Bahn habe, fahre ich die voll aus, gleich, was der rauspustet. Warum denn nicht? Ich lass mir doch nicht alles verbieten, auch wenn ...«

»290? Das ist doch lasch! Unter 300 läuft bei mir überhaupt nichts mehr. Wozu delektiere ich mich an dem Cabrio? Also, auf 320 ziehe ich den jedes Mal hoch, Zefix halleluja! Und dann bleiben all diese primitiven Plebejer in ihrem erbärmlichen rumänischen und koreanischen Blech zurück, und mir gehört die Straße. Und wenn sich einer von diesen Langweilern in den Weg stellt, drücke ich kräftig auf die Hupe. Dürfen nur keine Blaumänner ...« Der Rest war in kräftigem Lachen untergegangen.

Braig war die Stimme sofort bekannt vorgekommen. Schon bei den ersten Worten hatte er den Anflug einer Gänsehaut auf seinem Rücken gespürt. Söderhofer, die Krönung aller Staatsanwälte. Jedem wollte er begegnen, nur dem nicht. Nicht auch noch außerhalb seines Dienstes.

Er hatte den beiden Männern nur einen kurzen Blick zugeworfen, sich dann schnell wieder abgewandt, damit der Staatsanwalt nicht auf ihn aufmerksam wurde. Auch den anderen hatte er schon oft gesehen. Ein steinreicher Unternehmer, der zu allem und jedem seine inhaltsleere Meinung verkündete, in sämtlichen Medien, auf unzähligen Bildern präsent. Zwei Vollidioten, wie die Natur sie schuf. Er hatte Ann-Katrins Hand gespürt, die ihn von der Gruppe wegschob, war von Dr. Genkingers laut schallender Stimme überrascht worden.

»Ja, wenn selbst eine Überdosis Viagra keine Folgen mehr zeigt, dann legt Mann sich eben einen neuen XL oder ein Cabrio zu. Auf diese Klientel ist unsere Werbung bewusst ausgerichtet.« Auffallend gut gelaunt hatte der Tierarzt sein

Glas gehoben und den beiden erfolgreichen Herren freundlich zugeprostet.

Wenige Minuten später dann war Isis Bopfinger, eine kleine Glocke schwingend, mitten unter ihre Gäste getreten, hatte alle noch einmal herzlich begrüßt und sie um Aufmerksamkeit für das zentrale Anliegen des Abends gebeten. »Meine sehr geehrten Damen und Herren, liebe Gäste, ich möchte Ihnen heute Abend den neuen Kandidaten unserer Partei vorstellen, die große Hoffnung unserer Stadt. Er ist vielen durch seinen außergewöhnlichen beruflichen Erfolg längst bekannt, seine Tatkraft und sein Durchsetzungsvermögen sind legendär, aber er ist so bescheiden in seinem Auftreten, dass er seine erste öffentliche Präsentation heute sofort in den Dienst einer wunderbaren Sache stellen will: Dem grandiosen Waisenhausprojekt unseres Parteifreundes Thomas Bittler. Begrüßen Sie mit mir die neue große Hoffnung unserer Stadt, Herrn Staatsanwalt Söderhofer.«

Braig hatte geglaubt, in einen besonders üblen Albtraum versunken zu sein. Ein katastrophales Erdbeben, ein gewaltiger Vulkanausbruch und der Einschlag eines gigantischen Meteoriten auf der Nordhalbkugel mussten vor wenigen Sekunden gleichzeitig erfolgt sein. Fehlte nur noch der kilometerhohe Tsunami, der von der Nordsee her ganz Deutschland mit seiner zerstörerischen Gewalt in die Knie zwang. Er hatte das verblüffte Gesicht seiner Partnerin entdeckt und sich krampfhaft an ihr festgeklammert, um nicht den Halt zu verlieren.

Irgendwann, Minuten später, hatte er sich wieder imstande gesehen, den Worten des großen Hoffnungsträgers, der längst die kleine Bühne betreten hatte, zu folgen. Zum Glück war der Mann gerade dabei, seine Ausführungen zu beenden.

»Nicht mehr länger die Schrillen, Verrückten, Abnormalen sollen unseren Alltag und unser Denken beherrschen, sondern diejenigen, die auf die echten Werte setzen, das ist mein Ziel. Anstand, Treue und Ehrlichkeit müssen wieder zu den Grundwerten unserer Gesellschaft werden. Menschen sollen sich wieder aufeinander verlassen können, Ehepartner einander vertrauen. Nicht der Lust, sondern der Pflicht den Vorrang geben, auch wenn das dem Zeitgeist widerspricht. Dem Partner treu bleiben, nicht ihn betrügen, der Familie ein festes Fundament schaffen, unseren Kindern eine frohe Kindheit und unserer Stadt eine lebenswerte Zukunft, davon träume ich, und dafür stehen ich und meine Frau.« Er hatte sich nach allen Seiten verneigt, war mit minutenlangem Beifall bedacht worden.

Braig hatte verfolgt, wie Isis Bopfinger zu ihm getreten und ihm ein paar Worte ins Ohr geflüstert hatte. Söderhofer hatte zustimmend genickt, war dann erneut vor sein Publikum getreten und hatte es mit würdevollen Gesten zur Ruhe gebracht.

»Wie ich soeben erfahre, steckt Frau Bittler, die uns heute über das wunderbare Projekt ihres Mannes informieren will, leider noch im Stau. Sie wird aber bald hier sein und hat darum gebeten, Ihnen vorab schon den Film zu zeigen. Den Film über ein grandioses Projekt, das ich Ihnen hiermit voll und ganz ans Herz legen will. Damit wollen wir jetzt beginnen.«

Wie im Kino war das Licht sanft erloschen, von Armut und Verfall geprägte Siedlungen in einer der ärmsten Regionen der Ukraine waren überlebensgroß auf der Leinwand erschienen. Der Film war ohne Zweifel professionell gedreht. Er hatte das Schicksal obdachloser und sich selbst überlassener Kinder zum Inhalt, zeigte hungernde und kranke Gestalten, die nur noch aus Haut und Knochen zu bestehen schienen, und präsentierte das Gegenmodell einer Gruppe engagierter Menschen aus dem Westen. Erfolgreiche Geschäftsleute und Politiker aus Deutschland hatten hunderttausende Euro investiert, um gestrandeten, jungen Existenzen eine neue Heimat aufzubauen.

Das Gesicht eines seit unzähligen Jahren bekannten Politikers war auf dem Monitor aufgetaucht, die Armut der Heranwachsenden in den Elendsregionen des osteuropäischen Landes beschwörend. Braig hatte die Beteuerungen des Mannes vernommen, jetzt endlich die eigentliche Aufgabe seines Lebens gefunden zu haben. »Mein Name ist Thomas Bittler. Sie kennen mich wahrscheinlich. Ich habe schon viel gearbeitet in meinem Leben, wichtige Projekte angepackt und verwirklicht und sehr viel zum Wohlergehen unseres Landes beigetragen. Eines aber muss ich Ihnen heute sagen: Das Schönste, das ich je erleben durfte, ist, diesen armen Geschöpfen eine Heimat zu bieten, mit allem, was dazugehört. Die Kinder sehnen sich nach nichts mehr als nach Aufmerksamkeit, Zuneigung, Liebe. Natürlich ist es wichtig, für ihr tägliches Brot, frische Kleidung und ein warmes Zuhause zu sorgen. Aber das Allerwichtigste, das habe ich inzwischen begriffen, ist unsere persönliche Zuwendung. Ihnen Zeit, Hilfe, ganz einfach Liebe zu schenken, ist das Höchste aller Gefühle. Das baut mich selbst auf und schenkt mir neue Kraft für meine politische Arbeit zu Hause. Ich komme jedes Mal frisch und gestärkt nach Deutschland zurück. Das kann ich allen Landsleuten nur dringend ans Herz legen: Nimm eines dieser jungen Wesen hier in den Arm und schaue in seine vor Dankbarkeit leuchtenden Augen – das wirst du dein ganzes Leben nicht vergessen! Diese jungen Menschen haben mich die Liebe wieder neu gelehrt.«

Zur Illustration seiner Worte hatte die Kamera das Gesicht eines kleinen Mädchens voll ins Visier genommen und sekundenlang über die gesamte Leinwand ausgebreitet. Braig war es ebenso wie den übrigen Zuschauern schwer gefallen, sich von dem Anblick zu lösen.

»Es gibt doch noch gute Menschen!«, hatte eine Frau laut seufzend erklärt, dann war der Film mit einer ausdrücklichen Bitte Bittlers um großzügige, komplett von der Steuer absetzbare Spenden erloschen.

Söderhofers Worte hatten die Anwesenden endgültig wieder in die Realität zurückgeholt. Gemeinsam mit einer offensichtlich gerade erst eingetroffenen, noch um Luft ringenden, auffallend attraktiven Frau, die sich hektisch über die leicht zerzausten Haare fuhr und nervös ihre Bluse zurecht strich, bat er um Aufmerksamkeit. Nicole Bittler-Heunemeister, verkündete er, sei eigens gekommen, um über das einzigartige Projekt ihres Mannes Bericht zu erstatten.

Die frisch blondierte Mittdreißigerin hatte unter großem Beifall der Gäste gerade mit ihrem Vortrag begonnen, als Braig der Anruf der Aalener Kollegen erreichte. Er war aus dem Raum gelaufen, hatte mehrere Sekunden gebraucht, zu verstehen. Ein Prominenten-Makler, den man zeitweise unter Polizeischutz gestellt hatte und der jetzt trotzdem ermordet worden war. Ihm war auf der Stelle klar gewesen, welche Brisanz dieser Fall beinhaltete. Trotzdem war er selten so froh, am Abend noch zu einem beruflichen Einsatz gerufen zu werden. Söderhofers Gelaber auch noch privat ausgeliefert zu sein, konnte niemand verlangen. Nicht einmal seine Partnerin oder der Tierarzt. Er erklärte ihnen die Lage, verabschiedete sich.

Kurz nach 20 Uhr war er am Eingangsbereich der Limes-Thermen angelangt. Er hatte die Aalener Spurensicherer telefonisch darum gebeten, die fotografische Dokumentation des Tatortes und der Leiche möglichst detailliert durchzuführen, dem Arzt dann freie Bahn für die Überführung des Toten in die Gerichtsmedizin erteilt. Als er rings um die von den örtlichen Kollegen errichteten Absperrungen nur eine Handvoll aufgeregter Menschen antraf, war er deutlich erleichtert.

»Die meisten Neugierigen sind schon weg«, erklärte Polizeiobermeister Anton Kringel, den fragenden Blick des Kommissars vor Augen. »Kaum war der Tote abtransportiert, ist auch das Interesse schlagartig verflogen.«

Wie immer, wusste Braig aus Erfahrung. Hatte die Meute nichts mehr zu begaffen, wandte sie sich anderen Zielen zu. Das war hier auf der Ostalb nicht anders als in Stuttgart. Er ließ sich zum Fundort der Leiche führen, hörte Kringels Erklärungen.

»Hier lag er. Mitten auf dem Asphalt.«

»Eindeutig überfahren.«

»Der Arzt sagt es so, ja.«

»Zuerst frontal angefahren und auf die Straße geschleudert und dann auch noch überrollt«, hatte der Mediziner Braig am Telefon erklärt. »Möglicherweise vom gleichen Wagen. Aber geben Sie mir bitte Zeit. Details erst nach der Obduktion.«

»Und wo ist die Stelle, wo das Auto auf ihn zuraste?«

»Dort. Die Reifenspuren sind nicht zu übersehen.«

Der Kommissar ließ sich zu dem abgesperrten Areal im Eingangsbereich der Thermen führen, entdeckte die Umrisse von Reifen, die von den Spurensicherern markiert worden waren.

»Das schreit nach Absicht. Der Mörder raste hier um die Kurve und nahm ihn frontal ins Visier. Und um ganz sicher zu gehen, überfuhr er ihn dann auch noch.«

Braig betrachtete die Fotos des Toten auf dem Monitor eines Laptops, den Kringels Kollege ihm reichte, konnte die Quetschungen im Brust- und Beinbereich mit bloßen Augen erkennen. Der Körper sah übel zugerichtet aus, Jacke und Hose voller Blut, das Gesicht auf der linken Seite deformiert. Ein einstmals kräftiger Mann um die Vierzig mit langen, dunklen Locken. Wer hat dir so übel mitgespielt, überlegte er, welcher Bestie bist du in die Quere gekommen?

Er wandte sich von dem Laptop ab, erkundigte sich nach der Pistole. »Was ist mit der Makarov? Haben Sie sie inzwischen überprüft?«

»Sie ist nicht registriert. Er muss sie sich schwarz besorgt haben. Hier ist sie.« Kringel griff in einen kleinen Koffer, reichte dem Kommissar einen Plastikbeutel.

Braig studierte das Modell, fragte, wo sie es gefunden hatten.

»In seiner Jacke. Er trug sie bei sich. Das mit dem Auto muss so schnell und überraschend passiert sein, dass er nicht mehr dazu kam, sie zu benutzen.«

Braig nickte, nahm den Plastikbeutel an sich. »Was ist mit den beiden Personen, die bei der Flucht vom Tatort beobachtet wurden? Haben Sie sie inzwischen identifiziert?«

Schon unterwegs war er von den Beamten telefonisch darüber unterrichtet worden, dass zwei Frauen, eine unmittelbar vor der Tat, die andere kurz darauf beim hastigen Weglaufen vom Parkplatzgelände gesehen worden waren.

»Tut mir leid, nein. Wir haben eine Augenzeugin, die ihren Hund ausführte und die Frauen flüchten sah. Eine Silke Flohr. Am besten, Sie sprechen mit ihr selbst. Sie wartet bei meiner Kollegin.«

Braig nickte, lief zu einem der Polizeifahrzeuge, stellte sich den beiden dort wartenden Frauen vor. Silke Flohr schien Anfang dreißig, eine adrette, sportlich gekleidete, gut proportionierte Person, der die Aufregung über das Geschehene deutlich anzumerken war. Sie trat unruhig von einem Bein aufs andere, fuhr mit den Händen durch die Luft, zog ihre Jacke zurecht, benötigte ein paar Minuten, bis sie so weit war, ihrem Gesprächspartner zu berichten, was sie so mitgenommen hatte.

»Ich führte wie jeden Abend unseren Hund aus und war mitten auf der Lindenallee, also dem schmalen Weg zwischen den Parkplätzen, als eine Frau an mir vorbeistürmte.

Sie kam von oben. Ich merkte, dass sie erschrak, als sie meinen Sherlock, einen großen Schäferhund, bemerkte. ›Der tut nix‹, rief ich ihr zu, ›der ist schon uralt, nur keine Angst.‹ Da sprang sie ohne ein Wort weiter auf den unteren Parkplatz und verschwand in ein Auto.«

»Wie sah die Frau aus?«

»Tut mir leid, das kann ich Ihnen nicht sagen. Es war schon ziemlich dunkel zwischen den Bäumen und ich sah sie nur von der Seite, also höchstens ihr Profil. Zwischen vierzig und fünfzig vielleicht, mittellange Haare, ich weiß es nicht.«

»Sie wurde in dem Auto von jemand erwartet?«

»Erwartet? Nein, wieso? Sie öffnete die Fahrertür und klemmte sich hinter das Steuer.«

»Um was für ein Modell handelte es sich?«

»Darauf habe ich nicht geachtet«, antwortete Silke Flohr. »Im gleichen Moment raste doch dieser Verrückte los, vom Ende des unteren Parkplatzes, mit quietschenden Reifen und laut aufheulendem Motor, quer über den ganzen Platz und voll in die Kurve. Dann stoppte er kurz und raste anschließend auf dem oberen Parkplatz wieder zurück. Und bis ich erst mal kapiert hatte, was da los war, hörte ich schon dieses markerschütternde Schreien. Das ging durch Mark und Bein, sage ich Ihnen. Ich wusste sofort, dass da etwas Schreckliches passiert sein musste. Deshalb rannte ich auf der Stelle die Lindenallee entlang in die Richtung, aus der das Schreien kam. Ich erreichte den Eingangsbereich der Thermen neben der Bushaltestelle. Da stand diese kreischende Frau und starrte nach unten auf den Boden. Ich glaube, ich bemerkte erst nach einer Weile, dass dort der Mann lag. Sie fuhr sich mit ihrer linken Hand durch die Haare, als wollte sie sie sich einzeln ausraufen, und brüllte und stöhnte. Das ging mehrere Minuten, was weiß ich, vielleicht waren es auch nur Sekunden, keine Ahnung.«

»Sie konnten mit ihr sprechen?«

»Unmöglich. Die war wie weggetreten. Total unter Schock. Anders kann ich mir das nicht erklären.«

»Und dann?«

»Und dann? Ich lief zu ihr hin und sah den schrecklich zugerichteten Mann. Mir wurde selbst total übel. Der grauenvolle Anblick und dazu das Schreien ... Ich wusste nicht, ob der tot war und was ich tun sollte, traute mich aber auch nicht an ihn ran. Irgendwann zog ich mein Handy aus der Tasche und gab den Notruf ein. Fragen Sie mich nicht, wie lange das dauerte, ich habe keine Ahnung. Den Rest wissen Sie ja.«

»Der Mann lebte noch, als Sie dazukamen?«

Silke Flohr hob beide Hände in die Höhe, stöhnte leise. »Ich weiß es nicht, wirklich.«

»Sie konnten nicht sehen, ob er sich bewegte oder irgendein Lebenszeichen von sich gab?«

»Ich ...« Sie schwieg, schüttelte den Kopf. »Tut mir leid.«

Braig nickte, konnte die Aufregung seiner Gesprächspartnerin nachvollziehen. Niemand, nicht einmal er selbst, war in solchen Momenten zu rationalem Handeln fähig. »Die Frau«, sagte er, »was machte sie dann?«

»Auf einmal war sie ruhig«, erklärte Silke Flohr. »Ich glaube, genau in dem Moment, als sie meinen Sherlock sah. Meinen alten Schäferhund, wissen Sie. Er kam hinter mir hergetrottet und blieb am ersten Baum, dort wo die Allee anfängt, stehen. Der merkte genau, dass etwas nicht stimmte, und lief keinen Schritt weiter. Und genau in dem Augenblick war die Frau ruhig und starrte nur noch auf den Boden. Und in dem Moment entdeckte ich auch die Kamera in ihrer rechten Hand. Sie hielt sie ein Stück von sich weg, ganz seltsam, als wollte sie sie ja nicht mit ihrem Körper in Berührung bringen.«

»Eine Kamera?«

»Ja, zum Filmen.«

»Wo ist die Kamera jetzt?«

»Keine Ahnung. Ich meine, Ihre Kollegen suchen danach.«

»Haben Sie die Kamera nach dem Verschwinden der Frau noch einmal gesehen?«

»Nein. Sie hielt sie in der rechten Hand. Mehr weiß ich nicht. Und plötzlich, als die ersten Polizeisirenen zu hören waren, rannte sie weg.«

»Sie glauben, ihr Verschwinden hat mit dem Erscheinen meiner Kollegen zu tun?«, fragte Braig.

»Möglicherweise, ja.« Silke Flohr nickte. »Sie richtete sich jedenfalls schlagartig auf, als sie das Heulen hörte, und rannte davon.«

»Zu einem Fahrzeug?«

»Was weiß ich. Sie spurtete über den Parkplatz und verschwand irgendwo ins Dunkel.« Sie wies ans Ende der Lindenallee am Rand des Parkplatzes.

»Kann sie den Mann überfahren haben?«

»Wie denn? Das Auto schoss doch an mir vorbei, kurz bevor ich sie schreien hörte.«

»Falls es sich wirklich um das Tatfahrzeug handelte.«

»Warum soll der denn sonst so gerast sein, hier in dieser Kurve?«

»Dann schrie sie also, weil sie Augenzeugin des Geschehens geworden war«, überlegte Braig. »Aber warum ist sie dann verschwunden, als meine Kollegen auftauchten? Weil sie doch irgendwie mit der Sache zu tun hat? Oder hat sie aus einem anderen Grund Angst vor der Polizei?«

»Woher soll ich das wissen?«

»Ich frage nur, welchen Eindruck Sie von ihr haben? Warum ist sie verschwunden? Was glauben Sie?«

»Ich glaube überhaupt nichts. Ich weiß es nicht.«

»Wie sah die Frau aus? Sie können sie beschreiben?«

»Beschreiben? Sie sind mir vielleicht einer! Es war dunkel. Außerdem hatte sie ihr Gesicht fast die ganze Zeit von mir abgewandt.«

»Sie haben sie überhaupt nicht von vorne gesehen?«

»Kurz. Nicht lange.«

»Also, was können Sie sagen?« Braig wartete auf eine Antwort, sah nur die ratlose Miene seiner Gesprächspartnerin. »Ihre Figur – war sie groß oder dick oder sonst irgendwie auffällig?«

»Klein.« Silke Flohr musste nicht lange überlegen, hatte die Antwort sofort parat. »Und auffallend schlank. Das fiel mir auf.«

»Wie sahen ihre Haare aus? Waren sie lang, hell, lockig?«

»Kurze Haare. Und sie waren dunkel. Dunkelbraun oder schwarz. Und überhaupt, ich glaube, die Frau hatte einen dunklen Teint. Einen auffallend dunklen Teint.«

»Das konnten Sie erkennen?«

»Ich wunderte mich, als sie sich zur Seite drehte. Irgendwie kam es mir vor …«

»Ja?«

»Na ja, als handelte es sich bei ihr um eine Südländerin. Aus einem südlicheren Land stammend, verstehen Sie?«

»Sie sprach kein Deutsch?«, fragte Braig überrascht.

»Keine Ahnung. Ich kam nicht dazu, mich mit ihr zu unterhalten.«

»Und was ist mit der anderen Frau? Ich meine diejenige, die vor der Tat an ihnen vorbeisprang und dann in das Auto verschwand? War die ebenfalls eine Südländerin?«

»Die?« Silke Flohr hob abwehrend ihre Hände. »Ich weiß es nicht. Kann sein, kann nicht sein. Ich konnte die doch kaum erkennen, ihr Gesicht, meine ich. Nur von der Seite her, und dann war es auch schon dunkel unter den Bäumen.«

»Kann sie das Tat-Auto gefahren haben? Kurz nachdem sie an Ihnen vorbeigesprungen …«

Silke Flohr fiel ihm mitten ins Wort. »Ich verstehe schon, was Sie andeuten wollen. Die kann es nicht gewesen sein, nein. Die war gerade in ihr Fahrzeug gestiegen und hatte sich hinters Steuer geklemmt, als der Verrückte losraste … Die war es nicht, unmöglich.«

Er wusste nicht, wie er das Verhalten der beiden verschwundenen Frauen beurteilen sollte, konnte nicht ausschließen, dass sie in irgendeiner Weise in das Geschehen involviert waren. Er bemerkte Kringels Winken, bat Silke Flohr, sich am nächsten Tag für die Erstellung zweier Phantombilder zur Verfügung zu halten, verabschiedete sich von ihr.

»Wir haben Hesslers Wagen«, erklärte der Kollege, als er sich ihm zuwandte. »Auf dem Parkplatz dort vorne.« Er deutete nach rechts. »Das lag auf dem Beifahrersitz. Die Kollegen haben es durchsucht. Sonst haben sie nichts entdeckt.«

Braig nahm einen Packen Prospekte entgegen, die alle in jeweils verschiedener Aufmachung *Magic Moments* versprachen. Er blätterte sie durch, sah, dass es sich um Werbematerialien einer Kontaktagentur handelte. Wahrscheinlich die Firma des Toten, überlegte er.

»Und hier. Das sind die Reste von Hesslers Handy.« Kringel reichte ihm eine Klarsichthülle mit schwarzen Kunststoffsplittern. Nur mit viel Fantasie ließen sie sich als Teile eines Mobiltelefons erahnen. »Wir fanden es in seiner Jackentasche. Ihr werdet wohl nicht mehr viel damit anfangen können. Es kam offensichtlich voll unter die Reifen.«

Braig musterte den Inhalt des Beutels, beschloss, ihn einem der Techniker des Landeskriminalamtes zu überreichen. Die letzten Gesprächsverbindungen des Getöteten zu ermitteln, gehörte zum Pflichtprogramm jeder Untersuchung. Sollten sie das Gerät nicht mehr in Betrieb setzen können, mussten sie es über die Aufzeichnungen der zuständigen Telefongesellschaft versuchen. Er bedankte sich, erkundigte sich nach eventuellen Begleitern des Toten.

»Uns ist nichts bekannt. Wäre er mit einer Partnerin oder einer Gruppe hier gewesen, hätten die sich doch gemeldet. Hessler ist auch kaum jemand aufgefallen. Wir haben sämtliche Leute, die das Bad seit unserer Ankunft verließen, dazu mehrere Beschäftigte der Thermen nach einem Mann seines Aussehens befragt, nichts. Nur ein junges Paar, Namen und Adresse habe ich notiert, konnte sich an einen Kerl mit einem auffallend bunten Hemd und einer hellen Leinenjacke erinnern. Er habe ihnen vor dem Eingang des Bades wie ein Spanner nachgegafft, so richtig widerlich. Sie seien extra in einem großen Bogen um ihn herum marschiert, um ihn auf Abstand zu halten. Selbst in diesem Moment habe er sich noch umgedreht, um sie mit seinen aufdringlichen Blicken zu verfolgen. Dass er sie mit seiner Kamera nicht auch noch gefilmt habe …«

»Wie bitte?«, fiel Braig dem Kollegen ins Wort. »Hessler, sofern es sich wirklich um ihn handelt, hatte eine Kamera?«

»Es handelt sich um ihn, zweifelsfrei. So wie die jungen Leute ihn beschrieben, ist das eindeutig. Das auffallend bunte Hemd, die helle Leinenjacke, seine dunklen Locken …«

»Die Kamera«, betonte Braig. »Das Paar behauptete, Hessler hatte eine Kamera?«

»Zum Filmen, ja. Kein Handy, sondern eine richtige …«

»Wo sind diese Leute? Noch hier?«

Kringel schaute sich sorgsam um, schüttelte den Kopf. »Wir sahen keinen Grund …«

»Ja, ist schon okay. Aber bitte, nehmen Sie doch jetzt gleich noch einmal Kontakt zu dem jungen Paar auf und lassen Sie sich die Kamera genau beschreiben. Und dann sprechen Sie mit Frau Flohr und fragen Sie sie nach der Kamera, die sie in der Hand der verschwundenen Frau bemerkte, und vergleichen Sie die beiden Aussagen. Ich muss unbedingt wissen, ob es sich um dasselbe Gerät handelt. Und bitte, instruieren Sie die Kollegen, unbedingt alles nach dieser Kamera abzusuchen. Vielleicht ...« Er hielt mitten im Satz inne, gab sich im Stillen selbst die Antwort. Die Kamera war wohl kaum mehr in der Umgebung zu finden, sonst hätten die Beamten der Spurensicherung sie trotz der Dunkelheit schon längst entdeckt. Hatte die unbekannte Frau sie bei dem Toten gefunden und an sich genommen, einfach so, ohne jeden Grund?

Nein, das schien Braig doch unglaubwürdig. Einem toten oder sterbenden Menschen unverhofft gegenüberzustehen und ihm dann etwas zu rauben, erforderte ein solches Ausmaß an Skrupellosigkeit, wie es in Friedenszeiten zum Glück nur in Ausnahmefällen zu beobachten war. Viel wahrscheinlicher war es, dass die abgetauchte Frau den Toten gekannt und die Kamera bewusst an sich genommen hatte. Aber weshalb? Weil unbedingt verborgen bleiben musste, was mittels des Gerätes zu sehen war – der oder die Täter etwa, die Hesslers Tod zu verantworten hatten?

Was auch immer es mit der Kamera auf sich hatte, sie mussten alles versuchen, sie aufzufinden. Möglicherweise kam dem Gerät eine entscheidende Rolle bei der Aufdeckung des Verbrechens zu.

4. Kapitel

Acht Monate zuvor

Der Brief kam genau zwei Wochen später. In einem traditionellen, weißen Kuvert, mit von Hand geschriebenen Druckbuchstaben adressiert an *Frau Tanja Geible persönlich*. Sie zog ihn aus dem Briefkasten, als sie von der Frühschicht nach Hause kam, legte ihn auf den Wohnzimmertisch. Die Wohnung war leer, ihr Mann und ihr Sohn bei der Arbeit beziehungsweise in der Schule.

Sie legte die dicke Jacke ab, die sie am Morgen angesichts der strengen Januar-Temperaturen übergezogen hatte, streifte die Schuhe von den Füßen, lief in die Küche. Der Kühlschrank blubberte leise vor sich hin. Sie zog das Brot aus dem Kasten, schnitt eine dünne Scheibe ab, nahm einen Joghurt, ließ sich dann im Wohnzimmer auf einen Stuhl fallen. Der Morgen war wieder sehr anstrengend gewesen, mehrere neue Patienten auf der Station eingeliefert worden, das Arbeitspensum kaum zu bewältigen. Wenn der Krankenhausträger nicht bald eine weitere Stelle bewilligte, würde sie die Kündigung einreichen, darüber war sie sich mit ihrem Mann einig, sie hatten es ausführlich besprochen. Ein neuer Arbeitsplatz irgendwo in der Umgebung würde sich garantiert bald finden lassen – der Stress war einfach nicht mehr zumutbar. Kein Arbeitgeber hatte das Recht, die Gesundheit seiner Mitarbeiter systematisch zu ruinieren.

Tanja Geible löffelte den Joghurt, aß das Brot. Zum Glück waren ihre beiden Männer, wie sie sie zu nennen pflegte, sowohl in der Firma als auch in der Schule mit warmem Mittagessen versorgt. Seit Dominik vier Tage in der Woche erst gegen 17 Uhr Unterrichtsschluss hatte, waren sie dazu übergegangen, ihn in der Schulmensa anzumelden. Das Essen ließ bezüglich seiner Qualität zwar ab und an zu wünschen übrig – jedenfalls, wenn man den Behauptungen verschiedener Kinder glaubte – es ersparte ihr jedoch die Verpflichtung, jeden Tag auch noch zu Hause eine warme Mahlzeit bereitzuhalten. Da sich auch ihr Mann wie sie selbst mit dem Kantinenessen in der Firma im Allgemeinen zufrieden zeigte, pflegten beide Ehepartner ihre Kochkünste fürs Wochenende oder andere freie Tage aufzusparen. Angesichts ihrer anhaltenden beruflichen Belastung war Tanja Geible für dieses familiäre Übereinkommen äußerst dankbar.

Sie steckte den Löffel in den leeren Joghurtbecher, wischte sich die Hände an einem Papiertaschentuch sauber, griff nach dem Kuvert auf dem Tisch. Kein Absender, seltsam. Wer schrieb heute noch mit solch akkuraten Druckbuchstaben? Sie nahm den langen Fingernagel ihres Zeigefingers zu Hilfe, öffnete den Verschluss. Drei Blätter, alle in der Mitte gefaltet. Sie zog sie aus dem Kuvert, breitete sie auseinander, erstarrte. Ihr ganzer Körper geriet in Aufruhr, Arme und Beine zitterten, ihr Pulsschlag beschleunigte ins Unendliche. Vor Schreck ließ sie die Blätter fallen.

Sie hatte Mühe, sich zu sammeln, bückte sich schwer atmend, hob die Post auf. Zwei großformatig auf Papier ausgedruckte Fotos, beide mit fast dem gleichen Motiv; ein drittes Blatt als Begleitschreiben. Sie nahm es in ihre heftig zitternden Hände, begann zu lesen.

Ich denke, es ist für uns beide besser, wenn diese und weitere noch detailliertere Aufnahmen nicht an die Öffentlichkeit gelangen. Weder dein Mann noch deine Vorgesetzten, Kolleginnen und Patienten sollten sich an all den vielen Bildern erfreuen, die während unserer kurzen, aber intensiven Begegnung entstanden. Und für die Polizei sind sie wirklich nicht geeignet. Vergiss bitte nicht, wie schnell sich per Internet solche reizvollen Motive verbreiten. Wäre das in deinem Sinn?

Nein, das weißt du selbst am besten. Die Fotos würden der *Hit im Krankenhaus und in der ganzen Stadt. Deshalb sollten wir uns schnell einig werden.*

Sagen wir 10.000. Ich denke, das ist fair. Für mich ist es nämlich sehr viel, aber für dich ist es akzeptabel. Du hast einen Beruf, dein Mann verdient ganz gut. Also, das tut dir nicht weh.

Wie die 10.000 Euro zu mir finden?

Ganz einfach: Du hast genau acht Tage Zeit, das Geld zu besorgen, dann wirst du meine Vorschläge erhalten, wie die Scheine zu mir kommen. Und wie gesagt: Keine Tricks! Sonst: Das Internet, du verstehst? Diese Seiten würden der *neue Renner…*

P.S: Ich denke gerne an unsere gemeinsamen Stunden zurück, sehr gerne!

Sie ließ das Blatt fallen, fing hemmungslos an zu heulen. Wie hatte das nur passieren können? Auf welchen Dreckskerl war sie da hereingefallen? Ein einziger schwacher Moment – und jetzt?

Schluchzend hing sie über dem Tisch, fand erst wieder halbwegs zu sich, als das Telefon läutete. Zwei Mal, drei Mal, vier Mal. Als es zum fünften Signalton ansetzte, erhob sie sich, schlurfte schwerfällig zur Anrichte, griff nach dem Hörer. »Ja?«

Irgendeine unbekannte Männerstimme schwadronierte von viel zu hohen Energiepreisen, ließ sich über die Unverschämtheit verschiedener Konzerne aus, die nur die armen kleinen Verbraucher abzocken wollten, und kam dann auf den Punkt, dass nämlich jetzt endlich die Gelegenheit gekommen war, es diesen Konzernen heimzuzahlen.

»Wie bitte?«, fragte sie.

»Ja, liebe Frau Geible, ich kann Ihnen jetzt ein phänomenales Angebot machen, was Ihren Strompreis anbetrifft«, quacksalberte der Mann. »Bei uns zahlen Sie unglaubliche 20 Prozent weniger als bisher. Bar auf die Hand! Ist das nicht irre?«

»Wer sind Sie?« Sie war zu benommen, das Anliegen des Anrufers zu erfassen, hörte nur immer wieder »billigerer Strom«, legte einfach auf. Sollten sie sich doch ein anderes Mal melden, wenn es wirklich nötig war.

Sie lief zum Tisch zurück, sah die beiden Fotos vor sich, spürte die Gänsehaut, die ihr kalt über den Rücken lief. Zwei Mal ihr Gesicht in Großaufnahme. Zwei Mal in Augenblicken höchster Wonne. Der Mund und die Augen bis zum Geht-nicht-mehr aufgerissen, die Person, um die es sich handelte, dennoch deutlich zu erkennen. Ekstase pur. Auf dem zweiten Foto der Grund ihrer Erregung: Die Rückansicht eines muskulösen jungen Mannes, sein Kopf auf ihrem Busen, andere Körperpartien ineinander verkeilt. Eindeutiger ließ sich die Sache nicht zum Ausdruck bringen.

Sie spürte, wie ihr schwach wurde, ließ sich wieder auf den Stuhl fallen. Das ganze Zimmer schien sich um sie zu drehen. Sie klammerte sich am Tisch fest, wusste, dass sie zahlen musste. Manfred durfte nichts davon erfahren. Niemals. Auch wenn es sich nur um eine einzige Nacht handelte, um wenige Momente dieser Nacht, um es genauer zu sagen, es musste verborgen bleiben. Niemals zuvor hatte sie sich so gehen lassen, sich kein einziges Mal während ihrer Ehe auf ein Techtelmechtel mit einem anderen Mann eingelassen, nur jetzt vor vierzehn Tagen. Warum nur, weshalb?

Das langsame Sterben ihrer Schwester, über Monate hinweg dem Krebs ausgeliefert, hatte sie zu stark mitgenommen. Ihr inniges Verhältnis, weit über Kindheit und Jugend hinaus …

»Du erzählst Iris weit mehr als mir«, hatte Manfred manchmal scheinbar scherzhaft geäußert, wohl selbst einen Funken Wahrheit in seinen Worten vermutend.

Und dann war es auf einmal vorbei gewesen, aus und vorbei, für immer, und an ihr war es hängen geblieben, den Rest der irdischen Überbleibsel ihrer Schwester endgültig zu beseitigen. Der Tag der Wohnungsauflösung, er hatte sie mitgenommen wie selten ein Ereignis im Leben. Ausgebrannt und verstört, im tiefsten Inneren getroffen war sie am späten Abend ins Hotel zurückgekehrt. Und dann ihr Telefonat mit Manfred, sie erinnerte sich noch gut an seine Worte.

»Schließe dich noch nicht in deinem Zimmer ein«, hatte er ihr empfohlen, »gönne dir noch eine oder zwei Stunden an der Bar. Geh noch etwas unter Menschen, du brauchst das.«

Warum hatte sie auf ihn gehört?

Sie musste zahlen, es gab keine Alternative. Wenn Manfred die Fotos zu sehen bekam …

Nein, niemals!

Nur, woher das Geld nehmen?

Es gab nur eine Möglichkeit, sie wusste es sofort. Iris' Vermächtnis, die kleine Summe, die sie ihr hinterlassen hatte. Etwas mehr als 6.000 Euro, alles andere war für die Erledigung der letzten Dinge benötigt worden. Etwas mehr als 6.000 Euro, sie hatte den Kontoauszug selbst gesehen.

»Wir besorgen ihr einen schönen Grabstein und legen den Rest aufs Sparkonto«, hatte sie Manfred vorgeschlagen, »für den Sommerurlaub, einverstanden?«

Natürlich hatte er zugestimmt, wie fast immer, wenn sie ein Anliegen auf dem Herzen hatte. Sie wollten sich ein besonders schönes Hotel gönnen, sie drei, darin waren sie übereingekommen, sie wollten es sich gut gehen lassen im Sommer – das war doch in Iris' Sinn. Und jetzt?

5. Kapitel

September

Dass die Untersuchung des Todes von Tobias Hessler von einem Ermittler allein unmöglich zu bewerkstelligen war, hatte Braig angesichts der überaus verworrenen Situation am Tatort sofort begriffen. Noch auf der späten Rückfahrt von Aalen nach Stuttgart hatte er deshalb im Amt Bescheid gegeben und die Mitarbeit einer Kollegin oder eines Kollegen für den nächsten Morgen angefordert.

Jacqueline Stührer saß einen Laptop in Händen auf einem Stuhl vor seiner Bürotür, als er am nächsten Morgen kurz nach halb acht im Amt eintraf. Die junge Frau war zwar erst seit wenigen Wochen im Rang einer Kriminalkommissarin tätig, sie war Braig jedoch schon nach kurzer Zeit aufgefallen. »Ich bitte Sie um besondere Nachsicht bei der Zusammenarbeit mit Frau Stührer«, hatte ihn Kriminaldirektorin Maria Schmeckenbecher, die neue Leiterin der Abteilung Gewaltkriminalität, ausdrücklich gebeten, »ich denke, Frau Stührer in Ihrem Team, das kann funktionieren. Aber bitte, geben Sie ihr nicht nur eine, sondern mehrere Chancen.« Er hatte sie verwundert gemustert und schon zu einer Nachfrage angesetzt, als sie ihm mit einer weiteren Bemerkung zuvorgekommen war. »Wundern Sie sich bitte nicht über meine kryptische Ausdrucksweise. Sie werden mich bald verstehen.«

Er hatte seine neue Vorgesetzte in der Tat bald verstanden.

Jacqueline Stührers fachliche Qualitäten waren ohne Zweifel vorhanden, sie hatte keine Probleme, den beruflichen Anforderungen gerecht zu werden. Über ihr ganz alltägliches Sozialverhalten dagegen hatte sich Braig schon ein ums andere Mal gewundert.

Sie sprang von ihrem Stuhl, als sie ihn bemerkte, schob das Mobiliar zur Seite, baute sich kerzengerade vor seiner Bürotür auf. Fehlt nur noch die militärische Begrüßung, überlegte er.

»Frau Stührer, guten Morgen«, grüßte er. »Sie wollen zu mir?«

Sie warf ihre lange, rabenschwarze Mähne zurück, verzog keine Miene. »Ich wurde Ihnen zugeteilt. Ermittlungssache Hessler. Ich suchte die Unterlagen. Es existiert nur eine Kurzinformation. Die ist völlig unzureichend.«

Braig streckte ihr die Hand entgegen, bemerkte, dass sie nicht reagierte. »Das ist richtig, ja. Ich fand leider noch keine Zeit dazu, weil ich erst kurz nach Mitternacht von Aalen zurückkam. Sie müssen sich vorläufig mit meiner mündlichen Zusammenfassung begnügen.« Er lief in sein Büro, fuhr seinen Computer hoch.

»Das ist nicht gut«, erklärte sie von der Tür her. »Ohne korrekte schriftliche Unterlagen lässt sich eine Ermittlung nur schlecht durchführen.«

Er wandte sich ihr zu, musterte sie mit kritischem Blick, besann sich gerade noch rechtzeitig der Bitte seiner Vorgesetzten. »Dann müssen wir eben das Beste daraus machen«, beharrte er. Er schaute die eingegangenen Mails durch, merkte, dass zum aktuellen Fall noch nichts vorlag. Auch in der Hauspost und der Fax-Ablage war nichts zu entdecken. »Gut, dann werde ich Sie jetzt mit den bisher bekannten Fakten vertraut machen.« Er wandte sich ihr wieder zu, sah sie immer noch stocksteif an der Tür stehen. »Was soll das?«, fragte er verwirrt. »Wollen Sie nicht ...« Er wies auf den Stuhl neben seiner Telefonanlage.

»Sie bitten mich in Ihr Büro?«

»Damit ich Ihnen die Hintergründe besser erklären kann.«

Jacqueline Stührer löste sich von der Türschwelle, lief zu dem angebotenen Platz. Sie war eine große, attraktive Frau mit einem wohlproportionierten, durchtrainierten Körper. Ihr Gesicht zeigte einen leichten Anklang asiatischer Züge, verursacht durch die schmalen Augen und die tiefschwarzen Haare und Wimpern. Braig schätzte sie auf Mitte, höchstens Ende zwanzig. Er wartete, bis sie ihren Laptop betriebsbereit vor sich hatte, schilderte ihr alles, was er zu der Ermittlung der Todesursache Tobias Hessler wusste.

Sie lauschte aufmerksam, tippte Stichworte mit, sah ihn dann mit großen Augen an. »Das ist alles?«

»Ich denke, ja.«

»Der Familienstand des Mannes ist nicht bekannt?«

»Doch«, antwortete Braig, »darüber habe ich mich gestern Abend noch informiert. Laut meinen Unterlagen ist er geschieden und hat zwei minderjährige Töchter, die mit ihrer Mutter, also seiner Ex-Frau, gemeinsam in Kiel leben.«

»In Kiel?«

»In Schleswig-Holstein, ja. Die Frau ist zu ihrem neuen Partner an die Ostsee gezogen.«

»Was ist mit Polizeischutz? Er hat den Antrag dazu gestellt?«

»Soweit ich das aus unseren Unterlagen ersehen kann, ja. Er wurde angeblich von ehemaligen Kunden seiner Kontakt-Agentur bedroht, die sich durch ihn bloßgestellt fühlen. Seine Erklärungen hierzu waren aber so schwammig, dass sein Antrag vorerst abgelehnt wurde. Was sich jetzt aber ganz offenbar als falsch erwiesen hat.«

»Was meinen Sie damit, wenn Sie sagen, Kunden fühlten sich bloßgestellt?«

»Das kann ich noch nicht beantworten. Ich will mir jetzt seine Wohnung anschauen und mit seiner Sekretärin sprechen, um diese Fragen aufzuklären.«

»Und die beiden verschwundenen Frauen und die Kamera?«

»Das wäre meine Bitte an Sie, sich darum zu kümmern.«

»Die beiden verschwundenen Frauen und die Kamera«, vergewisserte sie sich.

»Ja, ich hoffe, Frau Flohr, mit der ich gestern Abend bereits gesprochen habe, ist fähig, einigermaßen brauchbare Phantombilder zu erstellen. Zumindest von der Frau mit der Kamera. Wir sollten Herrn Schiek zu Rate ziehen, er ist unser bester Grafiker.« Braig entschuldigte sich, weil sein Telefon läutete, griff ohne aufs Display zu achten nach dem Hörer. »Ja, Braig.«

»Hier ist das Büro von Herrn Staatsanwalt Söderhofer«, antwortete eine weibliche Stimme.

Schon bei der Erwähnung des Namens spürte er den Anflug einer Gänsehaut auf seinem Rücken. Oh mein Gott, nein! Nicht der schon wieder! Hatte die Behörde in der Neckarstraße denn keinen normalen Menschen zu bieten? Er riss sich zusammen, blieb freundlich. »Hallo, Frau Thonak«, sagte er. »Ich hoffe, es geht Ihnen erträglich.« Seine Gesprächspartnerin war geplagt genug. Das Schicksal oder wer auch immer hatte es nicht gut mit ihr gemeint. Als Sekretärin für den Kotzbrocken arbeiten zu müssen, kam der Höchststrafe gleich. Was hatte sie nur verbrochen, dass sie ausgerechnet diesem Ekel zugeteilt war?

»Ach, Sie wissen ja.« Ihre Antwort war deutlich genug. Mehr musste sie nicht sagen. Braig hatte seit mehreren Jahren das besondere Vergnügen, es immer wieder mit Söderhofer zu tun zu bekommen. Er kannte die Marotten und die verquere Denke des Mannes zur Genüge. Und jetzt war der Kerl auch noch die Hoffnung der Partei und der Stadt.

»Sein neues Engagement trägt nicht dazu bei, ihn etwas zu bremsen?«, fragte er.

»Zu bremsen?« Sie lachte leise. »Was denken Sie? Das Tempo nimmt eher noch zu. Er lässt sich jetzt coachen«, sie betonte das letzte Wort, formulierte Buchstabe um Buchstabe mit unüberhörbarer Verachtung.

»Coachen?«, wiederholte Braig.

»Gerade war er wieder hier. Zwei Stunden lang. Sein Coach.«

»Was bringt er ihm bei? Normalen menschlichen Benimm?«

»Eine emotionalere und volksnähere Ausdrucksweise. Mehr Herz, mehr Gefühle, mehr Dialekt in seiner Sprache. Möglichst keine Fremdworte mehr.«

Braig lachte laut. »Der und keine Fremdworte mehr? Das ist doch nicht möglich!«

»Urteilen Sie nicht zu früh! Die arbeiten seit über zwei Wochen daran. Fremdworte raus, Gefühle rein. Was die Leute so hören wollen von einem von uns.«

»Einer von uns? Ausgerechnet der?«

»So wollen sie ihn verkaufen. Einer mitten aus dem Volk, der alle unsere Sorgen und Probleme kennt und sich um ihre Lösung bemüht.«

»Oh mein Gott, nein! Von der Sorte haben wir doch wirklich genug! Da frage ich doch lieber nach dem Grund Ihres Anrufs, bevor mir noch übel wird.«

»Es geht um den Fall Hessler«, erklärte sie.

Braig sah auf, weil Jacqueline Stührer ihren Laptop zusammenklappte und ohne ein weiteres Wort zu verlieren von ihrem Stuhl aufstand und aus dem Raum verschwand. »Ja, ich habe die Staatsanwaltschaft gestern am späten Abend darüber in Kenntnis gesetzt.«

»Es ist bei uns gelandet. Tut mir leid für Sie.« Fast flüsternd hatte sie die letzten Worte hinzugefügt.

»Er ist im Büro?«

»Allerdings. Ich verbinde Sie.«

Er bedankte sich für die freundliche Konversation, wünschte ihr einen angenehmen Tag, hörte die Stimme

Söderhofers. Im gleichen Moment spürte er die Gänsehaut über seinen kompletten Rücken kriechen.

»Ein Ehestifter, ein äußerst wertvoller Mensch wurde ermordet, das ist ein Anschlag auf die Grundwerte unseres Zusammenlebens«, kam es vom anderen Ende, »warum haben Sie das nicht stante pede kommuniziert?« Der vorwurfsvolle Ton in der Stimme war nicht zu überhören.

»Wie bitte?« Braig lehnte sich auf seinem Stuhl weit zurück, legte die Füße auf den Schreibtisch hoch, um die fernmündliche Attacke besser ertragen zu können. Er bekam nur undeutlich mit, was sein Gesprächspartner von sich gab.

»Ehestifter gegen Pest und Cholera?«, wiederholte er.

Söderhofers Donnerwetter ließ nicht lange auf sich warten. »Können Sie nicht noch signifikanter explizieren, dass Ihnen die Qualifikation eines Universitätsstudiums fehlt? Warum muss ich mich ständig mit der Gesellschaft von Analphabeten abgeben? Dass Sie und Ihresgleichen nicht einmal in Ansätzen über das Potential verfügen, sich auf einem gehobenen Niveau zu artikulieren, haben Sie mir schon zur Genüge verdeutlicht. Sobald ich die dafür notwendige politische Position innehabe, werde ich dafür sorgen, dass nur noch Personen eines adäquaten Bildungsstandes in den Polizeidienst gelangen. Ich bin es leid, meine Zeit mit Vertretern des Plebs zu vergeuden, die nicht verstehen wollen, welche katastrophalen Verhältnisse sich in diesem Land breitmachen. Bei Herrn Hessler haben wir es mit einem hochgeschätzten Menschen zu tun, Braig. Er hat sich der Gründung neuer Familien verschrieben. Erahnen Sie, welche Konsequenzen das impliziert? Diese Investigation erfordert unsere volle Konzentration!«

»Aha«, brummte der Kommissar. Ein Gründer neuer Familien, er kannte Söderhofers Geschleime zur Genüge.

»Diese beiden Frauen. Sie kennen ihre Identität?«

»Tut mir leid. Wir sind erst am Anfang.«

»Und was ist mit dieser Kamera?«

»Hessler soll damit gefilmt haben. Kurz vor seinem Tod.«

»Seinen eigenen Mörder?«

»Wir wissen es nicht. Augenzeugen sahen ihn mit der Kamera, mehr ist nicht bekannt.«

»Und unmittelbar nach der Tat nahm eine dieser Frauen das Gerät an sich.«

»Das ist reine Spekulation. Es gibt keine Zeugen dafür.«

»Aber Sie haben doch selbst geschrieben ...«

»Herr Hessler wurde kurz vor seinem Tod mit einer Kamera beobachtet. Und unmittelbar nach der Tat wurde eine der bisher noch unbekannten Frauen an seiner Leiche gesehen, eine Kamera in der Hand. Ob es sich tatsächlich um dieselbe Kamera ...«

»Sie wollen mir doch nicht erzählen, dass es sich dabei um einen Zufall handelt? Zwei Frauen verschwinden spurlos, ausgerechnet auch noch mit der Kamera des Opfers. Braig, wo bleibt Ihr Verstand? Sie haben im Gegensatz zu mir kein Universitätsstudium absolviert, leider. Niemand bedauert dieses entsetzliche Manko mehr als ich. Ihre Söhne werden es hoffentlich besser machen. Obwohl ... Der Apfel fällt nicht weit vom Stamm.«

»Ich habe keine Söhne. Meine Tochter ist ...«

»Das ist sehr bedauerlich, dass Ihnen nicht einmal das gelungen ist. Aber Sie müssen doch fähig sein, wenigstens eins und eins zusammenzuzählen, Braig. Mehr verlangt doch niemand von Ihnen!«

Braig spürte die Wut in sich, hatte Mühe, sich zurückzuhalten. »Und was ergibt sich, wenn ich eins und eins zusammenzähle?«

»Was sich daraus ergibt?«, brüllte Söderhofer. »Das fragen Sie wirklich? Warum bin ich gezwungen, mit solchen Analphabeten zusammenzuarbeiten? Begreifen Sie es denn nicht,

Braig? Diese beiden Frauen sind der Schlüssel zur Aufklärung unseres Falles! Wir müssen sie finden, heute noch! Diese beiden Frauen und die Kamera!«

Eine knappe Stunde später war Braig mit Helmut Rössle, einem der erfahrensten Spurensicherer des Landeskriminalamtes, in Filderstadt-Bernhausen angelangt. Die Waffe des Toten und die Überreste von dessen Handy hatte er Dr. Kai Dolde übergeben, ihm zugleich die Problematik der beiden Funde erklärt. Der Techniker hatte ihm zugesagt, sich baldmöglichst darum zu kümmern. Hessler wohnte mitten in Bernhausen unweit der S-Bahn-Station in einer geräumigen Drei-Zimmer-Wohnung. Der Mann schien sich tatsächlich bedroht gefühlt zu haben. Die Eingangstür war mit drei verschiedenen Schlössern gesichert, sämtliche Fensterrahmen mit speziellen Verriegelungen verstärkt, obwohl sich die Wohnung im zweiten Obergeschoss befand. Irgendeinen Anlass zu besonderen Vorsichtsmaßnahmen musste er gehabt haben. Und in der Tat entdeckten sie bereits auf den ersten Blick Hinweise auf einen Einbruchsversuch.

»Do guck na«, meinte Rössle, »siehsch die Kratzer? Die sind frisch. Do hat einer no net lang probiert, die Schlösser zu knacke.«

Braig folgte seinem Fingerzeig, stimmte ihm zu. Sie betraten die Wohnung, sahen, dass alles in Ordnung war. Der Einbrecher hatte entweder keinen Erfolg gehabt oder keinerlei Spuren hinterlassen.

»Der hat die Schlösser net packt«, kommentierte der Spurensicherer.

Hessler war es materiell wohl sehr gut gegangen, er hatte auch einigen Wert auf ein gepflegtes Umfeld gelegt. Das gesamte Mobiliar war von erlesener Qualität, alle Räume sorgsam hergerichtet und sauber geputzt.

»Alle achtzig Deifel von Sindelfinge, do dät i's net aushalte«, brummte Rössle, »des isch ja steriler wie in oserem Labor.«

Hinweise auf weitere Familienangehörige waren nicht zu erkennen, lediglich zwei Fotos an der Wand seines Arbeitszimmers deuteten darauf hin, dass es Menschen in seiner unmittelbaren Nähe gegeben hatte: zwei junge Mädchen auf seinen Armen auf dem einen Bild, eine ältere Dame stolz zu ihm aufsehend auf dem anderen.

»Seine Mutter, vermute ich mal«, meinte Braig, »so, wie die ihn anhimmelt.«

»Ond was isch mit dene Mädle?«

»Laut meinen Unterlagen ist er geschieden und hat zwei Töchter, die aber bei der Mutter leben.«

»Du hasch ihre Adresse?«

Braig wies auf den kleinen Kalender, den er in einer Schublade des großen Wandschranks im Arbeitszimmer entdeckt und beim ersten Durchblättern als Adressenverzeichnis identifiziert hatte. »Ich hoffe, da ist alles drin.« Er suchte nach einem Schlüssel für die Türen des Schranks, fand ein ganzes Bündel davon in einer Buchattrappe auf dem obersten Seitenregal. Er probierte einen nach dem anderen, öffnete sämtliche Schranktüren. Ein Laptop, mehrere Kameras samt reichhaltigem Zubehör, unzählige Schachteln voller klein- und großformatiger, farbiger Bilder, dazu eine unübersehbare Anzahl von Mini-Disketten, CD-Roms und DVDs waren darin verwahrt.

Braig blätterte einige Fotos durch, sah, dass es sich vor allem um Motive aus dem Südwesten Deutschlands handelte. Das Hohenzollernschloss über Hechingen, die Achalm bei Reutlingen, das Favoriteschlössle in Ludwigsburg, die Comburg bei Schwäbisch Hall, das Schloss in Sigmaringen, Burg Teck über dem Steilabfall der Alb, das Neue Schloss mitten in

Stuttgart, Kloster Beuron im Donautal, Schloss Monrepos bei Ludwigsburg, Kloster Lorch über dem Remstal, Schloss Solitude über Stuttgart, Esslingens Altstadt mit der sie überragenden Burg. Ein Bild schöner als das andere. Wie der unerschöpfliche Fundus eines Touristikunternehmens.

Er bemerkte, dass Rössle sich den CD-Roms und DVDs zugewandt hatte, bat den Kollegen, stichprobenartig zu überprüfen, was darauf abgespeichert war.

»Du moinsch, du kriagsch a paar nackete Weiber zu sehe?«, frotzelte der Spurensicherer. Er schaltete das Fernsehgerät in der Ecke des Arbeitszimmers ein, legte eine DVD in den Player. Klassische Musik toste brüllend laut durch den Raum, ein Mann in den Fünfzigern, bekleidet mit hellem Anzug und gemusterter Krawatte erschien auf dem Flachbildschirm. Er blickte freundlich lächelnd in die Kamera, öffnete den Mund.

»Verdammter Mischt«, schimpfte Rössle, schaffte es gerade noch, den Ton leiser zu drehen, bevor der Mann losschreien konnte.

»Ich bin der Thomas«, begann der Unbekannte mit gedämpfter Stimme. »Ich genieße das Leben jeden Tag. Besonders jetzt im Frühling, wenn die Natur uns ihre schönste Seite zeigt. Zu Hause bin ich in der Nähe vom Bodensee. Urlaub im Alltag, das ist passend zur Landschaft meine Lebensweise. Was mir fehlt, ist eine liebe Partnerin, mit der ich die Tage noch intensiver genießen kann. Vielleicht geht es dir genauso? Dann sollten wir uns treffen. Wie wäre es mit einem gemeinsamen Essen etwa in Überlingen irgendwo am See?«

Rössle stoppte die Wiedergabe der DVD genau in dem Moment, als der Mann bei dem Versuch, sein Lächeln zu intensivieren, sein Gesicht zu einer unansehnlichen Grimasse verzog. »A bissle hausbacke, oder?«, brummte er. »Ob des heut noch oine hinterm Ofe vorlockt?«

Der Kommissar nickte, hatte den gleichen Gedanken. »Altmodisch und bieder. Ich denke, die Aufnahme ist schon ein paar Jahre alt. Hesslers Internet-Auftritt ist da wesentlich progressiver.« Braig wusste, wovon er sprach. Am Morgen, während seines kurzen Frühstücks, hatte er die Internet-Präsentation von Hesslers Agentur gemeinsam mit seiner Partnerin betrachtet. Sie war ansprechend gestaltet, wirkte seriös und herzlich zugleich, animierte Kontakt suchende Menschen, ihr Glück auf diesem Weg zu versuchen. Hessler selbst stellte in einem kurzen Film ausgewählte Ziele im Ländle vor, die mit solch außergewöhnlichen landschaftlichen oder architektonischen Reizen aufwarteten, dass sie ein ideales Ambiente für ein erstes Kennenlernen abgaben. Im Anschluss daran präsentierte er mit sonorer Stimme auserlesene Cafés und Restaurants, die dem Rendezvous noch mehr Glücksmomente zu verleihen versprachen.

»Alle Achtung«, hatte Ann-Katrin schnippisch geäußert, »ein Nachmittag auf Schloss Lichtenstein und anschließend in dieses Lokal – ich glaube, ich würde der letzten Dumpfbacke verfallen, wenn er sich nicht gar zu dämlich anstellt.«

»Muss ich mir Sorgen machen?«

»Warum nicht?« Mit lächelnder Miene hatte sie ihm geantwortet. »Konkurrenz wirkt doch angeblich belebend auf eine Partnerschaft.«

Der Service der Agentur reichte der Internet-Präsentation zufolge vom Vermitteln passender potentieller Partner bis zur Rundum-Betreuung vor Ort, etwa der Fahrt in einer festlich geschmückten Pferdekutsche vom ausgewählten Platz des Treffens zum gewünschten Lokal.

»Das klingt wirklich überzeugend«, hatte Ann-Katrin erklärt, »vorausgesetzt, du lernst einen sympathischen Menschen kennen.«

Hessler hatte offenkundig eine Marktlücke erspäht und sie – sofern der erste Eindruck nicht täuschte – mit Bravour ausgefüllt. Welche finanziellen Forderungen er für seine Dienste stellte und welche Techniken er benutzte, passende Partner zu finden, wurde freilich nicht ersichtlich.

»Und was kostet der Spaß?«

Braig hatte vergeblich versucht, die Frage seiner Partnerin auch nur ansatzweise zu beantworten.

»Ich fürchte, wir könnten uns das nicht leisten.«

»Haben wir das nötig?«

»Zum Glück nicht«, hatte sie erklärt, den Laptop zur Seite geschoben und ihn umarmt, »wir haben es auch ohne *Romantic Meeting* geschafft, oder?«

Braig löste seinen Blick von dem Fernsehmonitor, auf dem bereits der nächste Kandidat posierte, bat Rössle, sich einen groben Überblick über die Inhalte der übrigen Bild- und Tonträger zu verschaffen. »Ich muss in Hesslers Büro, mit seiner Sekretärin sprechen. Wenn du die Wohnung hier gründlich überprüfen könntest?« Er sah das zustimmende Nicken des Spurensicherers, nahm Hesslers Adressbuch an sich, verabschiedete sich von dem Kollegen.

Die Agentur lag mitten im Stuttgarter Westen. Braig hatte nicht lange suchen müssen, das Haus nach wenigen Gehminuten von der S-Bahn-Haltestelle Schwabstraße aus erreicht. Es handelte sich um ein gewöhnliches mehrstöckiges Gebäude mit relativ frisch hergerichteter Fassade. Kein Schaufenster, kein Plakat, nur ein kleines, geschmackvoll beschriftetes Messingschild kündete von der Existenz der Agentur im ersten Obergeschoss.

Der Kommissar drückte die Klingel, hörte das Summen des Türöffners fast im selben Moment. Er betrat das Treppenhaus, folgte den hellen Marmorimitatstufen in die Höhe, sah eine adrett gekleidete Frau an der geöffneten Tür stehen. Ihre Aufmachung stand in strengem Kontrast zu ihrer Körperhaltung und ihrem Gesichtsausdruck: So vorteilhaft die weiße, von zartrosa Blüten geschmückte Bluse mit ihren langen, dunklen Haaren und der schwarzen Jeans auch korrespondierte, so unpassend gesellten sich dazu das von Tränen verschleierte Gesicht sowie die hängenden Schultern der jungen Frau.

Braig hörte ihr leises Schluchzen schon von der Treppe her, nahm die letzten Stufen mit großen Schritten, stellte sich vor. »Frau Groll?« Noch bevor er nach Bernhausen in Hesslers Wohnung gefahren war, hatte er mit ihr telefoniert, sie über das Geschehen informiert und seinen Besuch angekündigt.

»Raphaela Groll«, bestätigte sie mit schwacher Stimme. »Wie hat das passieren können? Warum haben Sie ihn nicht bewacht?«

»Wir wissen bisher zu wenig«, bekannte er. »Deshalb benötige ich Ihre Hilfe. Darf ich?« Er wies ins Innere des Büros, folgte ihr in einen großen, mit mehreren bequemen, samtroten Sesseln ausgestatteten Raum. Mittendrin ein kleiner, kreisrunder Tisch mit verschiedenen Prospekten, gesäumt von zwei hohen, fast zwei Meter aufragenden Grünpflanzen, an der Rückwand ein eleganter, heller Schreibtisch samt Rollschrank und Laptop.

»Er wurde wirklich absichtlich …?«, fragte sie, den Rest des Satzes verschluckend.

»Es sieht so aus, ja.« Braig nahm in einem der Sessel Platz, betrachtete die großformatigen Fotos, die die Wände mit prächtigen Landschaftsmotiven aus der näheren und weiteren Umgebung schmückten. Er erkannte auf Anhieb die Grabkapelle der württembergischen Königin Katharina inmitten der herbstlich gefärbten Weinberge des Stuttgarter Vororts Rotenberg, ein Stück weiter das filigrane Bauwerk von Schloss Lichtenstein über dem Steilabfall der Alb, dazu

Schloss Monrepos bei Ludwigsburg, Kloster Lorch über dem Remstal, die Comburg bei Schwäbisch Hall, Schloss Hellenstein in Heidenheim an der Brenz, Burg Teck auf ihrem Bergsporn ins Vorland ragend, das Tübinger Schloss über dem Neckar, die Achalm bei Reutlingen, Burg Hohenzollern hoch über Hechingen. Ähnliche Motive wie die, die er in Hesslers Wohnung entdeckt hatte. Alles in allem ein Potpourri der schönsten Plätze des Landes.

»Da fehlt ja kaum eine Sehenswürdigkeit. Die Fotos stammen von Herrn Hessler?«

Raphaela Groll setzte sich ihm gegenüber, nickte. »Er hat alles selbst aufgenommen, um Copyright-Probleme bei unseren Internet-Präsentationen zu vermeiden. Der erste Kontakt potentieller Klienten läuft meistens über das Netz.«

Braig löste seinen Blick von den Fotos an der Wand, erkundigte sich nach der Ursache für Hesslers Aufenthalt vor den Limes-Thermen am vorherigen Abend. »Ich nehme an, er war privat dort, oder? Wissen Sie darüber Bescheid? Seltsamerweise hatte er keine Badesachen dabei. Wir haben jedenfalls nichts gefunden.«

»Er war nicht zum Baden dort. Er wollte die Limes-Thermen als neuen Meeting-Point aufnehmen und das Bad nach Einbruch der Dunkelheit filmen. Das macht sich sehr gut. Die gelb-grün erstrahlenden Hallen vor dem dunklen Hintergrund. Wir hatten Bilder davon gesehen, so kamen wir auf die Idee. Und für Menschen, die gerne schwimmen oder sich in diesem Umfeld erholen, wäre das ein netter Treffpunkt und eine gute Ergänzung zu unserem übrigen Programm.«

»Wissen Sie, welche Kamera er dazu benutzt?«

»Oh je, das kann ich Ihnen nicht sagen. Herr Hessler besitzt mehrere Kameras, sowohl zum Fotografieren als auch zum Filmen. Das ist sein großes Hobby. Er war früher als Dokumentarfilmer tätig.«

»Bevor er die Agentur eröffnete?«

»Ja. Ab und an auch in den letzten Jahren noch. Wenn er einen Auftrag bekam.«

»Sie kannten Herrn Hessler gut?«

»Gut?« Raphaela Groll zog die Mundwinkel in die Höhe. »Was heißt schon *gut*? Er ist mein Chef«, sie verstummte, wurde sich bewusst, dass sie im Präsens statt in der Vergangenheit gesprochen hatte, schaute betroffen zu Braig.

»Privat hatten Sie keine Kontakte?«

»Sie meinen, wir sind eine Kontakt-Agentur und da müssen der Chef und seine Angestellte ...« Sie schüttelte den Kopf. »Nein. So weit geht unsere Beziehung nicht. Mein Freund hätte da garantiert auch was dagegen.«

»Gibt es weitere Angestellte?«

»Nein. Die Gespräche mit unseren Klienten führt Herr Hessler selbst, darauf legt er großen Wert. Er möchte die Leute selbst kennen lernen, schon um sie richtig beraten zu können. Bezüglich potentieller Partnerinnen und Partner, wenn Sie verstehen?«

»Und die Betreuung vor Ort?«

»Da haben wir freie Mitarbeiter. Erfahrene und seriöse Leute, denen wir absolut vertrauen können. Das sind seit Jahren dieselben.«

»Wie muss ich mir einen typischen Klienten vorstellen?«, fragte Braig. »Vermögend, besser betucht?«

Raphaela Groll signalisierte mit sanftem Kopfnicken Zustimmung. »Im Allgemeinen schon, ja. Unsere Dienste sind nicht gerade billig. Das sollte die Sache aber wert sein.«

»In welcher Höhe etwa? Von ... bis?« Er bemerkte ihr Zögern, versuchte, sie mit einem freundlichen Lächeln zu einer Antwort zu bewegen.

»Na ja, das kann schon ein paar Tausender kosten«, sagte sie dann. »Beim Vollservice.«

»Und die Leute waren immer bereit, das zu zahlen? Oder gab es öfter Probleme?«

»Probleme mit der Zahlungsmoral unserer Klienten?«

»Herr Hessler bat um Polizeischutz. Wenn ich richtig informiert bin, wurde er von unzufriedenen Kunden bedroht.«

Raphaela Groll legte ihre Stirn in Falten. »Unzufriedene Kunden«, wiederholte sie seine Formulierung, »so einfach lässt sich das nicht abtun.«

»Wie dann? Erklären Sie es mir doch bitte.«

Die junge Frau wandte den Blick von ihm ab, rang um Worte. »Der Kerl ist gemeingefährlich. Dass so einer frei herumläuft …«

»Von wem sprechen Sie?«

»Kautter«, platzte es aus ihr heraus, »Sie glauben nicht, wie der sich hier schon aufgeführt hat.« Sie wies zum Schreibtisch. »Der Laptop ist nagelneu. Fragt sich nur, ob wir das Geld je von dem Kerl bekommen.«

»Dieser Kautter hat hier randaliert?«

»Beim ersten Mal rief ich den Notarzt. Herr Hessler wollte es zwar nicht, wegen Journalisten und so, aber ich rief ihn trotzdem. Er musste im Katharinenhospital genäht werden.«

»Kautter hatte ihn angegriffen?«

»Der ist gemeingefährlich, ich sage es Ihnen doch. Er stürmte in unsere Räume, riss die Tür zu Herrn Hesslers Büro hier auf und griff ihn ohne jede Vorwarnung an. Ich konnte nicht helfen, der ist bärenstark. Der zerriss mit einem Handgriff meine Bluse und warf mich auf den Boden. Ich rappelte mich auf und rannte in mein Zimmer ans Telefon, aber bis Ihre Kollegen endlich kamen, war der längst weg.« Sie zog ein Tuch und einen kleinen Spiegel vor, fuhr sich übers Gesicht und versuchte, die Spuren ihrer Tränen zu verwischen.

»Was war der Anlass für die Wut des Mannes?«

»Bei seinem zweiten Überfall drei Wochen später warf er Herrn Hesslers Laptop an die Wand. Hier, sehen Sie neben dem Schloss Solitude die Delle?« Ohne auf Braigs Frage einzugehen, zeigte sie an die Wand mit den Fotos. »Das Gerät war natürlich sofort kaputt. Zum Glück haben wir alles mehrfach abgespeichert.«

»Weshalb war der Mann so wütend?«, beharrte der Kommissar.

Sie atmete tief durch, steckte den Spiegel und das Tuch weg. »Dieser Vollidiot buchte bei uns ein Treffen. Auf Schloss Lichtenstein.«

»Mit einer von Ihnen vermittelten Frau?«

»Ja.«

»War er nicht mit ihr zufrieden?«

Raphaela Groll lachte kurz auf. »Damit hat es nichts zu tun«, erklärte sie. »Herr Hessler gibt sich sehr viel Mühe, passende Partner zusammenzubringen.«

»Ja, was dann? War es ihm zu teuer?«

Die junge Frau schüttelte den Kopf, winkte ab. »Unsere finanziellen Konditionen sind von Anfang an klar. Ohne Anzahlung sind wir zu keiner Leistung bereit. Aus Erfahrung. Nein, damit hat es nichts zu tun.«

Braig wartete auf eine Erklärung, betrachtete seine Gesprächspartnerin mit unverhohlen neugierigem Blick.

»Kautters Rendezvous wurde beobachtet. Von einer Bekannten seiner Freundin oder Verlobten, wie er sie bezeichnet«, sagte Raphaela Groll.

»Er wurde beobachtet?«

»Na ja, Schloss Lichtenstein, Sie kennen es?«

»Allerdings«, erklärte Braig, seine Ermittlungen in einem Mordfall vor wenigen Jahren im Kopf, als ein skrupelloser Manager einen jungen Mann von einer der Aussichtsterrassen des Schlosshofs in die Tiefe gestürzt hatte.

»Also. Dann wissen Sie ja, wie viele Besucher das Schloss hat.«

Unzählige, war Braig aus vielen privaten Besuchen des einzigartig anmutigen Bauwerks bewusst. In den Monaten der warmen Jahreszeit drängten sich die Touristen in und um das filigrane Schlösschen. »Verstehe ich das richtig: Dieser Kautter hat eine Freundin, taucht aber trotzdem bei Ihnen auf und sucht nach einer Partnerin?«

»Das verstehen Sie richtig, ja.«

»Und dann verbringt er einen Tag mit der von Ihnen vermittelten Frau und wird dabei von einer Bekannten seiner Freundin beobachtet?«

»Ganz genau.«

»Was zum Streit mit seiner Freundin führt.«

»Das nehme ich an, ja.«

»Aber wieso gibt er dann Ihrer Agentur beziehungsweise Herrn Hessler die Schuld?«

Die junge Frau ließ ein verkrampftes Lachen hören. »Das ist es doch! Was hat seine eigene Dummheit mit unserer Agentur zu tun?«

»Seine Aggressionen resultieren wirklich nur aus dieser zufälligen Beobachtung? Oder hat Herr Hessler die Freundin des Mannes zufällig gekannt und sie über dessen Kontakt-Interesse informiert? Es muss doch einen Grund geben …«

»Herr Hessler?« Raphaela Groll sprang von ihrem Sessel hoch, fiel Braig mitten ins Wort. »Aber wir wussten doch überhaupt nicht, dass dieser Kautter in einer festen Beziehung lebt. Wir überprüfen doch nicht das Privatleben unserer Klienten!«

Der Kommissar atmete tief durch, bat sein Gegenüber, ihm die genaue Anschrift des Mannes zu notieren. Er hatte Schwierigkeiten, die aufgeführten Beweggründe als Auslöser für Kautters Wut zu akzeptieren, wollte den Mann selbst sprechen. Wahrscheinlich gab es andere, weit gewichtigere Ursachen für dessen Aggressionen. Aus seinem Mund hörte sich der Sachverhalt sicher völlig anders an.

Er wartete, bis die Frau die Anschrift gefunden hatte, informierte sie darüber, dass er Einblick in die gesamte Kundenliste der Agentur benötigte.

»Aber das sind, wie soll ich sagen, das sind intime Daten«, versuchte sie dagegenzuhalten.

»Herr Hessler wurde ermordet«, erwiderte er. » Und solange wir nicht ausschließen können, dass sein Tod mit seiner Arbeit hier in Verbindung steht …«

Sie starrte mit sorgenerfüllter Miene zu ihm her, hob ihre Hände, signalisierte ihren Protest.

»Wir werden selbstverständlich diskret mit den Namen umgehen, dafür werde ich selbst sorgen«, versprach er. »Außerdem … Vielleicht haben wir Glück und kommen dem Täter auf die Spur, bevor wir uns die Liste vornehmen müssen. Gibt es in dem Zusammenhang weitere Namen, die Ihnen spontan einfallen? Ich meine, Klienten, mit denen es Probleme gab?«

Raphaela Groll zeigte sich erleichtert, nannte die Namen zweier Männer. »Ralf Brauser und Roland Krancik.«

»Was war mit ihnen? Haben sie Herrn Hessler ebenfalls bedroht?«

»Das kann man sagen, ja. Brauser war zwei Mal hier in der Agentur und brüllte wie ein Verrückter. Der verlor völlig die Kontrolle. Und Krancik? So ein widerlicher Typ«, sie zögerte einen Moment, suchte nach einer Formulierung. »Ekelhaft, wirklich ekelhaft. Herr Hessler hatte Angst, vor beiden. Zu Recht.«

»Und was war der konkrete Anlass?«

»Fragen Sie nicht mich. Gehen Sie hin und sprechen Sie mit den Verrückten selbst. Mit diesen Typen möchte ich nie wieder zu tun haben.«

6. Kapitel

Acht Monate zuvor

Der Anruf kam mitten in ihrer Arbeit. Tanja Geible war gerade dabei, die Blutproben zweier Patientinnen ins Labor zu bringen, als sie das Rufen ihres Kollegen hörte.

»Tanja, Telefon für dich.«

Sie kehrte auf der Stelle um, überlegte, wer da am anderen Ende war, hoffte, dass Dominik keinen Unfall gehabt hatte. Ihr Kollege war gerade dabei, den Arbeitsraum zu verlassen, als sie eintrat.

»Der Hörer liegt daneben«, sagte er.

Sie lief zu dem Tisch, nahm das Telefon auf. »Ja.«

»Oh, es ist schön, dich zu hören, Tanja, mein Liebling.«

Sie erkannte die Stimme sofort, schrak zusammen. Woher hatte er die Nummer ihrer Station?

»Und, geht es dir gut?«, fragte er.

»Was, was wollen Sie?«, stotterte sie.

Er ließ ein kurzes Lachen hören. »Ach, wir sind per Sie? Eigentlich seltsam, so nahe wie wir uns waren, findest du nicht? Ich meine, nicht alle Menschen kommen sich so nahe, oder?«

Tanja Geible zitterte am ganzen Leib, hatte Mühe, sich gerade zu halten. Warum belästigte er sie jetzt auch noch hier an ihrem Arbeitsplatz? Wenn irgendeine der Kolleginnen das mitbekam …

»Wir haben doch noch etwas zu erledigen, wir zwei Hübschen, nicht?«, fuhr er ungerührt fort.

»Was?«, fragte sie, das Wort nur mühsam aus sich herauspressend. »Was wollen Sie noch?«

»Das weißt du genau, geliebte Tanja.«

»Das, das Geld.«

»Und? Es liegt bereit?«

»Es, es ist …« Sie hörte Schritte draußen auf dem Gang, verstummte mitten im Satz, starrte ängstlich zur geöffneten Tür. Eine unbekannte Frau, wohl eine Besucherin, lief vorbei.

»Ja, mein Schatz?«

Sie wollte ihn anschreien, er sollte gefälligst diese völlig unpassende, unverschämte Anrede lassen, brachte aber kein Wort hervor.

»Ich höre«, mahnte er.

Ihre Hand zitterte dermaßen, dass ihr der Hörer zu entfallen drohte.

»Es klappt alles, ja?«

»Nein«, flüsterte sie, »es ist …«

»Ja?«

»So viel habe ich nicht. Iris, meine Schwester, hat mir zwar etwas hinterlassen, aber das sind jetzt doch nur 6.000. Mehr nicht. Die Beerdigung war zu teuer. Ich kann höchstens noch …«

Ihre Kollegin huschte in den Raum, suchte nach Verbandmaterial, musterte sie mit kritischem Blick. »Alles okay?«, fragte sie mit gedämpfter Stimme.

Tanja Geible bemerkte die besorgte Miene der Frau, versuchte, sie zu beruhigen. »Alles, alles okay«, stotterte sie.

Ihre Kollegin verharrte einen Moment auf der Stelle, betrachtete sie verwundert, verschwand dann aus dem Raum.

»Also 8.000 wirst du schon zusammenbringen, mein Schatz. Glaubst du nicht? Du hast doch unsere schönen gemeinsamen Fotos nicht vergessen? Oder soll ich noch ein paar schicken?«

»Nein, nein«, stieß sie schnell hervor. »Die habe ich nicht vergessen, um Gottes willen, alles, nur das nicht. Die darf niemand …«

Ihr Kollege betrat das Zimmer, starrte sie mit weit aufgerissenen Augen an. »Alles in Ordnung, Tanja?«, fragte er.

Sie rang um Luft, wusste nicht, was sie ihm antworten sollte, schnaufte ein mühsames: »Ja, ja, Klaus«, wandte ihm dann demonstrativ den Rücken zu.

»So, so, nur 8.000«, kam es aus dem Telefon, »und du glaubst, damit ist alles erledigt, mein Schatz?«

Sie hörte ihren Kollegen im Hintergrund im Arzneischrank kramen, wagte nicht einen Ton. Was, wenn er den Raum nicht bald verließ?

»Vielleicht sollte ich die Fotos doch mal ans Krankenhaus …«

»Nein«, rief sie laut, »niemals!«

Kräftiges Lachen ertönte aus dem Hörer.

»Wirklich alles in Ordnung, Tanja?«

Sie spürte die Hand ihres Kollegen auf der Schulter, zuckte unwillkürlich zusammen. Er beugte sich zu ihr vor, sah ihr unmittelbar in die Augen.

»Ja, doch«, presste sie mühsam hervor, das *Lass mich doch endlich in Ruhe!* in ihrem Inneren nur mühsam unterdrückend.

Er musterte sie mit besorgter Miene, machte sich dann auf den Weg. »Du musst es ja wissen«, erklärte er laut.

Sie wandte sich wieder dem Telefon zu, nahm all ihre Kraft zusammen. »Wie, ich will sagen, auf welchem Weg wollen Sie es haben?«

Das Lachen am anderen Ende verstummte, die Stimme nahm einen geschäftsmäßigen Ton an. Am ganzen Leib zitternd folgte sie den Ausführungen, mit denen ihr die Übergabe des Geldes erklärt wurde.

7. Kapitel

September

Robin Kautters ganze Körperhaltung heuchelte Freundlichkeit pur. Seine von allzu euphorischem Lächeln geprägte Miene, die zur Begrüßung weit vorgestreckte rechte Hand, die Unterwürfigkeit demonstrierende Verbeugung, mit der er ihn willkommen hieß. Er trug einen hellen Hausanzug, weiße Filzpantoffeln, duftete nach herbem Rasierwasser.

»Seien Sie gegrüßt!«, hatte er seinen Besucher mit scheinbar überschwänglicher Freude empfangen. »Auch wenn ich keine Ahnung habe, was Sie von mir wollen, nette Leute sind mir immer willkommen!«

Braig war die Theatralik seines Auftretens von Anfang an zuwider. »Sie haben keine Ahnung, was die Kriminalpolizei von Ihnen will?«, hatte er mit so lauter Stimme erwidert, dass es wohl überall im Haus zu hören gewesen war. »Das kann ich Ihnen gerne erklären.«

Der vom Alter her schwer einzuschätzende Mann, irgendwo zwischen vierzig und fünfzig hatte der Kommissar überlegt, war mitten im Satz zurückgetreten und hatte ihn mit kräftigem Winken in die Wohnung gebeten, weiterhin sein freundliches Lächeln im Gesicht.

Die breite Diele führte direkt zu einem großen, hellen Raum. Braig hatte seinen Besuch telefonisch angekündigt, war unmittelbar nach der Auskunft des Mannes, er sei gerade von der Frühschicht nach Hause gekommen und den Rest des Tages in der Wohnung zu erreichen, in den nächsten Zug nach Göppingen gestiegen. Kautter war kein unbeschriebenes Blatt; man hatte ihn bereits zwei Mal wegen Betrugs vor

Gericht geladen. Fünf Monate hatte er in Untersuchungshaft verbracht, war dann aber jeweils aus Mangel an Beweisen freigesprochen worden.

Braig stolperte über eine Teppichkante, achtete nicht weiter darauf, weil ihn sein Gastgeber in das überraschend vorteilhaft eingerichtete Zimmer winkte. Ein heller Wandschrank, ein weißes Ecksofa, zwei ebensolche Sessel und mitten auf dem schmalen Tisch ein frischer Strauß blühender Dahlien – ein freundlicheres Ambiente für ein Gespräch schien kaum möglich. Dazu der anregende Duft der Blumen, die sanften Töne einer in gedämpfter Lautstärke eingestellten Beatles-CD – Braig glaubte sich eher bei einer privaten Einladung als einer beruflich bedingten Vernehmung.

»Was darf ich Ihnen anbieten, Herr Kommissar?«, flötete sein Gastgeber.

Braig lehnte das Angebot dankend ab, folgte stattdessen seinem Fingerzeig, auf dem Sofa Platz zu nehmen, wartete, bis Kautter sich auf einem der Sessel nieder gelassen hatte.

»Sie wissen, weshalb ich hier bin«, erklärte er. »Sie haben Herrn Hessler bedroht und in seinem Büro randaliert. Mehrmals.« Er formulierte die Worte langsam, verzichtete auf jede heuchlerische Umschreibung. Die übertriebene Freundlichkeit des Mannes ging ihm auf die Nerven.

»Randaliert? Herr Kommissar!«

»Sie wissen, wovon ich spreche. Wie würden Sie es bezeichnen?«

»Na ja, zwischen Herrn Hessler und mir gibt es gewisse Probleme.«

»Und die lassen sich nur mit Gewalt lösen.«

»Gewalt. Ein hartes Wort!«

»Erst haben Sie ihn bedroht und in seinem Büro randaliert und jetzt, gestern Abend ermordet.«

»Wie bitte? Hessler wurde ermordet?« Kautter schnellte von seinem Platz, blieb mit hoch erhobenem Zeigefinger stehen. »Damit habe ich nichts zu tun!«

»Warum soll ich das glauben?«

»Mit seinem Tod habe ich nichts zu tun!«, wiederholte der Mann. »Wir haben Probleme miteinander, ja. Aber Mord, nein, das ist zu viel!«

»Wo haben Sie sich gestern Abend zwischen 18 und 20 Uhr aufgehalten?«

Kautter beruhigte sich wieder, setzte sich. »Ich war hier.«

»Allein?«

»Ja!«

»Das ist nicht gut.«

»Sie glauben doch nicht wirklich ...«

Braig winkte mit seiner Rechten ab. »Ich glaube überhaupt nichts. Ich benötige Beweise.«

»Gut«, erklärte sein Gegenüber. »Zugegeben, ich habe eine Mordswut auf den Mann. Er hat mir mein Leben zerstört, deshalb habe ich ihm die Meinung gegeigt.«

»Was hat er Ihnen getan?«

»Meine Beziehung ist zerbrochen.«

»Und daran ist Herr Hessler schuld?«

»Ja!«, beharrte Kautter. »Daran ist er allein schuld.«

»Könnten Sie mir das bitte erklären?«

»Wollen Sie das wirklich wissen?« Der Mann erhob sich seufzend von seinem Platz, lief zu dem kleinen Schrank, zog eine der Schubladen vor, kramte darin. Nach kurzem Suchen kam er mit einem prall gefüllten Kuvert in der Hand wieder zurück. Er blieb vor dem Sofa stehen, zog mehrere Fotos vor, reichte sie Braig. »Hier, das ist sie.«

Der Kommissar nahm das Bild entgegen, sah das Porträt einer hübschen, jungen Frau vor sich. Kurz geschnittene, dunkle Haare, ein schmales, von einer Stupsnase geprägtes

Gesicht, eine fein ziselierte Kette um den Hals. »Wer ist sie?«

»Helen«, antwortete Kautter. Er blieb neben seinem Besucher stehen, reichte ihm ein weiteres Foto.

Dieselbe junge Frau, ein kräftiger, gut angezogener Mann an ihrer Seite. Der Körperhaltung der beiden nach zu urteilen ein Paar. Braig studierte die Gesichtszüge des Mannes, erkannte ihn sofort. Er schaute von dem Bild auf, pfiff durch die Zähne. »Alle Achtung«, sagte er dann, »da sehen Sie wirklich gut aus.«

»Helen und ich, ja.« Die Stimme des Mannes hatte einen verbitterten Ton angenommen. »Wir waren verlobt.«

»Was kam dazwischen?«

»Das ist es ja. Hessler. Er hat mir alles zerstört.«

»Was hatte er mit Ihrer Beziehung zu tun?«

Kautter fuhr sich nachdenklich durch die Haare, musterte Braig aufmerksam. Seine Stirn war mit Falten überzogen. Es hatte den Anschein, als überlegte er, ob sein Besucher es wirklich verdiente, über sein Schicksal informiert zu werden. »Ich hatte Schloss Lichtenstein gebucht«, sagte er dann. »Letztes Jahr im Herbst.«

»Wie gebucht?«

»Wie wohl? Mit einer Frau.«

»Mit Ihrer Verlobten?«

»Doch nicht mit Helen! Die durfte natürlich nichts davon wissen.«

Braig erinnerte sich, was er im Polizeicomputer über die Betrugsvorwürfe gegen den Mann gelesen hatte, begriff, was da passiert war. »Sie waren also verlobt mit Ihrer Helen und wollten sich nebenbei noch etwas dazuverdienen.«

Kautter schluckte, wog seinen Kopf hin und her. »Dazuverdienen … Das klingt etwas abwertend.«

»Aber es trifft die Sache«, beharrte Braig. »Sie suchten nach einem neuen Opfer. Hatte Ihre Verlobte so wenig Geld?«

»Wenig Geld?« Der Mann hatte ein schiefes Lächeln im Gesicht. »Sie sind gut. Wissen Sie, zu welcher Familie Helen gehört?«

»Woher?«

»Helen Feger. Sie verstehen?«

»Feger? Diese Textilkette?«

»Genau die.«

»Sie ist die Erbin?«

Kautter nickte. »Gemeinsam mit ihrem Bruder.«

»Und Sie waren mit ihr verlobt?«

»Ganz traditionell, ja. Nächsten Frühling wollten wir heiraten.«

»Das war der größte Coup, der Ihnen je geglückt ist.«

»Herr Kommissar!« Kautter schüttelte den Kopf. »Ich habe sie geliebt. Wirklich.«

Den Ausführungen im Polizeicomputer nach war Kautter seit Jahren darauf spezialisiert, sich an besser gestellte Frauen heranzumachen und Interesse an ihrer Person vorzugaukeln, um an ihrem Vermögen zu partizipieren. Heiratsschwindler hatte man diese Spezies früher genannt. »Sie haben sie geliebt, ja?«, sagte er mit süffisantem Ton in der Stimme. »Und weshalb haben Sie dann Schloss Lichtenstein gebucht?«

Dem Mann war sichtbar unwohl. Er fuhr sich mit der Hand mehrfach über die Stirn, suchte nach Worten. »Also, wissen Sie, Herr Kommissar, das ist nicht so einfach. Da kommt man in eine Familie, wo das Geld gerade so fließt, wo es überhaupt keine Rolle spielt, was etwas kostet, und sie selbst … Na ja, es macht sich einfach nicht so gut, selbst auf jeden Cent achten zu müssen, wenn in ihrem Umfeld die Scheine kein Problem darstellen, verstehen Sie?«

»Nein. Ich dachte, Sie waren verlobt. Da fiel doch bestimmt ab und an mal was ab für Sie.«

»Ja, schon.« Kautter wand sich hin und her. »Aber das war etwas einseitig. Wenn der eine Teil alles zahlt und der andere nichts … Ich wollte auch mal was ausgeben können, von mir, das ist doch nachvollziehbar, oder?«

»Was ist mit Ihrem Lohn oder Gehalt?«

»Lohn oder Gehalt?« Der Mann lachte laut. »Mein lieber Herr Kommissar, also da geht es um andere Größenordnungen. Mit Lohn oder Gehalt …«

»Hatten Sie überhaupt einen festen Job?«

Kautter holte tief Luft. »Einen festen Job? Na ja, also meinen Job hatte ich damals …«

»Sie lebten von den freundlichen Zuwendungen verschiedener Damen beziehungsweise Ihrer Verlobten.« Braig winkte ab, benötigte keine weitere Erklärung. Kautters einziger Job über die Jahre hinweg war es gewesen, sich an gutgläubige Frauen heranzumachen und diese finanziell auszunehmen. Mit dieser Zielsetzung war er an seine steinreiche Verlobte gekommen und mit derselben Methode hatte er sich etwas Kleingeld hinzuverdienen wollen, indem er bei Hessler Schloss Lichtenstein mit einer besser gestellten Dame gebucht hatte. Einer normalen Arbeit nachzugehen war dem Herrn, jedenfalls damals, nicht zumutbar. »Sie wollten über Hesslers Agentur eine neue Eroberung tätigen, um etwas Taschengeld zur Verfügung zu haben. Dafür investierten Sie erst einmal die Kosten für Schloss Lichtenstein. Und dann?«

»Dann ist alles geplatzt. Wegen Hessler, diesem Lügner.«

»Wieso?«

»Weil das Schloss nicht für unser Rendezvous reserviert war, wie er es versprochen hatte. Nein, sie ließen alle Touristen rein, ganz normal, wie immer. Da zahlen sie ein Heidengeld für dieses Treffen in angeblich einmaliger Umgebung und dann stoßen sie auf Hinz und Kunz und werden dabei auch noch beobachtet.«

»Von einer Bekannten Ihrer Verlobten.«

Kautters Gesicht überzog sich mit brennender Wut. »Einer Bekannten? Nein, von Helens Ex! Der hatte mit mir noch eine Rechnung offen. Der lebt doch in dem Wahn, ich hätte sie ihm ausgespannt. Dabei war die Beziehung mit ihm längst am Ende, das hatte mir Helen oft genug erklärt. Aber diese Chance ließ sich der Dreckskerl natürlich nicht entgehen.«

»Er sah Sie beim Turteln mit Ihrem neuen Täubchen.«

Zum ersten Mal im Verlauf ihres Gesprächs war der Mann außerstande, sein freundliches Lächeln beizubehalten. »Der dämliche Affe hatte nichts Besseres zu tun, als es Helen sofort zu simsen. Mitsamt unzähligen Fotos. Der muss mich den halben Nachmittag und Abend verfolgt haben und ich Idiot merkte nichts davon. Na ja, ich war eben intensiv damit beschäftigt ...«

»... sich eine neue Geldquelle zu erschließen«, ergänzte Braig schnippisch. »Fürs Kleingeld, ja?« Er konnte sich ein Grinsen nicht länger verkneifen.

»Ha ha, machen Sie sich nur lustig! Sich am Elend anderer zu erfreuen ...« Kautter verstummte mitten im Satz, winkte vor Wut mit der Hand ab. »Das ist einfach beschissen gelaufen.«

»Sie konnten es nicht wieder geradebiegen?«, fragte Braig. Sie mit Ihrem Talent in solchen Dingen, dachte er bei sich.

»Wie denn?«, zischte Kautter. »Der Dreckskerl hatte eine ganze Serie von Fotos gemacht, da gab es nichts ...« Er atmete kräftig durch, versuchte, sich zu beruhigen. »Aber weshalb wühlen wir schon wieder in dem Dreck? Hessler ist schuld, hätte der dafür gesorgt, dass das Schloss an dem Tag für die Touristen gesperrt worden wäre, alles hätte prima geklappt.«

8. Kapitel

Sieben Monate zuvor

Fünf Tage später stand Tanja Geible zur vereinbarten Zeit am Bahnhof in Hessental, das Geld in einer Plastiktüte unter ihrem dicken Wintermantel verborgen. Die Dunkelheit war längst angebrochen, die Bahnsteige in dämmriges Licht getaucht. Mehrere dutzend Reisende waren auf dem Weg zu den Gleisen oder warteten auf ihre Züge.

Am Morgen hatte er wieder auf ihrer Station im Krankenhaus angerufen, obwohl sie ihn dringend darum gebeten hatte, das zu unterlassen.

»Kurz nach 14 Uhr bin ich normalerweise zu Hause, und Manfred und Dominik kommen frühestens drei Stunden später. In der Zwischenzeit können wir alles in Ruhe besprechen«, hatte sie ihn fast flehend ersucht.

»Du musst es schon mir überlassen, darüber zu bestimmen, wann und wo wir miteinander schäkern, mein Schatz«, hatte er sie in ihrem Dienstraum begrüßt, nachdem Klaus, ihr Kollege, den Hörer abgenommen und an sie weitergereicht hatte, »wenn dir das nicht passt, schicke ich gern ein paar Fotos.«

»Nein, um Gottes willen, nur das nicht!« Sie war völlig von den Socken gewesen, als sie seine Stimme gehört hatte, hatte Mühe gehabt, sich auf den Beinen zu halten. Die misstrauischen Blicke ihres Kollegen hatte sie wie spitze Messerstiche in ihrem Rücken gespürt.

»Zehn Minuten vor sechs heute Abend am Bahnhof in Hessental, Geld und Handy dabei«, hatte er, all ihren Protesten zum Trotz beharrt, »oder deine Ärzte und Patienten dürfen ein paar nette Bilder sehen. Falls dir das gefällt.«

Sie hatte sich das Geld am Nachmittag bei der Bank besorgt, insgesamt 8.000 Euro in normalen Scheinen, es zu Hause in eine Plastiktüte gepackt und diese seinem Wunsch entsprechend fest verschnürt. Iris Vermächtnis war damit vollständig aufgebraucht, ihr eigenes Konto dazu noch um annähernd 500 Euro überzogen. Den ganzen Mittag war sie damit beschäftigt gewesen, zu überlegen, wie sie das Manfred erklären sollte. Was sagen, wenn er oder Dominik auf den Wunsch nach einem extravaganten Urlaub in diesem Sommer zu sprechen kamen? Wie die Tatsache erklären, dass das Geld komplett verschwunden, für einen skrupellosen Erpresser verschwendet worden war?

Skrupelloser Erpresser, zum ersten Mal hatte sie es gewagt, den Kerl, mit dem sie eine einzige Nacht, nein, nur wenige Stunden verbracht hatte, so im Stillen für sich zu bezeichnen. Skrupelloser Erpresser, denn darum handelte es sich bei ihm …

Das Läuten ihres Handys riss sie aus ihren Gedanken. Sie zog es aus der Tasche, studierte das Display. *Unbekannter Anrufer*, das musste er sein. Um nichts in der Welt hätte sie jetzt mit Manfred oder Dominik reden können.

»Du bist im Bahnhof in Hessental«, hörte sie seine Stimme. »Das ist schön, mein Schatz.«

Erschrocken schaute sie sich um, suchte den Bahnsteig mit ihren Blicken ab. »Wo, wo sind Sie?«, fragte sie irritiert.

»Ich bin immer dort, wo du auch bist, mein Schatz«, antwortete er. »Du hast alles dabei?«

Sie griff ins Innere ihres Mantels, schaute sich um. »Soll ich es Ihnen geben?«

»Einen Moment noch«, erklärte er. »Wir machen das etwas anders. Zuerst gehst du zum Automaten und holst dir eine Fahrkarte nach Stuttgart.«

»Eine Fahrkarte nach Stuttgart?«

»Genau. Du solltest dich aber beeilen. Der Zug geht in fünf Minuten. Von Gleis 2. Du musst noch durch die Unterführung.«

»Aber ich kann doch jetzt nicht …« Sie dachte an Manfred und Dominik, hoffte, dass sie ihr die Lüge, die sie ihnen schriftlich aufgetischt hatte, abnehmen würden. *Es tut mir leid,* hatte sie auf einem Blatt auf dem Wohnzimmertisch hinterlassen, *aber ich habe mein Handy verloren. Ich war auf dem Nachhauseweg noch in der Stadt, wahrscheinlich ist es da passiert. Ich bin noch mal raus, nach ihm suchen. Falls ich noch nicht zurück bin, esst bitte gemeinsam zu Abend. In Liebe, Tanja und Mama.*

»Ich kann doch jetzt nicht nach Stuttgart fahren«, versuchte sie zu protestieren, »mein Mann und mein Sohn …«

»Das kannst du nicht? Na gut, wenn du willst, dass deine Kollegen und Patienten und deine Chefs die Fotos …«

»Nein, natürlich nicht!«, rief sie laut. Sie sah, wie sich mehrere der auf dem Bahnsteig Wartenden zu ihr umdrehten. »Aber was soll ich denn in Stuttgart?«, fuhr sie leiser fort, verzweifelt darum bemüht, Fassung zu bewahren. »Ich habe das Geld doch hier bei mir. Warum holen Sie es denn nicht ab?« Sie fühlte sich nicht wohl, musterte die Gesichter um sich herum. Keine auffällige Reaktion.

»Das lass nur mal meine Sorge sein, mein Schatz«, gab er zur Antwort. »Jetzt geh zum Automaten, es wird Zeit. Eine Fahrkarte nach Stuttgart, klar?«

Sie schaute sich um, suchte nach einem Automaten, entdeckte ihn wenige Meter von sich entfernt. Sie gab den gewünschten Zielort ein, griff nach ihrem Geldbeutel, steckte einen Schein in die vorgesehene Spalte. Das Gerät begann mit mahlenden Geräuschen zu arbeiten, spuckte dann die Fahrkarte und das Restgeld in den markierten Trog. Tanja Geible steckte alles in ihre Manteltasche, hörte seine Stimme aus dem Handy.

»So, du hast die Fahrkarte, ja?«

»Ja.«

»Dann solltest du dich jetzt wirklich beeilen. Der Zug kommt gleich. Gleis 2, durch die Unterführung. Du steigst in den letzten Wagen, verstanden?«

»In den letzten Wagen. Und Sie kommen dann ebenfalls?«

»In den letzten Wagen. Der Zug nach Stuttgart. Beeilung jetzt.«

Sie ergab sich in ihr Schicksal, folgte den Stufen in die schmale Unterführung. Eine Gruppe junger Mädchen sprang laut kichernd vor ihr her.

»Jenni will heute Abend noch zu Basti«, hörte sie eines der Mädchen rufen.

»Ich? Bist du verrückt?« Ein blond gelocktes, mit einer kurzen Jacke und knallengen Jeans bekleidetes, junges Ding blieb mitten in der Unterführung stehen, tippte sich an die Stirn. »Doch nicht zu dem Loser!«

Lautes Johlen setzte ein.

Tanja Geible schob sich an den ausgelassen ihre Lebenslust zelebrierenden Mädchen vorbei, erreichte den Bahnsteig in dem Moment, als der Zug gerade einfuhr. Etwa zwei Dutzend Reisende warteten darauf einzusteigen. Sie musterte die Gesichter, konnte keines identifizieren. War *er* schon im Zug?

Sie beeilte sich, weiter nach hinten zu gelangen, hörte die laute Aufforderung, einzusteigen. Im gleichen Moment hatte sie seine Stimme in der Leitung.

»Und? Bist du im Zug?«

Sie nahm die nächstbeste Tür, kletterte die Stufe hoch, betrat den Wagen. »In diesem Moment, ja«, bestätigte sie. Der Großraum war gut besetzt, mehrere Frauen und Männer auf die verschiedenen Sitzgruppen verteilt.

»Du bist im letzten Wagen?«

Sie schaute durch die Tür, sah, dass weitere Abteile folgten. »Noch nicht«, antwortete sie.

»Dann wird es höchste Zeit.«

Sie merkte, dass sich der Zug in Bewegung setzte, beeilte sich, den letzten Wagen zu erreichen. Ein einzelner Mann saß gleich in der ersten Sitzreihe. Er döste mit verschlossenen Augen vor sich hin. Für den Moment einer Sekunde blieb sie stehen, musterte ihn, lief weiter. Nein, er war es nicht, unmöglich. Selbst wenn er sich verkleidet haben sollte, um nicht erkannt zu werden, so sehr konnte sich ein Mensch nicht verändern. Der da in der ersten Reihe war viel zu alt und zu dick.

Sie folgte dem letzten Wagen bis ans Ende, sah nur leere Bänke. Kein einziger Reisender mehr.

»Und? Wo bist du jetzt?«, hörte sie aus dem Handy.

»Am Ende des Zuges. Es tut mir leid, ich kann Sie nicht finden.«

»Das ist kein Problem. Der letzte Wagen ist leer?«

»Ja, bis auf einen Mann gleich in der ersten Sitzreihe.«

»Dann nimm Platz. Ganz am Ende des Wagens. In Fahrtrichtung rechts.«

»In Fahrtrichtung rechts? Wieso?«

»Such dir einfach einen Platz in Fahrtrichtung rechts. Am Ende des Wagens.«

Sie folgte seinen Worten, ließ sich in der letzten Sitzgruppe nieder. Der Zug fuhr in flottem Tempo durch die Nacht. Sie schaute zum Fenster, betrachtete die ängstliche, mit eingezogenen Schulter nach vorne gebeugte Gestalt, die sich darin spiegelte. Bin das wirklich ich? Was ist nur aus mir geworden? Eine einzige dumme Nacht, eine falsche Entscheidung …

»So. Gleich sind wir in Gaildorf.«

Erschrocken starrte sie zum Handy. »Gaildorf?«

»In zwei, drei Minuten, ja.«

»Und dort steigen Sie zu?«

»Ich gebe dir Bescheid, mein Schatz. Nur keine Angst, wir finden schon zueinander.«

Im gleichen Moment hörte sie die Stimme des Zugführers, der die Ankunft des Zuges in Gaildorf bestätigte. Sie starrte nach vorne zur Tür, spürte, wie sich die Geschwindigkeit verringerte, sah einzelne Lichter aus dem Dunkel tauchen. Ob er jetzt erst zustieg?

»Das Fenster«, hörte sie seine Stimme aus dem Handy, »du kannst es öffnen?«

Sie schaute unsicher nach oben. »Wieso? Ich habe es noch nicht versucht.«

»Dann wird es höchste Zeit. Du sitzt in einem der alten Wagen, in dem sich die Fenster noch öffnen lassen. Es sei denn, es ist zufällig verklemmt.«

Sie richtete sich auf, umklammerte die beiden Haltegriffe, zog daran. Das Fenster gab sofort nach. Rabenschwarze Nacht vor Augen spürte sie den kalten Fahrtwind. Sie versuchte, etwas zu erkennen, sah nur die schemenhaften Umrisse eines bewaldeten Berges vor sich. Zum Glück verlor der Zug rasant an Fahrt. Sie merkte, dass sich die Lichter des Bahnhofs auf der anderen Seite befanden, schloss das Fenster wieder, setzte sich auf ihren Platz.

»Du hast es ausprobiert.«

»Es lässt sich öffnen«, bestätigte sie. »Aber ich glaube, der Bahnsteig ist auf der anderen Seite. Wenn ich Ihnen das Geld nach draußen reichen soll …«

»Nur langsam. Er fährt gleich weiter.«

Der Zug kam vollends zum Halten. Sie starrte durch die Tür nach vorne, sah, dass ein paar Leute zustiegen und sich in den vorderen Wagen niederließen, hörte wieder seine Stimme.

»So. Jetzt ist es gleich so weit. Du hast das Paket mit dem Geld bereit.«

»Ja, natürlich«, erklärte sie. »Sind Sie jetzt erst zugestiegen?«

»So etwa, ja.«

Sie spürte, wie sich der Zug wieder in Bewegung setzte. Die Bahnsteiglampen huschten in immer schnellerem Tempo draußen vorbei.

»Jetzt kommt der Tunnel«, sagte er, Sekunden bevor der Berg den Zug verschluckte. Die Fahrgeräusche wurden schlagartig lauter, die Handyverbindung schien unterbrochen. Sie schaute nach vorne, wartete, dass er sich aus einem der vorderen Wagen näherte, entdeckte plötzlich zwei uniformierte Polizeibeamte, die aufmerksam durch die Abteile liefen. Plötzlich hatte sie ihn wieder in der Leitung.

»Du bist noch da?«, fragte er.

Sie merkte, dass der Zug wieder ins Freie getaucht war. »Da ist Polizei«, sagte sie.

»Polizei? Was willst du mit Polizei? Soll ich die Fotos ins Netz stellen?«

»Nein«, rief sie laut, »um Gottes willen, nein.«

»Also, dann nimm das Paket mit dem Geld jetzt in die Hand.«

Sie starrte nach vorne in den nächsten Wagen, sah nur die beiden Polizeibeamten. Sie wechselten ein paar Worte miteinander, näherten sich der Tür.

»So, jetzt ist es soweit«, erklärte die Stimme aus dem Mobilfunk.

»Jetzt?«

»Frag nicht so blöd. Du hast das Paket in der Hand?«

Sie schaute sich unsicher um. Niemand war in der Nähe, nur die beiden Uniformierten an der Tür. »Ja«, antwortete sie.«

»Dann öffne jetzt das Fenster.«

»Wie bitte?«

»Öffne das Fenster. Los, auf. Und dann raus mit dem Geld! Los! Wird's endlich?«

Genau in dem Moment, als die Polizeibeamten den Wagen betraten, riss sie das Fenster auf, holte weit aus und warf das Paket nach draußen. Im selben Moment hörte sie das laute Schimpfen in ihrer unmittelbaren Nähe.

9. Kapitel

September

Konnte man wirklich so dämlich sein?
Kopfschüttelnd hatte Braig die Wohnung Robin Kautters in Göppingen verlassen und sich auf den Weg zum Bahnhof gemacht. Da hatte sich der Kerl auf die Abzocke betuchter Frauen spezialisiert und genau in dem Moment, wo er den dicksten Fisch seines Lebens an der Angel hatte …

So viel Dummheit musste bestraft werden. Wer selbst dann nicht zufrieden war, wenn er den großen Fang gemacht hatte, wer vor lauter Unersättlichkeit nicht genug bekam, dem gehörte es nicht besser. Ganz abgesehen davon, wie moralisch fragwürdig Kautters Treiben war. Sollte man das, was ihm passiert war, vielleicht eher ausgleichende Gerechtigkeit nennen?

Braig hatte sich während der ausführlichen Schilderungen des Mannes ein schadenfrohes Grinsen nicht immer verkneifen können. Je länger Kautter in seinem unablässigen Jammern über seine zerstörte Beziehung verharrte, desto mehr hatten ihm spöttische Bemerkungen auf der Zunge gelegen. Dass der Mann jetzt nach vielen Jahren erstmals wieder gezwungen war, sich seinen Lebensunterhalt mit ehrlicher Arbeit als Portier einer Maschinenbaufirma zu verdienen, hatte er sich selbst zuzuschreiben. Seine Aggressionen gegen Hessler entbehrten Braigs Überlegungen zufolge jeder Grundlage. »Wir behaupten nirgendwo in unseren Angeboten, dass wir die Sehenswürdigkeiten, die wir für unsere Meetings nutzen, während dieser Zeit für die Allgemeinheit sperren lassen«, hatte Raphaela Groll Braig erklärt, »das wäre unbezahlbar und in den meisten Fällen überhaupt nicht zu realisieren.« Herr Kautter hat da wohl etwas falsch verstanden.

War es nur beim falschen Verstehen geblieben oder hatte er sich in seinem Wahn von Hesslers angeblicher Schuld an seinem persönlichen Zerwürfnis zu der Gewalttat an dem Mann hinreißen lassen?

Braig war sich des freimütigen Eingeständnisses des Mannes bewusst, über kein Alibi zu verfügen, wollte sich dennoch keinen intensiveren Spekulationen über dessen Täterschaft hingeben, bevor er nicht mit den anderen Personen gesprochen hatte, die Hessler ebenfalls bedroht hatten. Er war deshalb unmittelbar nach dem Besuch bei Kautter telefonisch bei Ralf Brauser vorstellig geworden und hatte mit dem Mann ein Gespräch gegen 15 Uhr in der Bahnhofswirtschaft in Geislingen vereinbart.

»Aber nur, wenn nicht überraschend die Irre wieder auftaucht«, hatte Brauser angefügt.

»Wie bitte?« Braig hatte die Anmerkung des Mannes nicht verstanden.

»Im Notfall rufe ich zurück. Dann vereinbaren wir einen anderen Treffpunkt.«

»Einen anderen Treffpunkt? Hören Sie, ich fürchte, Sie unterschätzen die Ernsthaftigkeit dieses Gesprächs. Sie können nicht einfach …«

»Ich will überhaupt nichts. Wir treffen uns ja.«

Braig hatte sich darauf verlassen, dass der Mann nicht irgendwelche Vorkehrungen traf, dem Gespräch aus dem Weg zu gehen, hatte den nächsten Zug nach Geislingen genommen. Das Lokal im Bahnhof erwies sich als geschickter Treffpunkt; neben dem Wirt hielten sich nur noch zwei ältere Männer, stumm über ihren Biergläsern brütend, darin auf. Wen immer er erwartet haben mochte, Brauser entsprach in keiner Weise den Vorstellungen, die Braig von einem Kunden einer Partnervermittlungsagentur insgeheim hatte. Schon deutlich über die Fünfzig und auch von einer fortgeschrittenen Glatze gezeichnet ähnelte der Mann dem Typus des nicht mehr ganz jungen Schauspielers, der sich auf verführerische Liebhaberrollen spezialisiert hatte. Groß, breitschultrig, ein schmales, von einem energischen Kinn und einem dunklen Teint geprägtes Gesicht, dazu mit einem feinen, hellgrauen Anzug bekleidet – wieso hatte der es nötig, die Dienste von Hesslers Agentur in Anspruch zu nehmen?

Brauser füllte den gesamten Türrahmen aus, als er das Lokal betrat. Er sah sich kurz um, grüßte laut, trat dann ohne Zögern auf Braig zu, stellte sich vor. »Sie haben sich korrekt beschrieben«, sagte er, »und ich denke, Sie können sich auch legitimieren.« Er musterte Braigs Ausweis, nahm an dessen Tisch Platz. »Einen Cappuccino, bitte«, orderte er dann, in die Richtung des Wirtes gewandt.

»Sie konnten Ihren Arbeitsplatz kurzfristig verlassen?«, fragte Braig. Er schob sein Wasser zur Seite, verfolgte die Mimik des Mannes.

»Das ist kein Problem«, erklärte sein Gegenüber. »Ich bin Ingenieur und leite die Entwicklungsabteilung unserer Firma. Ich opfere jedes zweite Wochenende, da kann ich mir schon die Freiheit nehmen … Aber lassen wir das unnötige Geplänkel. Sie kommen wegen Hessler.«

»Sie sollen ihn bedroht haben.«

»Um es auf den Punkt zu bringen: Mit seinem Tod habe ich nichts zu tun. Ist es geklärt, dass es sich wirklich um Mord …« Er verstummte, sah Braigs Nicken.

»Sonst hätte ich mir den Weg hierher ersparen können«, erklärte der Kommissar.

»Ich habe mich über ihn und seine Tätigkeit beschwert«, berichtigte Brauser dann, »bedroht ist nicht das richtige Wort.«

»Wo waren Sie gestern zwischen 18 und 20 Uhr?«

»Sie sind hartnäckig, wie?« Der Mann lehnte sich zurück, weil der Wirt den Cappuccino servierte, zog seinen Geldbeutel, bezahlte. »Zwischen 18 und 20 Uhr war ich in Oberkochen beziehungsweise zwischen Oberkochen und Böhmenkirch.«

»In Oberkochen?«

Brauser nickte. »Genau. Beruflich. Wie lange, kann ich Ihnen nicht auf die Minute sagen. Ich schätze mal, bis gegen 19 Uhr. Anschließend fuhr ich nach Hause. Ich wohne in Böhmenkirch.«

»Sie fuhren allein?«

»Allein, ja.«

»Kann jemand bezeugen, wann Sie zu Hause ankamen?«

»Nein, das kann niemand. Meine Frau hält sich dank Herrn Hesslers Lügen zur Zeit bei ihren Eltern auf. Und meine Tochter ist in den USA.«

»Dann haben Sie für die Tatzeit kein Alibi.«

»Soweit ich aus den Nachrichten informiert bin, wurde Hessler in Aalen überfallen. Ich war gestern nicht in Aalen.«

»Aber in Oberkochen. Zur fraglichen Zeit, wie Sie selbst zugeben. Wie weit liegt Oberkochen von Aalen entfernt?«

»Keine Ahnung. Zehn Kilometer?«

»So würde ich das auch schätzen. Zehn Kilometer. Ein kurzer Abstecher ...«

»Ich habe nichts damit zu tun.« Brausers Stimme gewann an Schärfe. Er fixierte sein Gegenüber mit starrem Blick, griff dann nach seiner Tasse, trank von dem Kaffee.

»Weshalb haben Sie sich bei Herrn Hessler beschwert?«

»Er hat mich belogen«, antwortete der Mann, seine Tasse noch in der Hand. »Und diese Lüge hat für mich fatale Folgen.«

»Was werfen Sie ihm konkret vor?«

Brauser nahm einen weiteren Schluck, setzte die Tasse dann ab. »Er behauptete, nur persönlich von ihm ausgesuchte Frauen zu vermitteln«, betonte er. »Das ist gelogen.«

»Woher wollen Sie das so genau wissen?«

»Weil er die Frau, die er mir andrehte, unmöglich selbst ausgesucht haben kann. Sonst hätte er genau gewusst, welche Konsequenzen mir aus der Begegnung mit ihr erwachsen.«

»Von welchen Konsequenzen sprechen Sie?«

»Von welchen Konsequenzen?« Brauser wurde ungehalten. »Ich kann mich nicht mehr frei bewegen. Meine Frau hat sich von mir getrennt. Die halbe Firma lacht über mich. Reicht das?«

»Sie können sich nicht frei bewegen? Wie soll ich das verstehen?« Braig trank von seinem Wasser, musterte sein Gegenüber.

»Hesslers Agentur. Ich war zufällig darauf gestoßen. Beim Surfen im Internet. *Vermittlung ausgesuchter Partnerinnen und Partner.*« Brauser ließ ein verächtliches Zischen hören. »Ausgesuchte Partnerinnen«, wiederholte er. Er nahm den kleinen Keks von seiner Untertasse, schnipste ihn quer über den Tisch. Braig fing ihn auf, legte ihn zurück.

»Was soll ich lange drum herumreden. Die Hexe, die er mir vermittelte, ist hochgradig gestört. Der reinste Horror.«

»Darf ich wissen, wieso?«

»Wieso?« Der Mann musste an sich halten, nicht laut loszubrüllen. Er warf seinen Oberkörper über die Tischkante, fixierte Braig mit hochrotem Kopf. »Wieso?«

Die Männer an der Theke erwachten aus ihrer Trance, drehten überrascht die Köpfe zu ihnen her.

»Die verfolgt mich, auf Schritt und Tritt. Sie taucht vor meiner Firma auf, erkundigt sich bei der gesamten Belegschaft nach mir, steht vor meiner Haustür oder klappert die Nachbarn ab, um nach mir zu fragen, und wenn ich Pech habe, stürmt sie gleich hier noch ins Lokal!« Er wies mit hoch erhobener Hand zum Eingang. »Die halbe Stadt weiß Bescheid. Ich bin die Liebe ihres Lebens, ohne mich kann sie nicht existieren. Dabei wollte ich doch nur einen One-Night-Stand.«

»Sie suchten nur ein kurzes Abenteuer? Weshalb wandten Sie sich dann an eine Partnervermittlung?«, fragte Braig.

»Weil Hessler genau das anbietet«, giftete sein Gegenüber. »Behauptet er jedenfalls.«

»Er vermittelt One-Night-Stands?«

Brauser seufzte laut. »Hesslers Agentur vermittelt Leute, die eine längerfristige Beziehung suchen genauso wie unverbindliche Treffen.«

»Diese Unterscheidung wird von Anfang an getroffen?«, fragte Braig überrascht.

»Ja, natürlich«, erklärte der Mann. »Das ist ja auch sinnvoll. Ich wollte keine große Sache, ich bin schließlich verheiratet. Meine Frau war für fünf Wochen in den USA bei unserer Tochter, die dort studiert. Ich wollte etwas Abwechslung, an einem der Wochenenden.«

»Und das haben Sie Herrn Hessler auch genau so erklärt.«

»Sage ich doch«, antwortete sein Gesprächspartner. »Das war genau so ausgemacht. Ich wollte den Sonntag nicht allein verbringen. Außerdem hatte ich Lust auf Sex ...« Er bemerkte Braigs kritische Miene, verschärfte seinen Tonfall. »Kommen Sie mir jetzt ja nicht mit irgendwelchen moralinsauren Bemerkungen. Wir leben im 21. Jahrhundert.«

Der Kommissar hob abwehrend seine Hände. »Es liegt mir fern, Ihnen moralisch zu kommen. Ihr Privatleben geht mich nichts an. Ich will nur wissen, wie Sie dazu kamen, Hessler zu bedrohen.«

»Ich buchte eine unverbindliche Begegnung mit einer Frau, die genau dieselbe Absicht hatte. Und dann schickte er mir diese Irre.«

»Sie machten ihr nicht klar, dass Sie keine längerfristige Beziehung wollten?«

Brauser sprang von seinem Stuhl, baute sich vor Braig auf. »Natürlich machte ich ihr das klar«, schrie er. »Und sie war einverstanden. Sie wolle nur etwas Spaß, behauptete sie.« Er sah die überraschten Gesichter der beiden Männer, setzte sich wieder. »Entschuldigen Sie bitte meinen Tonfall. Aber Sie haben offensichtlich keine Ahnung, wie mir die Irre in den letzten Wochen zusetzte.«

»Wo haben Sie sich getroffen?«

»Am Schloss Monrepos in Ludwigsburg. Und ja, wir verbrachten eine heiße Nacht miteinander. Ich glaube, jeder von uns kam voll auf seine Kosten.«

»Aber danach wollte sie mehr.«

»Ich war so dämlich, ihr zu verraten, dass ich hier in Geislingen arbeite. Irgendwie kamen wir darauf zu sprechen.«

»Und dann stand sie plötzlich vor Ihrer Firma.«

Brausers Handy signalisierte den Eingang einer SMS. Er entschuldigte sich, zog das Gerät aus seiner Tasche, warf einen Blick auf das Display.

Braig sah, wie sich der Blick des Mannes schlagartig verfinsterte, fragte nach der Ursache. »Gibt es berufliche Probleme?«

Seinem Gegenüber schien es die Sprache verschlagen zu haben. Brauser stöhnte laut auf, donnerte mit der Rechten so kräftig auf den Tisch, dass die Tasse von ihrem Unterteller sprang, schob sein Mobiltelefon dann zu Braig. »Berufliche Probleme? Die Nachricht stammt von meinen Kollegen, ja. Von unserem Pförtner, um es genauer zu sagen.« Er fauchte wie ein wildes Tier. »Hier, lesen Sie selbst.«

Braig musterte das Handy, las die Mitteilung.

Warnung! Die Irre steht wieder da und wartet auf dich! Hintereingang benutzen!

10. Kapitel

Sieben Monate zuvor

Dass die Sache zu einem solchen Albtraum ausarten würde, hatte sie sich in ihren schlimmsten Träumen nicht ausgemalt. Tanja Geible fühlte sich noch jetzt, am Morgen danach, elend wie selten zuvor und vollkommen am Ende ihrer Kräfte. Mit schweren Beinen schob sie sich von Patient zu Patient, hatte zwei Mal schon die Vene verfehlt und den Unwillen des davon betroffenen, ohnehin ständig gereizten Mannes drastisch verschärft.

»Hent Se heut überhaupt koi Luscht uf Ihren Job? Ganget Se doch in de Schlachthof, die suchet garantiert noch Metzger von Ihrer Sorte!« Sein Schreien war angesichts der offenen Tür in der halben Station zu hören gewesen.

»Dir geht es doch nicht gut«, hatte ihr Kollege wenige Minuten später erklärt. Sie waren an der Tür der Mitarbeiter-Toilette aufeinandergeprallt. Er musterte sie eindringlich. »Was ist los? Hat das mit den seltsamen Anrufen der letzten Wochen zu tun?«

»Was für Anrufe?«, hatte sie matt gekontert.

»Du weißt genau, wovon ich spreche. Du warst doch jedes Mal, wenn der Kerl am Apparat war, am Boden zerstört.«

Sie hatte nur abgewunken, war zum Waschbecken getaumelt, hatte sich kaltes Wasser hinter die Ohren geklatscht.

Kurz nach 21 Uhr war sie endlich wieder nach Hause gekommen, das Zetern und Schimpfen der Polizeibeamten immer noch im Ohr, die sie genau in dem Moment überrascht hatten, als sie das Geld aus dem Fenster geworfen hatte.

Laut schreiend hatten sich die beiden Uniformierten auf sie gestürzt. »Sind Sie wahnsinnig, Ihren Müll einfach aus dem

Fenster zu schmeißen? Machen Sie das zu Hause genauso?«

»Müll?« In ihrer Aufregung hatte sie zu keiner ausführlicheren Antwort gefunden. Sie war von der eiskalten Nachtluft benebelt, hatte erst gar nicht verstanden, wovon die beiden sprachen.

»Ja, glauben Sie, Sie können es auch noch abstreiten? Wollen Sie uns etwa anlügen?«

»Ich? Sie anlügen?«

»Schmeißen Sie immer Ihren Müll einfach aus dem Fenster?«, hatte der eine gebrüllt. »Oder wollen Sie mir weismachen, Sie hätten gerade Ihren wertvollen Schmuck aus dem Zug geworfen?«

Was hätte sie antworten sollen? Etwa die Wahrheit? Damit der Verbrecher draußen einen Grund hatte, seine Drohungen trotz der Geldübergabe in die Tat umzusetzen?

Die Polizeibeamten hatten darauf bestanden, ihren Ausweis zu überprüfen und ihr eine Anzeige wegen was auch immer, sie hatte ihre Ausführungen ohnehin nicht verstanden, zu verpassen. Sie war zu aufgeregt, dagegen zu protestieren, hatte sich völlig entkräftet und zitternd vor Angst nicht einmal darum bemüht, um Gnade zu betteln, sondern in ihr Schicksal gefügt.

»Die schriftliche Ausfertigung wird Ihnen auf dem Postweg zugesandt«, hatten sie sie belehrt, sie dann nach einer gefühlten Ewigkeit endlich aus ihrer Obhut entlassen. Hätte es an diesem Abend die Möglichkeit gegeben, in den Boden zu versinken und im Erdinneren zu verschwinden, sie hätte sie ohne jede weitere Überlegung genutzt. Es war wirklich schiefgegangen, was nur hatte schiefgehen können.

So aber blieb ihr nichts übrig, als in Murrhardt auszusteigen und den Gegenzug nach Hessental zu nehmen, ein Wrack von einem Menschen, eine Existenz am Ende ihrer Kraft. Dass ihr Handy fast ohne Unterbrechung läutete – sie hatte es kaum wahrgenommen, sich auch nicht um die Identifizierung der Anrufer bemüht.

»Mein Gott, was haben wir uns Sorgen gemacht«, war ihr Mann ihr dann an der Haustür entgegengesprungen, »wo warst du solange? Was ist mit deinem Handy? Du hast es die ganze Zeit gesucht?«

Sie hatte es wortlos aus der Tasche gezogen und ihm in die Hand gedrückt.

»Na, Gott sei Dank«, war er ruhig geworden, »dann hat sich dein langes Suchen ja doch noch gelohnt. Und, wo hast du es gefunden?«

»Murrhardt«, hatte sie aus sich herausgepresst, wohl wissend, dass sie ihren eigenen Ehemann belog, »ein Mann aus Murrhardt.«

»Ein Mann aus Murrhardt?«

»Er muss es im Krankenhaus … aus Versehen.«

»Und dann hat er es zu Hause erst entdeckt?«

Sie hatte nur genickt, entsetzt über sich selbst, ihren eigenen Mann so zu belügen, hatte zugleich die Erleichterung darüber gespürt, dass er bereit war, sich mit einer solch simplen Antwort abspeisen zu lassen. Vorerst jedenfalls. Solange er noch nicht wusste, dass sie das ganze Geld, Iris' komplettes Vermächtnis und noch zwei Tausender dazu, im wortwörtlichen Sinn aus dem Fenster hinausgeworfen hatte. Aus dem Fenster eines fahrenden Zuges hinaus in die Nacht. Sie wollte gar nicht daran denken, wie sie ihm den Verlust dieser großen Summe erklären sollte. 8000 Euro, einfach so weg …

11. Kapitel

September

Dr. Roland Krancik erregte schon nach wenigen Minuten gemeinsamen Gesprächs dermaßen Braigs Unwillen, dass der Kommissar alle Kraft zusammennehmen musste, sachlich und neutral zu bleiben. Der freie Unternehmensberater hatte ein Büro in der Ulmer Innenstadt und Braig einen Termin um »Punkt 18 Uhr« angeboten, »maximal zwanzig Minuten, keine Sekunde länger. Ich bin selbstständiger Unternehmer und muss mir mein Geld selbst verdienen«, hatte er ihn fernmündlich beschieden. »Mir wirft der Staat nicht wie seinen Beamten das Geld ohne Gegenleistung hinterher.«

An manchen Tagen hat man es nur mit Verrückten zu tun, war es dem Kommissar durch den Kopf gegangen. Zu seinem Verdruss hatte er unmittelbar im Anschluss an das Telefonat auch noch einen Anruf Söderhofers entgegengenommen. Wie er auf seinem Display gesehen hatte, war dies bereits der vierte oder fünfte Versuch des Staatsanwalts, ihn an diesem Mittag zu erreichen. Bisher hatte er sich den Kontakt bewusst erspart.

»Was ist mit den beiden Frauen, Braig? Haben wir ihre Identität?«, hatte der Mann ohne jede Begrüßung losgelegt.

»Unsere Ermittlungen …«

»… immer noch kein Erfolg?«

»Hessler wurde von verschiedenen Kunden seines Instituts bedroht. Zwei dieser Herren habe ich …«

»Kunden seines Instituts? Braig, was schwadronieren Sie da? Was vergeuden Sie Ihre Zeit mit sinnlosem Palaver? Wo sind die beiden Frauen, was ist mit der Kamera?«

»Ich habe meine Kollegin Stührer damit beauftragt. Sie …«

»Ihre Kollegin? Braig, sind Sie des Wahnsinns? Was wollen Sie mit dieser Frau? In vierzehneinhalb Wochen noch nach den beiden Täterinnen suchen?«

»Ich glaube, Sie verwechseln da etwas. Die beiden Frauen, die wir suchen, müssen mit der Tat überhaupt nichts. ..«

»Braig, wollen Sie mich etwa belehren? Diese beiden Frauen müssen wir finden, sonst überhaupt nichts!«

»Die Kamera interessiert Sie nicht mehr?«

Söderhofer war vollends explodiert. Braig hatte versucht, das Gespräch möglichst schnell zu einem Ende zu bringen, die Verbindung dann ohne sich zu verabschieden unterbrochen. Vor lauter Unmut über das fernmündliche Gegeifer Söderhofers war er kaum dazu gekommen, sich Gedanken über Ralf Brausers Ausführungen zu machen. Der Mann hatte seinen Wunsch nach einem unverbindlichen One-Night-Stand während der Abwesenheit seiner Frau offensichtlich teuer bezahlt: Seine Ehe war zerbrochen, sein Renommee in der Firma und der Stadt angekratzt, zudem wurde er anscheinend auf Schritt und Tritt von seiner Kurzzeitpartnerin verfolgt. War er Zeuge einer menschlichen Tragödie oder eher einer provinziellen Posse geworden?

Braig hatte sich auf der Fahrt von Geislingen nach Ulm zusammenreißen müssen, nicht laut loszulachen. Brausers Gesicht gegen Ende ihres Gesprächs, als er die SMS über das Auftauchen seiner Verehrerin erhalten hatte ...

Dass der Mann ihn als Polizeibeamten nicht auch noch aufgefordert hatte, sich um die Frau zu kümmern, war alles. Hatte er ihm ihr Verhalten korrekt dargelegt, war es durchaus als *Stalking* zu werten, die strafrechtlich inakzeptable fortwährende Belästigung eines anderen Menschen. Sollte Brauser jedoch tatsächlich Anzeige erstatten, fiel das nicht in Braigs Ressort. Dann durften sich die Kollegen vor Ort um die Sache kümmern. Das Einzige, was ihn interessierte, war die Frage, ob der Mann als Mörder Hesslers infrage kam. Immerhin hatte Brauser selbst zugegeben, zur fraglichen Zeit in unmittelbarer Nähe des Tatortes gewesen zu sein. Von Oberkochen nach Aalen waren es maximal zehn Kilometer, eher noch weniger, eine Affäre von wenigen Minuten. Braig hatte sein Handy aus der Tasche gezogen und die Spurensicherer gebeten, das Auto Brausers zu überprüfen. Hatte er Hessler auf dem Gewissen, war es so sicher festzustellen. Es sei denn, er hätte ein anderes Fahrzeug benutzt …

Jacqueline Stührer zu erreichen, war ihm weder am Mittag noch jetzt geglückt. Braig hatte es sowohl unter ihrer Handy- als auch ihrer Festnetznummer im LKA versucht. Niemand hatte ihm erklären können, wo sich seine Kollegin aufhielt oder ob ihr inzwischen irgendwelche neuen Erkenntnisse zur aktuellen Ermittlung vorlagen. Die Frau war wie vom Erdboden verschluckt, so sehr er sich auch bemühte, sie aufzuspüren.

Das Büro Dr. Roland Kranciks lag keine zehn Gehminuten vom Ulmer Hauptbahnhof entfernt. Braig hatte sich einen kurzen Imbiss in der Bahnhofshalle gegönnt und seine Partnerin darüber informiert, wo und wie lange er wohl noch unterwegs war, sich dann auf den Weg zu dem Unternehmensberater gemacht.

Dr. Krancik empfing ihn mit geschäftsmäßig jovialem Lächeln, eröffnete das Gespräch mit einem Blick auf seine goldene Armbanduhr. »Immerhin, Sie sind pünktlich, das muss man Ihnen lassen. Fast auf die Minute.«

Braig musterte sein Gegenüber, einen tadellos mit Anzug, weißem Hemd und Krawatte bekleideten Mittvierziger mit ins Rötliche tendierenden, schütteren Haaren und einem schmalen Vollbart, zog seine Hand nach kurzer Begrüßung so schnell wieder zurück, dass es schon fast als unhöfliche Geste empfunden werden konnte. Der Mann war ihm nicht nur seiner unverschämten Worte am Telefon, sondern auch des jovialen Grinsens wegen, zu dem sein Gesicht dauerhaft verzogen schien, unsympathisch.

Dr. Krancik führte ihn in einen hellen, mit dunklen Ledersesseln ausgestatteten Raum, dessen Fenster einen direkten Blick zum nahen Turm des Ulmer Münsters erlaubte. »Nehmen Sie bitte Platz. Maximal zwanzig Minuten, Sie wissen Bescheid. Darf ich Ihnen mit einem Getränk aufwarten? Meine Sekretärin ist bereits außer Haus, viel dürfen Sie also nicht verlangen.«

Braig schüttelte den Kopf, beschloss, den Mann direkt anzugehen. Er setzte sich in einen der Sessel, wartete, bis sein Gegenüber ebenfalls Platz genommen hatte. »Darf ich wissen, wo Sie sich gestern Abend zwischen 18 und 20 Uhr aufgehalten haben?«

Dr. Krancik lachte laut auf. »Oho, was ist denn das? Verdächtigen Sie mich etwa einer Straftat?«

Braig blieb ruhig. »Beantworten Sie doch bitte meine Frage.«

»Wo ich gestern Abend war?« Der Mann wog seinen Kopf überlegend hin und her. »Muss ich einen Anwalt hinzuziehen?«

»Haben Sie Probleme mit einer ehrlichen Antwort?«

»Ich? Weshalb denn? Natürlich nicht!« Dr. Krancik ließ erneut ein kräftiges Lachen hören. Das Grinsen schien in seiner Miene festgefroren. »Gegenfrage, junger Mann: Was geht Sie das überhaupt an?«

Braig hatte zunehmend Probleme, die Arroganz seines Gegenüber zu ertragen, zumal er wahrscheinlich der um einige Jahre Ältere war, verschärfte seinen Ton. »Hören Sie: Ich fahre nicht eigens von Stuttgart hierher nach Ulm, um irgendwelche lustigen Spiele zu veranstalten. Es geht um Mord, das wissen Sie genau. Wo waren Sie also gestern Abend?«

»Sie glauben allen Ernstes, mich als Täter verdächtigen zu können?«

»Ich verdächtige Sie überhaupt nicht. Geben Sie mir eine Antwort, dann ist die Sache erledigt.«

»Sie sind gut. Sie sind wirklich gut«, feixte der Mann. »Sie wollen wissen, wo ich gestern war.«

Braig holte tief Luft, atmete kräftig durch.

»Ja, da ich mir mein Geld selbst verdienen muss, sieht es bei mir etwas anders aus als bei Beamten. 18 Uhr. Um diese Zeit kann ich es mir noch nicht leisten, auf der faulen Haut zu liegen.« Das Grinsen des Unternehmensberaters gewann an Intensität. Er legte seinen Kopf leicht auf die Seite, fixierte seinen Gesprächspartner. »Deshalb hilft es auch nicht, meine Frau zu fragen. Zwischen 18 und 20 Uhr war ich auf der Autobahn. Irgendwo in Bayern. Von Salzburg kommend.«

»Wann haben Sie Salzburg verlassen?«

Dr. Krancik wog seinen Kopf hin und her. »Gute Frage.« Er hob den Arm, warf einen Blick auf seine Uhr, als könnte sie ihm die korrekte Antwort liefern. »17.30 Uhr etwa«, sagte er dann. »Das müssen Sie meine Geschäftspartner fragen. Die wissen es sicher genauer.«

»Sie fuhren direkt nach Ulm?«

»Neu-Ulm, ja. Wir wohnen auf der anderen Donau-Seite.«

»Wann waren Sie zu Hause?«

»Wann? Was weiß ich. Gegen 21 Uhr vielleicht.«

»Sie haben keinen Umweg über Aalen gemacht?«

So sehr die Frage den Mann provozieren musste, das überzogene Grinsen verschwand nicht aus seiner Miene. Es schien wie festgemeißelt. »Aalen? Tut mir leid, nein. Hätte ich denn?«

»Sie wissen, dass Herr Hessler dort gestern Abend einem Verbrechen zum Opfer fiel.«

»Mein Beileid seinen Angehörigen, ja. Der Mann war noch viel zu jung.«

»Sie haben ihn mehrfach bedroht.«

»Na und? Ich hatte allen Grund dazu.«

»Was werfen Sie ihm vor?«

»Das wissen Sie doch genau.«

»Nein«, antwortete Braig in scharfem Ton. »Das weiß ich nicht.«

»Ich hatte bei ihm gebucht.«

»Ja, und? Was haben Sie zu beanstanden?«

»Sie haben Humor«, erklärte Dr. Krancik. »Wenn Sie eine Nutte buchen, wollen Sie dann mit der ins Fernsehen?«

»Eine Nutte?« Braig konnte seine Überraschung nicht verbergen. »Was hat das mit Herrn Hesslers Agentur zu tun?«

»Tun Sie doch nicht so scheinheilig! Weshalb habe ich seine Dienste denn in Anspruch genommen?«

»Hesslers Agentur vermittelt Prostituierte?«

Sein Gegenüber lachte laut. »Jetzt erklären Sie mir aber nicht, Sie hätten das nicht gewusst! Glauben Sie etwa, ich hätte Hessler aufgesucht, weil ich eine Partnerin suche?« Dr. Krancik hatte Mühe, sich zu beruhigen, zeigte wieder sein hämisches Grinsen. »Danke, ich bin seit über zehn Jahren verheiratet.«

Braig fühlte sich überrumpelt. Dass Hessler angeblich auch Prostituierte vermittelte, in welcher Weise auch immer, war ihm neu. Das warf ein völlig anderes Licht auf die Agentur, brachte auch ganz andere Hintergründe für das Verbrechen ins Spiel. Sofern das wirklich stimmte und der Widerling hier ihn nicht nach Strich und Faden vorführte. »Was haben Sie zu kritisieren?«, fragte er. »Waren Sie mit der Dienstleistung der Frau nicht zufrieden?«

»Mit der Dienstleistung …« Dr. Krancik lachte laut. »Haha, junger Mann, ich bemerkte es ja schon: Sie haben wirklich Humor.« Er schlug sich mit der flachen Hand aufs Knie. »Nein, also wirklich, da gibt es nichts auszusetzen. Die Frau brachte es wirklich voll. Darf ich Ihnen ihre Adresse mitgeben?« Er lachte schallend. »Obwohl, Sie mit Ihrem Polizistengehalt …«

»Was Sie zu beanstanden hatten, möchte ich wissen.«

Für den Moment weniger Sekunden verlor der Mann die Kontrolle über sich. Sogar das widerliche Grinsen verschwand für kurze Zeit aus seiner Miene. »Ich buchte eine Nutte«, brüllte er urplötzlich los, »aber nicht, um mit ihr ins Fernsehen zu kommen. Wie oft soll ich das noch wiederholen?« Im gleichen Moment hatte er sich wieder im Griff.

»Ins Fernsehen?«

»Ins Fernsehen«, wiederholte der Unternehmensberater mit gedämpfter Stimmlage und dem gewohnten jovialen Grinsen. »Dabei hatte Hessler mir äußerste Diskretion versprochen. Was ich auch verlangen konnte für diesen Preis.«

»Und weshalb kamen Sie ins Fernsehen?«

»Weil die Nachbarn in dieser piekfeinen Stuttgarter Halbhöhenlage zu dem Zeitpunkt offensichtlich mitbekommen hatten, welcher Profession verschiedene Damen in ihrer unmittelbaren Nachbarschaft nachgehen. Und das erboste einige dieser hysterischen Millionärinnen dermaßen, dass sie sowohl Ihre Kollegen als auch die Journaille alarmierten. Da fanden sich schnell ein paar sensationsgeile Fernsehfritzen und schon war die Sache geritzt. Die standen mit ihren Kameras vor der Villa und hielten ihre Objektive auf die Tür.«

»Und Sie waren gerade dort zugange?«, fragte Braig, seine Schadenfreude nur mühsam unterdrückend.

»Hessler hatte mir versprochen, dass das absolut diskret ablaufen würde. Nichts von wegen Puff und so. Und dann komme ich aus dem Haus und sehe die Kameras auf mich gerichtet.«

»Warum haben Sie die Aufnahmen nicht untersagt? Nach den Datenschutzrichtlinien …«

Dr. Krancik fiel ihm mitten ins Wort. »Ersparen Sie sich doch Ihre altklugen Weisheiten. Datenschutz! Glauben Sie, ich hätte das nicht sofort ins Spiel gebracht? Natürlich zeigten die auf der Stelle Einverständnis. Halten mit der Kamera voll auf einen drauf und legen dann einen durchsichtigen Grauschleier wie einen Heiligenschein über den Kopf, während alles andere voll sichtbar bleibt. Und dann auf in die Landesnachrichten und den Film alle zwei Stunden ausgestrahlt, bis auch der letzte Idiot begriffen hat, wer da aus dem Nuttenbunker davonstürmt. Hesslers Versprechungen zufolge arbeiten seine Damen mit äußerster Diskretion, die halbe Nation konnte sich an dem Tag via Mattscheibe davon überzeugen.«

»Sie glauben, Sie wurden erkannt?«

»Ob ich das glaube?« Für den Augenblick einer Sekunde erstarb das Grinsen in Kranciks Miene. »Fragen Sie doch besser, ob es einen einzigen Moment in den nächsten Wochen und Monaten gab, in dem nicht sofort getuschelt und anzüglich gegrinst wurde, wenn ich auftauchte. Und wie oft meine Frau gefragt wurde, ob ich es jedes Mal, wenn ich nach Stuttgart fahre, mit Nutten treibe.«

»Na ja, dann hatten Sie ja allen Grund, mit Hessler abzurechnen.«

»Das hätten Sie wohl gerne, ja?« Das in Stein gemeißelte Grinsen des Mannes war nur deshalb zu ertragen, weil in Braig die reine Schadenfreude tobte. »Tut mir leid, Sie müssen sich ein anderes Opfer suchen. Andere Väter haben ebenfalls hübsche Töchter, nicht wahr?« Er zog seine goldene Uhr vor, tippte mit dem Zeigefinger auf ihr Zifferblatt. »Die zwanzig Minuten sind um, junger Mann. Ich muss mich leider verabschieden. Mein nächster Termin. Sie wissen Bescheid.«

Oh ja, überlegte der Kommissar, die Szene vor Augen, in der der arrogante Kerl aus der Nuttenvilla direkt ins gleißende Licht der Fernsehkameras stürmte. Schade, dass er das nicht hatte sehen können. Vielleicht gab es eine Aufzeichnung davon. Er musste sich bei unseren Technikern erkundigen oder direkt im Sender anrufen. Das Gesicht des Kotzbrockens in dem Moment zu sehen, wäre jede Mühe wert.

12. Kapitel

Vier Monate zuvor

Dass ausgerechnet ihr so etwas passieren würde, war wirklich nicht abzusehen. Die Verhandlungen über den Verkauf der Wohnblocks hatten sich den ganzen Tag bis weit in den Abend hingezogen. Mühsam, zäh – stundenlang war keine Aussicht auf eine schnelle Einigung zu erkennen. Nicht in der Preiskategorie, die die Geschäftsführung als Minimalertrag erwartete, und schon gar nicht in der Größenordnung, die dort als Erfolg definiert wurde.

Dabei hatte sie unablässig, von Anfang an, alle Register ihres Könnens gezogen, ihr Verkaufstalent, wo immer es nützlich war, in die Waagschale geworfen und all ihre Erfahrung, die sie sich in den letzten Jahren erworben hatte, eingesetzt, um die Männer auf der anderen Seite des Tisches glauben zu machen, es handle sich für sie um eine einzigartige Gelegenheit, in naher Zukunft noch mehr Geld zu machen, den Ertragsquotienten ihrer Firma noch weiter in die Höhe zu treiben. Sie hatte getrickst, geblufft, geschummelt, alles in allem sehr hoch gepokert und das rettende Ufer dennoch weit jenseits des Flusses liegen sehen.

Frustriert, am Ende ihrer Kraft hatte sie sich fast schon mit dem Misserfolg abgefunden, von immer heftigeren Selbstzweifeln an ihrem Verhandlungsgeschick bedrängt. Sollte sie tatsächlich gezwungen sein, mit diesem für ihre Verhältnisse völlig unzureichenden Ergebnis vor ihre Vorgesetzten zu treten?

Carolin Köhler wusste nur zu gut, was das bedeutete: der erste dunkle Fleck auf ihrer ansonsten makellos reinen Weste. Ein Fleck, der sich in ihrer bisher atemberaubend steilen beruflichen Karriere nicht gerade förderlich erweisen würde. Einer Karriere, für die sie viel, sehr viel getan hatte. Nein, das durfte nicht geschehen, um nichts in der Welt.

Und dann, sie hatte bereits jede Hoffnung aufgegeben, die Einigung in letzter Sekunde. Statt ständig ablehnender Gesten erst zögerndes, dann immer unverhohleneres Kopfnicken auf der anderen Seite des Tisches. Carolin Köhler hatte es nicht glauben wollen, war sich erst durch die mahnenden Worte eines ihrer Verhandlungspartner bewusst geworden, dass es sich nicht um einen unerfüllbaren Traum, sondern um die unverfälschte Realität handelte.

»Also gut, dann unterschreiben wir. Das ist doch in Ihrem Sinn, Frau Köhler, nicht wahr?«

Sie hatte mehrere Sekunden gebraucht, zu sich zu finden, dann die Papiere mit fast genau der sehr erfreulichen Summe unterschrieben, die sie sich insgeheim erhofft hatte. War das wirklich alles wahr?

Sie hatten den endgültigen Abschluss mit mehreren Flaschen Champagner gefeiert, sich anschließend voneinander verabschiedet. Der Tag war doch noch erfolgreich ausgegangen, weitaus angenehmer jedenfalls, als es noch vor kurzer Zeit abzusehen gewesen war.

Eine halbe, vielleicht auch eine ganze Stunde später stand sie dann in ihrem Hotelzimmer, frisch geduscht und eingekleidet, zu viel Adrenalin im Blut, um jetzt schon zur Ruhe finden zu können. Der freundliche Portier ihres Vier-Sterne-Hauses hatte ihr die hoteleigene Bar empfohlen. Beseelt von dem fast schon außer Sichtweite geratenen, in allerletzter Sekunde doch noch erzielten Erfolg wagte sie den Schritt dorthin. Der Weg nach Stuttgart hatte sich gelohnt, warum ihn nicht noch freundlich ausklingen lassen?

Sie ließ sich einen Cocktail servieren, *Stuttgart Surprise*, eine Spezialität des Hauses, wie der Barkeeper betonte, genoss das fruchtige Aroma in großen Schlucken. Die hochprozentige Flüssigkeit breitete sich wohlig im ganzen Körper aus. Von Glücksgefühlen getrieben, bestellte sie ein zweites Glas, spürte Schluck um Schluck, wie die Anspannung endgültig verflog. Minute um Minute fühlte sie sich gelöster.

Wie der hübsche, junge Kerl an ihre Seite gelangt war? Plötzlich hatte sie ihn auf dem Stuhl neben sich bemerkt. Er sah gut aus, ohne Zweifel.

»Der Tag scheint sich doch noch zum Guten zu wenden. So eine hübsche Frau in meiner Nähe. Wie habe ich das verdient?«

Besonders intelligent schien er nicht zu sein. Eine dermaßen plumpe Anmache hatte sie schon lange nicht mehr erlebt. Na ja, wenn ihm sonst nichts einfiel …

»Dem Strahlen Ihrer wunderschönen Augen nach hatten Sie einen sehr guten Tag heute. Das Glück war Ihnen hold. Interpretiere ich das richtig?«

»Glauben Sie?«

»Ich würde gerne an Ihrem Glück teilhaben.«

»An meinem Glück?« Sie lachte laut. »Haben Sie nichts Besseres zu tun?«

»Nichts Besseres?«, säuselte der Kerl. »Was sollte es Besseres geben als in Ihrer Nähe zu sein?«

Sie bemerkte seinen verträumten Blick, spürte ihre eigene Verwirrung. Wollte der Typ wirklich was von ihr, hatte der kein anderes Opfer, das er heute Abend noch flachlegen konnte? Eine abgekämpfte, inzwischen schon etwas angetrunkene, an einer Hotelbar herumlungernde, na ja, durchaus ansehnliche, recht gut durchtrainierte und wohlproportionierte, aber mindestens zehn Jahre ältere Frau? Gab es in Stuttgart so wenig attraktive, weibliche Wesen, dass der sich an sie heranpirschen musste? Eigentlich hatte er das doch nicht nötig …

Sie wandte sich zur Seite, musterte ihn. Lange, dunkle Locken bis weit über die Ohren, samtig gebräunte Haut, ein schmales, von einem energischen Kinn geprägtes Gesicht, tiefblaue Augen …

»Manuel. Meine Freunde nennen mich Manu.«

»Manu.« Doch, er war sympathisch.

»Gönnen wir uns noch einen?« Seine Augen wiesen auf ihr leeres Glas.

»Warum nicht?« Sie betrachtete seinen muskulösen Oberkörper, sah, wie sich sein Shirt an den Schultern spannte. Ja, warum eigentlich nicht?

»Dann muss es aber ein ganz besonderer Drink sein. Zur Feier des Tages«, setzte er hinzu.

»Zur Feier des Tages?«

»Ich allein mit einer so schönen Frau.«

»Du bist ein alter Schmeichler, wie?« Natürlich tat es ihr gut, auch wenn ihr klar war, welche Absichten hinter seinem Gesäusel steckten. Von ihrem Alten hatte sie solche Worte schon lange nicht mehr gehört …

»Ich weiß nicht einmal deinen Namen, schöne Frau.«

»Caro«, antwortete sie impulsiv.

»Caro. Das ist wunderschön. Der passt sehr gut zu dir«, flötete er.

Der musste ganz schön unter Druck stehen, so wie er sie anbaggerte. Meine liebe Frau, wann hatte sie das zum letzten Mal erlebt?

»Was trinken wir, Caro?«

»*Latin Lover*«, schlug sie neckisch vor. Ob sie sich wirklich auf ihn einlassen sollte?

»Gerne.« Er rief nach dem Barkeeper, gab die Bestellung auf. Der schwarz gekleidete Mann holte zwei frische Cocktailgläser aus dem Regal an der Rückwand, machte sich ans Werk.

»Verrätst du mir, warum deine Augen so strahlen?«, fragte ihr Begleiter. »Hat es mit mir zu tun?«

Er sah ihr tief in die Augen. Im gleichen Moment spürte sie seine Hand auf ihrem Knie.

»Mit dir? Traust du dir das zu?« Besonders einfallsreich schien er ja wirklich nicht. Aber nach einem erfolgreichen Tag eine erlebnisreiche Nacht, warum eigentlich nicht? Sie wollte gar nicht daran denken, in welchem Bett sich ihr Alter heute wieder vergnügte …

»Die schönsten Augen der ganzen Stadt«, charmierte es neben ihr.

Der Barkeeper schob die beiden Gläser über den Tresen, lächelte ihr verschwörerisch zu. *»Latin Lover«*, meinte er, »genau das richtige. Genießen Sie ihn wie den ganzen Abend.«

Sie nahm das Glas in die Hand, prostete dem jungen Charmeur zu, trank in kräftigen Zügen. Wenn sie sich schon auf den Kerl einließ, wollte sie das mit allen Sinnen und Emotionen tun. Sich einfach fallen lassen nach dem langen, anstrengenden Tag.

»Und?«, hauchte der Kerl. »Eigens für uns beide geschaffen, findest du nicht?«

»Für uns beide?«

»Für uns beide«, wiederholte er. Seine Hand machte sich wieder an ihrem Knie zu schaffen, rutschte höher und höher.

Warm und wohlig breitete sich der Alkohol in ihr aus, benebelte mehr und mehr ihre Sinne. Hatte sie ein Glück! Zuerst die überaus erfolgreichen Verhandlungen zugunsten ihrer Firma und ihrer Karriere und jetzt die zarten Hände dieses Adonis'.

Die sanften Melodien des Pianisten ließen ihre Lust wachsen. Lust auf das, was dieser junge Kerl und sie gemeinsam alles anstellen konnten. *Strangers in the night …*

»Das Leben kann schön sein. Wunderschön mit dir.«

Er hatte seinen Mund unmittelbar an ihrem Ohr, hauchte ihr die Worte wie sinnliche Verheißungen in ihre Träume. Sie spürte seine Hand zärtlich über ihren Rücken gleiten, kam langsam in Fahrt. Lange, viel zu lange war es her, dass sie sich diesen Emotionen voll ausgeliefert hatte …

»Von meinem Zimmer haben wir eine wunderbare Aussicht über die ganze Stadt«, flüsterte er, mit seiner Rechten sanft ihren Arm massierend.

Sie spürte, wie ihr die Hitze nicht mehr nur in die Brust stieg. Ihr ganzer Blutkreislauf tobte, überall pochte die Sehnsucht …

»Aussicht? Was will ich mit Aussicht?«

»Hier im Haus. Drei Stockwerke höher.«

»Ich will aber nicht nur Aussicht«, betonte sie. »Ich will mehr.«

Sie ließ sich von seiner ausgestreckten Hand vom Stuhl auf die Beine helfen, fühlte sich sicher, als sie seinen Griff spürte. Er führte sie zum Fahrstuhl, ließ ihr galant den Vortritt. Die geräumige Kabine war rundum, vom Boden bis zur Decke, mit Spiegeln ausstaffiert. Genüsslich starrte sie geradeaus, betrachtete den muskulösen Körper des jungen Kerls, an den sie sich schmiegte. Heute gönne ich mir ebenfalls mal einen Nachtisch, jubelte es in ihr. Was sich mein Alter seit Monaten ständig schmecken lässt, heute bin ich an der Reihe …

Der Aufzug kam zum Stehen. Sie ließ sich auf den mit dicken dunkelblauen Teppichen ausgelegten Hotelflur führen, stand kurz darauf in einem gemütlich anmutenden Zimmer, dessen größten Teil das Doppelbett einnahm.

»Und?«, hörte sie seine Stimme. »Gefällt es dir?«

Sie konnte es kaum noch erwarten. Seine Hände machten sich an ihrer Kleidung zu schaffen, streiften sie Stück für Stück ab. Voller Elan half sie ihm nach. Wie sehr auch immer die Anforderungen dieses Tages sie in Anspruch genommen hatten, jetzt war sie dabei, alles zu vergessen. Alles, wirklich, alles …

13. Kapitel

September

Braig war an diesem Morgen erst vor wenigen Minuten im Büro eingetroffen, als sein Telefon läutete. Er hatte damit gerechnet, Jacqueline Stührer wieder wartend an seiner Tür vorzufinden, war aber enttäuscht worden. Die junge Kollegin hatte ihm am Vorabend eine ausführliche elektronische Mitteilung zukommen lassen, die sowohl das gemeinsam mit Silke Flohr und Daniel Schiek erstellte Phantombild der spurlos vom Tatort verschwundenen Unbekannten als auch eine Übersicht über ihre Tagesaktivitäten enthielt. Es war ihr im Anschluss an die Erstellung des Phantombildes zwar gelungen, zwei weitere Zeuginnen ausfindig zu machen, die die gesuchte Frau ebenfalls gesehen und Silke Flohrs Beschreibung bestätigt beziehungsweise geringfügig korrigiert hatten, die Unbekannte zu identifizieren, war ihr jedoch nicht geglückt. Den Verbleib der Kamera dagegen hatte sie klären können: Eine der Zeuginnen, die genau zum Zeitpunkt des Geschehens aus dem Bad gekommen war, hatte die Frau mit einer Kamera in der Hand in Richtung Parkplatz weglaufen sehen. Die Unbekannte sei wie von Sinnen weggerannt, hatte sie erklärt.

Jacqueline Stührers Mail zufolge hatte die Kollegin das Phantombild noch am späten Nachmittag an die Medien weitergeleitet, es zudem ins Internet gestellt.

Braig hatte die Informationen erfreut zur Kenntnis genommen, sich die gesamte Rückfahrt im Zug jedoch vergeblich darum bemüht, Jacqueline Stührer zu erreichen. Er wusste nicht, weshalb er keine Verbindung herstellen konnte, musste unbedingt eine bessere Kommunikation mit ihr in die Wege leiten.

Sein Versuch, die eingegangenen Mails zu sichten, wurde vom Läuten des Telefons sabotiert. Er holte sich das Phantombild der unbekannten Zeugin auf den Bildschirm, sah, dass es sich um eine etwa dreißig Jahre alte Frau mit langen, dunklen Haaren handelte. Sie hatte einen etwas dunkleren Teint, war auf der linken Wange angeblich von einer Verletzung, einem Muttermal oder einer anderen auffälligen Hautveränderung gezeichnet.

Braig musterte ihr Gesicht, griff nach dem Hörer. Die Frau kam ihm unbekannt vor. »Landeskriminalamt, Braig«, meldete er sich.

»Hier ist das Büro von Herrn Staatsanwalt Söderhofer«, antwortete eine weibliche Stimme.

Ein eiskaltes Frösteln breitete sich in seinem Nacken aus. Braig streckte sich, blieb freundlich. »Hallo, Frau Thonak«, sagte er. »Schön, Sie zu hören.«

»Er hat nur noch ein Thema«, sagte sie mit warnendem Unterton. »Die zwei Frauen und die Kamera.«

»Na ja«, meinte er. »Es geht ja nur übers Telefon. Im Notfall unterbreche ich die Lei…«

»Sie unterbrechen überhaupt nichts. Was ist mit den beiden Frauen? Haben wir ihre Identität?« Söderhofers energische Stimme platzte mitten in seine Worte. Braig hatte keine Gelegenheit mehr, sich von Marietta Thonak zu verabschieden, fühlte sich abgeschoben wie der letzte Pennäler. Innerhalb weniger Sekunden hatte die Gänsehaut seinen kompletten Rücken überzogen. Er fragte sich, wie lange er sich diese Behandlung noch gefallen lassen sollte.

»Das Phantombild – wie viele haben es erkannt?«

»Wir sind dabei, die Hinweise auszuwerten.« Braig ließ sich auf seinen Bürostuhl fallen, um die fernmündliche Attacke besser ertragen zu können, hörte die Forderung des Staatsanwalts nach dem Einsatz eines Profilers.

»Ein Profiler? Wozu denn?«

»Um die Herkunft der beiden Täterinnen genauer zu definieren, Braig, haben Sie denn überhaupt keine Ahnung von Ihrem Geschäft? Herr Hessler bemühte sich, Menschen zusammenzuführen! Ein Ehestifter in einer Zeit, in der immer mehr Familien auseinanderbrechen und das ganze Land an Kindermangel leidet! Diese Investigation erfordert unsere volle Konzentration!«

»Aha«, brummte der Kommissar. Er dachte an die Informationen, die er bisher über Hessler erhalten hatte, beschloss, seinem Gesprächspartner den pikantesten Teil zu präsentieren. »Ein Ehestifter, der Nutten vermittelt.«

Am anderen Ende herrschte für wenige Sekunden absolute Stille. »Was soll das?«, donnerte es dann umso lauter. »Braig, was reden Sie da für einen Unsinn?«

»Ich spreche von Hessler, von wem sonst?«

»Was soll das? Was beschmutzen Sie das Renommee des Mannes? Im Gegensatz zu Ihnen hat er ein akademisches Studium absolviert! Herr Hessler ist Jurist!«

»Ja und? Was sagt mir das?«

»Herr Hessler hat an der Universität Marburg studiert«, beharrte der Staatsanwalt.

»Das hinderte den akademischen Juristen meinen Ermittlungen zufolge nicht daran, Prostituierte an zahlungskräftige Kunden zu vermitteln. Nutten in Stuttgarter Halbhöhenlage.«

Braig erinnerte sich an die Rückfahrt von Ulm am Vorabend. Selten hatte er sich über das Missgeschick eines Mannes so offen gefreut wie in jenen Minuten. Und auch als er Ann-Katrin aus dem Zug angerufen hatte, waren beide in gemeinsames Gelächter über die Probleme Dr. Kranciks verfallen. Seine Partnerin hatte vorgeschlagen, im Internet nach der Aufnahme zu fahnden und sich sofort nach der Beendigung ihres Gesprächs an die Arbeit gemacht.

Und es war ihr tatsächlich gelungen. Ohne Kommentar hatte sie ihm nach seiner späten Rückkehr den kurzen Spot aus den Landesnachrichten auf dem Monitor des Laptops präsentiert. Krancik, den Kopf verpixelt, aber von der Figur her doch zu erahnen, einer eleganten Villa am Hang über dem Stuttgarter Zentrum entfleuchend.

Sie hatten über die Reaktion von Kranciks Frau spekuliert und sie als potentielle Täterin ins Auge gefasst; eine Option, die Braig zusätzlich überprüfen musste.

»Was hat es mit diesen angeblichen, äh, Nutten auf sich? Sie haben das sorgfältig recherchiert?«, hörte er Söderhofers Stimme aus dem Telefon. Die Besorgnis, die Behauptungen des Kommissars könnten zumindest einen Kern Wahrheit enthalten, war nicht zu überhören.

»Ich bin gerade dabei, es zu überprüfen«, antwortete er.

»Dann evaluieren Sie das! Aber mit aller gebotenen Diskretion!«, bellte der Staatsanwalt.

»Selbstverständlich. Herr Hessler war ja akademischer Jurist und noch dazu ein Ehestifter!« Aber geholfen, diesen sarkastischen Gedanken behielt der Kommissar bei sich, hatte dem Mann weder das eine noch das andere. Jedenfalls nicht, was seinen allzu frühen Tod betraf.

Er ließ Söderhofers Ermahnungsschwall, die hervorragende akademische Bildung des Getöteten bei seinen Ermittlungen vorrangig im Auge zu behalten, über sich ergehen, widmete sich derweil den noch nicht durchgesehenen Mails. Aufsehenerregende Neuigkeiten waren nicht dabei. Die Aalener Spurensicherer hatten aufgrund der Reifenspuren den Verlauf der tödlichen Attacke des Tatfahrzeugs rekonstruiert, dabei detailliert aufgezeigt, wie der Wagen keine acht Meter von Hessler entfernt enorm beschleunigt und zur Seite gerissen worden war, um den Mann frontal anzufahren. Lackspuren des Mordautos hatten sie noch nicht isolieren können; diese Aufgabe war inzwischen an Dr. Dolde weitergereicht worden. Diesem war es noch nicht gelungen, das Handy des Ermordeten wieder funktionstüchtig zu machen; er habe allerdings Hoffnung, dies zu realisieren, wie er eigens betonte.

Braig widmete sich gerade der letzten, erst vor fünfzehn Minuten eingegangenen Mail, mit der Jacqueline Stührer ihn darüber unterrichtete, dass sie am frühen Morgen einen ersten Anruf bezüglich der Identität der Frau auf dem Phantombild erhalten habe und dieser Sache jetzt persönlich nachgehe, als Söderhofers Stimme zu ungewohnter Lautstärke explodierte. »Volle Konzentration auf die beiden Frauen und die Kamera! Alles andere ist uninteressant!«

»Die beiden Frauen und die Kamera, jawohl, ich werde mich darum bemühen«, versprach er, um den Mann endlich loszuwerden, beendete dann das Gespräch. Wenigstens hatte Söderhofer ihn heute Morgen nicht wie sonst so oft nach dem Wohlergehen seiner nicht existenten Söhne gefragt.

Er bat bei der Bereitschaft um die Mitarbeit eines weiteren Kollegen, hatte kurz darauf Stefan Aupperle am Apparat. »Es geht um den Fall Hessler. Lies dich bitte in die Ermittlungen ein. Dolde ist gerade dabei, dessen Handy wiederherzustellen. Ich muss wissen, mit wem der Mann zuletzt telefonierte. Könntest du dich darum kümmern?«

Er erhielt Aupperles Zusage, gab die Nummer der Agentur Hesslers ein, kündigte der Sekretärin seinen sofortigen Besuch an. Raphaela Groll schien nicht überrascht, eher erleichtert, erwartete ihn dann dreißig Minuten später mit frisch gebrühtem Kaffee.

»Wissen Sie, ich bin froh, dass Sie kommen«, empfing ihn die junge Frau an der Tür der Agentur, »ich weiß überhaupt nicht, wie es hier jetzt weitergeht.«

Er reichte ihr die Hand, merkte an ihrer Körperhaltung und dem gegenüber dem Vortag deutlich veränderten Gesichtsausdruck, dass sie den ersten Schock über das Schicksal ihres Chefs überwunden zu haben schien. Sie trug zwar eine dunkle, der Situation angepasste Bluse, hatte ihre Haare zudem zu einem Kranz aufgesteckt, was ihrem Aussehen Reife und Ernsthaftigkeit verlieh, zeigte jedoch keinerlei Spuren mehr von Trauer oder Tränen, sondern wartete ihrem Besucher mit einem freundlichen, völlig unverkrampft wirkenden Lächeln auf.

Braig ließ sich wie am Vortag in Hesslers Empfangsraum führen, nahm dort wieder in einem der bequemen, samtroten Sessel Platz. Ohne erst nachzufragen, servierte sie ihm eine Tasse Kaffee, ließ sich dann ihm gegenüber nieder.

»Ich weiß über die genauen Besitzverhältnisse der Agentur leider nicht Bescheid«, sagte er, nachdem er sich für den herrlich aromatisch duftenden Kaffee bedankt hatte, »gehört sie Herrn Hessler allein?«

Raphaela Groll wog ihren Kopf überlegend hin und her. »Ich wüsste nicht, wer da noch beteiligt sein soll.«

»Er hat mit Ihnen nicht darüber gesprochen?«

Sie schüttelte den Kopf. »Weshalb? Von einer anderen Person war nie die Rede.«

»Ich lasse das abklären«, versprach Braig. »Wenn Herr Hessler der alleinige Besitzer war, dürfte die Agentur jetzt wohl an seine Kinder oder an seine ehemalige Frau übergehen. Es sei denn, er hat sie anderen Personen vermacht.«

»Und? Was soll ich jetzt tun?«

»Am besten, Sie führen die Geschäfte vorläufig weiter. Ich gebe Ihnen Bescheid, sobald ich mich informiert habe.« Er sah ihr dankbares Nicken, trank von dem Kaffee. Raphaela Groll meinte es wahrlich gut mit ihm, der Kaffee war bärenstark. Die doppelte Menge Bohnen, die er sonst nahm, überlegte er.

»Sie haben mich gebeten, zu überlegen, mit wem es in letzter Zeit Probleme gab«, erklärte sie mit unsicherer Stimme.

Er behielt einen Rest des Kaffees auf seiner Zunge, genoss den Geschmack. »Und? Ist Ihnen etwas eingefallen?«

»Ich habe darüber nachgedacht, ja. Aber ich weiß nicht … Natürlich gab es ab und zu mal Probleme, das eine oder andere etwas schärfere Wort ... Aber das kann doch nichts mit dem Tod Herrn Hesslers zu tun haben.«

Braig sah das Blatt in ihren Händen, nahm es entgegen. »Sie haben recht: Wahrscheinlich ist es absurd, kleinere Auseinandersetzungen mit seinem Tod in Verbindung zu bringen. Aber solange wir nichts anderes in der Hand haben …«

»Sie wissen noch nicht, wer es war?«, fragte sie.

»Nein«, antwortete er, »so weit sind wir noch nicht.« Er überflog das Blatt, sah zwei Namen, die sie samt Anschrift und Telefonnummer in gut lesbarer Handschrift untereinander notiert hatte. »Gerd Weissmann«, las er laut. »Der Name kommt mir bekannt vor. Ich weiß nur nicht, woher.«

Raphaela Groll winkte verlegen ab. »Wahrscheinlich ist es nicht der Rede wert. Herr Weissmann ist …«

»Einer Ihrer Klienten.«

Sie lachte laut. »Oh, das wäre schön, ja. Da müssten wir uns um die Nachfrage seitens weiblicher Interessentinnen garantiert keine Sorgen mehr machen.«

»Wieso?«

»Wieso? Moment, ich zeige Ihnen den Prospekt.« Sie erhob sich, lief zum Schreibtisch, zog eine Kladde aus einer Schublade, reichte sie ihrem Besucher. »Schauen Sie sich das Bild an. Wie finden Sie ihn?«

Braig öffnete die Kladde, hielt ein farbiges Blatt in der Hand. Im selben Moment war ihm klar, wovon sie sprach. Ein blendend aussehender Mann um die Vierzig, blond, athletisch, mit einem schmalen, von knochigen Wangen und einem männlich-markanten Kinn geprägten Gesicht strahlte ihm mit veilchenblauen Augen entgegen. Ein Sonnyboy wie aus dem Bilderbuch. Eingebettet in eine traumhafte Sommerlandschaft, überragt vom anmutig auf einem Felsen schwebenden Schloss Lichtenstein schenkte er dem Betrachter sein freundliches Lächeln. Dem Betrachter? Die in dicken, farbigen Lettern ausgeführte Überschrift machte unmissverständlich klar, wem die Gunst des Strahlemanns galt: *Romantic Meetings – mit mir.*

»Er ist Ihr neues Werbemodell«, meinte Braig anerkennend. »Da stehen die Frauen Schlange, wie?«

»Schön wäre es, ja.« Zum ersten Mal im Verlauf ihres Gesprächs ließ Raphaela Groll den Anflug eines Lachens erkennen. »Ich war dabei, als Herr Hessler ihn fotografierte. Wir waren ständig von Frauen umgeben. Dass keine in Ohnmacht fiel, war alles.«

»Weshalb haben Sie ihn hier notiert?«

»Na ja, Herr Hessler hat etwas geschummelt. Herr Weissmann war auf einem Fest dabei, das von uns organisiert wurde. *Mit Dampf auf die Alb.* Ein Zug mit alten Wagen, gezogen von einer Dampflok von Tübingen nach Gammertingen und einem anschließenden Festessen. Mein Chef ließ sich die Gelegenheit nicht entgehen, Herrn Weissmann ausführlich zu fotografieren. Als Teilnehmer des von uns veranstalteten Festes.«

»Aber nicht als Werbe-Modell?«

»Nein, das war nicht ausgemacht. Herr Hessler wollte ihn überraschen und mailte ihm den Prospekt-Entwurf zu. Einen Tag später tauchte Herr Weissmann persönlich bei uns auf.«

»Er wurde ausfällig?«

Raphaela Groll winkte mit ihrer Rechten ab. »Nein, um Gottes willen, was denken Sie! Er blieb höflich vom Anfang bis zum Schluss. Ganz Gentleman.« Unverhohlene Bewunderung sprach aus ihrer Miene.

Fehlt nur noch, dass sie vollends in Verzückung ausbricht, überlegte Braig. Wahrscheinlich ist es nur der überraschende Tod ihres Chefs, der sie daran hindert. »Herr Weissmann verbat es sich, als Werbe-Modell benutzt zu werden. Richtig?«, fragte er.

»Genau, ja. Das war nicht ausgemacht, erklärte er völlig zu Recht. Er ersuchte dringend darum, sein Konterfei nicht in dieser Aufmachung zu verwenden. Als Teilnehmer der Dampfzugfahrt und des anschließenden Festes, ja. Aber nicht als Werbe-Modell für unsere Agentur.«

»Herr Hessler zeigte sich einsichtig?«

Die junge Frau zögerte mit ihrer Antwort. »Mhm, was soll ich sagen. So schnell gibt der Chef nicht auf.« Sie merkte, dass sie wieder im Präsens gesprochen hatte, schaute erschrocken auf. »Also, na ja, Herr Hessler konnte schon etwas hartnäckig sein. Und die Wirkung Herrn Weissmanns auf Frauen … Also, das war schon verlockend. Er bat ihn, es sich doch noch einmal zu überlegen.«

»Aber Herr Weissmann wollte nicht länger überlegen.«

»Nein, das wollte er in der Tat nicht. Für ihn war die Sache klar. Er hatte keine Absicht, als Werbe-Modell aufzutreten.«

»Und Ihr Chef?«

»Er versuchte, ihn umzustimmen. Telefonisch, mehrere Tage lang. Er könne ja die Gesichtszüge etwas verändern, schlug er ihm vor und mailte ihm verschiedene Ansichten. Na ja, ich sage ja, er konnte manchmal ganz schön hartnäckig sein. Wenn er sich etwas in den Kopf gesetzt hatte, wollte er das unbedingt durchziehen.«

»Aber er hatte keinen Erfolg«, meinte Braig.

»Nein, den hatte er nicht. Irgendwann, ich glaube, es war vor vierzehn Tagen, tauchte Herr Weissmann nochmal bei uns auf.«

»Und dann flogen die Fetzen.«

»Nein, so können Sie das nicht formulieren. Herr Weissmann bat nur eindringlich darum, nicht mehr mit Vorschlägen hinsichtlich seines Fotos belästigt zu werden. Er habe keine Absichten, als Werbeträger aufzutreten, fertig, aus.«

»Das war alles?«

»Soweit ich weiß, ja.«

Braig musterte die Miene der jungen Frau, wusste nicht, inwieweit er ihr den Verlauf des Treffens abkaufen konnte. Sie schien dermaßen von diesem Weissmann beeindruckt, dass sie – sei es bewusst oder unbewusst – in der Gefahr stand, sein Auftreten zu glorifizieren. Was sich wirklich zwischen den beiden Männern abgespielt hatte, ob der Konflikt vielleicht ernsthaft eskaliert war und gar zum Tod Hesslers geführt hatte – er musste Weissmann aufsuchen und den Mann persönlich zur Rede stellen, das schien ihm der einzige Weg, eine korrekte Antwort auf seine Frage zu finden. Immerhin hatte Raphaela Groll den Namen des gut aussehenden Sonnyboys selbst notiert – ihrer unverhohlenen Faszination zum Trotz. Seiner Unschuld zuliebe die Hand ins Feuer zu legen, wagte sie also nicht.

Was den Mann zusätzlich in Misskredit brachte, war die Tatsache, dass ihm, Braig, sein Name und seine Person bekannt vorkamen. Irgendwann im Umfeld seiner Ermittlungen in den vergangenen Jahren war er als Tatverdächtiger mit genau derselben Beschreibung, die er eben gehört hatte, aufgetaucht: Gerd Weissmann, der Schönling, der so viele Frauen betörte. Er versuchte, sich an die genauen Zusammenhänge zu erinnern, hatte keinen Erfolg.

Braig überflog die Adresse des Mannes – Reutlingen – wusste plötzlich, woher er ihn kannte. Neundorf, seine Kollegin, hatte Weissmann im vergangenen Jahr vernommen – als Tatverdächtigen im Mordfall an einer Frau, die in Reutlingen auf dem Grundstück von Weissmanns Freund gefunden worden war. Er erinnerte sich noch gut an die Schilderungen seiner Kollegin, wie sie sich über die Reaktionen vieler ihrer Geschlechtsgenossinnen auf das Erscheinen des Mannes mokiert hatte. Seltsam, dass der Typ jetzt schon wieder in einem Mordfall auftauchte. Er musste sich heute noch darum bemühen, ihn zu sprechen.

Braig musterte das Papier, sah den zweiten Namen, den Raphaela Groll notiert hatte. »Peter Listmann«, las er laut. »Was hat es mit dem auf sich?«

»Mhm, also.« Sie zögerte. Die Sache schien ihr peinlich. »Das lief nicht so besonders«, sagte sie dann.

»Ein Klient?«

»Ja«, antwortete sie. »Er ließ sich von uns eine Partnerin vermitteln.«

»Was ist mit ihm? Er war nicht zufrieden?«

»Zufrieden?« Die junge Frau schnappte nach Luft. »Nein, der war nicht zufrieden. Und das machte er Herrn Hessler auch klar. Über mehrere Wochen hinweg.«

»Was hatte er zu beanstanden?«

»Um es kurz zu sagen, er wurde getäuscht. Leider. Und wir sind alle darauf reingefallen.«

»Getäuscht?«, fragte Braig. »Wie soll ich das verstehen?«

Raphaela Groll zog die Nase hoch. »Die Frau, die ihm Herr Hessler vermittelte, war nicht die, die sich uns vorgestellt hatte.«

»Oh«, Braig konnte ein kurzes Lachen nicht unterdrücken. »Die Dame hatte eine attraktivere Freundin vorgeschickt?«

»Ja, so in etwa. Eine jüngere, wesentlich besser aussehende Freundin. Nein, nicht Freundin. Es war ihre Schwester. Mindestens zehn Jahre jünger und um Welten besser aussehend. Die Frau, die sich uns vorstellte, wurde von Herrn Hessler fotografiert und in verschiedenen Posen gefilmt, so wie er das mit allen Kandidatinnen und Kandidaten macht. Und

Herr Listmann entschied sich bei seinem Besuch dann eindeutig für sie.«

»Aber als er zu dem vereinbarten Treffpunkt kam …«

»Genau da passierte es«, bestätigte Raphaela Groll. »Sie hatten den Kappelberg in Fellbach und das Restaurant dort oben als Ort ihrer ersten Begegnung gewählt. Ein feines Menü war vorbereitet, und Herr Listmann freute sich natürlich sehr auf das Treffen.«

»Aber dann wartete dort eine ganz andere Frau? Die er wesentlich weniger attraktiv fand?«

»Das allein war nicht das Schlimme.«

»Sondern?«, fragte Braig verwirrt.

»Herr Listmann ist Personalchef bei einer großen Bank. Er legte von Anfang an sehr viel Wert auf Diskretion. Ich würde mal sagen, der genierte sich regelrecht, sich auf diese Weise um eine Partnerin zu bemühen. Es gibt immer noch Leute, die sich erst überwinden müssen, selbst aktiv zu werden und dann auch noch dazu zu stehen, dass sie ernsthaft nach einem Partner oder einer Partnerin suchen. Herr Listmann gehört zu diesen Menschen. Und dann passiert das ausgerechnet ihm.«

Braig ahnte, was seine Gesprächspartnerin andeutete. »Er kannte die Frau, mit der er sich auf dem Kappelberg traf?«

Raphaela Groll nickte. »Allerdings. Sie war eine seiner Angestellten.«

»Oh, ich verstehe. Peinlicher hätte es für ihn nicht laufen können.«

»Nein, peinlicher hätte es nicht laufen können. Ausgerechnet für ihn, der so um Diskretion besorgt war.«

»Aber die Frau …« Braig zögerte. »Hatte Herr Hessler ihr nicht Fotos von dem Mann gezeigt, mit dem sie sich treffen wollte?«

»Doch, natürlich. Beide Partner suchen sich die Person aus, mit der sie sich zum Rendezvous verabreden.«

»Dann musste sie doch gewusst haben, wen sie da trifft.«

»Ja«, erklärte Raphaela Groll. »Das macht es doch umso schlimmer. Die Frau hatte es bewusst darauf angelegt. Ein paar Wochen vorher war sie wegen eines Dienstvergehens von Herrn Listmann ermahnt worden, die Bank wollte ihr kündigen. Und dann stieß ihre Schwester anlässlich ihrer Partnersuche bei uns auf ihn. Diese Chance ließ sie sich nicht nehmen. Wenn ich Herrn Listmann richtig verstanden habe, hat sie ihn regelrecht erpresst. Entweder er sorgt dafür, die angedrohte Kündigung zurückzuziehen, oder seine Partnersuche wird in der ganzen Bank bekannt. Ein ernsthaftes Problem für eine Person mit seiner konservativen Einstellung.«

»Und wie hat er sich entschieden?«

»Ich denke, er ist kein Mensch, der sich so schnell erpressen lässt. So wie ich ihn in den letzten Wochen kennen gelernt habe … Aber er traut sich kaum noch an seinen Arbeitsplatz. Das Getuschel sei nicht mehr auszuhalten, meinte er. Offen gesagt, der Mann tut mir echt leid. Er schien wirklich am Ende.«

»Er war hier und hat sich beschwert?«

»Natürlich, was denken Sie! Er saß hier auf dem Stuhl und starrte mich mit vorwurfsvollen Blicken an. Ich weiß nicht, was die Frau alles über ihn verbreitet hat. Nach ihrer Kündigung, aus purer Wut. Er deutete einiges an. Sie hätten sich getroffen, aber es habe nicht geklappt. Er sei impotent, deshalb habe er keine Frau … Na ja, Sie können es sich ja denken. Üble Nachrede und so. Wer dem nicht gewachsen ist … Sie glauben nicht, wie verbittert er hier vor mir saß, als er auf Herrn Hessler wartete. ›Sie sind daran schuld‹, schrie er auf ihn ein, als er ihn sah. So ging das tagelang. Am Schluss kam er mir vor wie eine tickende Zeitbombe. Es dauert nicht mehr lange und der explodiert, dachte ich, wie ein Amokläufer …«

»Wann war das?«, fragte Braig angespannt.

»Vor einem Monat vielleicht. Vor drei oder vier Wochen habe ich ihn zum letzten Mal gesehen.« Sie hörte seine veränderte Tonlage, schaute betroffen zu ihm her. »Glauben Sie wirklich, er hat Herrn Hessler ... Aber wir sind doch nicht schuld daran, wir wurden selbst getäuscht. Wir können nichts dafür!«

Braig musterte das Blatt, auf dem sie ihm den Namen und die Anschrift Peter Listmanns notiert hatte, sah, dass eine Handy- und eine Festnetznummer angefügt waren. Er musste sich heute noch um den Mann kümmern, so viel war klar. »Sie müssen sich keine Vorwürfe machen«, versuchte er, seine Gesprächspartnerin zu beruhigen. »Wenn es so ablief, wie Sie es mir schildern, trifft Sie und Ihre Agentur keinerlei Schuld.«

»Es war so, garantiert.«

»Ich werde mir Herrn Listmann vornehmen. Es ist noch lange nicht gesagt, dass er mit Herrn Hesslers Tod zu tun hat. Das muss ich erst noch genau überprüfen.« Er steckte das Blatt mit den Namen der beiden Männer in seine Tasche, sah das von seiner Kollegin erstellte Phantombild der unbekannten Zeugin aus Aalen. Er zog es vor, reichte es ihr. »Haben Sie diese Frau zufällig schon einmal gesehen?«

Raphaela Groll musterte das Papier, ließ sich Zeit. »Ich kann mich nicht erinnern.« Sie schüttelte den Kopf. »Sie glauben, die Frau hat mit dem Tod meines Chefs zu tun?«

Braig nippte am Rest des Kaffees. »Wir gehen davon aus, dass sie die Tat beobachtet hat. Ob zufällig oder nicht wissen wir noch nicht.«

»Sie ist auf jeden Fall keine Kundin von uns. Das wüsste ich.«

»Keine Kundin«, wiederholte Braig. »Auch keine von den Prostituierten, die Herr Hessler vermittelte?« Er hielt die Tasse in der Rechten, musterte die Miene seiner Gesprächspartnerin.

Raphaela Groll erbleichte zusehends, rutschte unruhig auf ihrem Platz hin und her. »Also, hören Sie …«

»Ja?«

Sie kämpfte mit sich selbst, hatte sichtbar Mühe, Worte zu finden. »Ich, ich wusste lange nichts davon. Ehrenwort. Ich habe es erst vor ein paar Wochen … Vielleicht sind es auch schon ein paar Monate … Auf jeden Fall: Hätte ich das von Anfang an gewusst, ich hätte die Stelle hier nicht angenommen.«

Braig glaubte ihr aufs Wort, merkte an ihrer Körperhaltung, dass sie die Wahrheit sprach. Ihr war sichtbar unwohl angesichts dieses Themas. Sie rutschte unruhig hin und her, schaute unstet an ihm vorbei in sämtliche Ecken des weitläufigen Raums.

»Sie müssen sich nicht für die Geschäfte Ihres Chefs rechtfertigen«, versuchte er, sie zu beruhigen. »Ich bin allerdings darauf angewiesen, über diese Angelegenheit detailliert Bescheid zu wissen, weil der Täter auch aus diesem Umfeld stammen könnte.«

Raphaela Grolls Miene veränderte sich schlagartig. »Sie glauben, der Tod …« Ihre Besorgnis war nicht zu übersehen.

»Ich weiß es nicht«, antwortete er. »Aber möglich ist es.«

Er stellte den Kaffee zurück, bemerkte ihre zunehmende Unruhe. »Die Tätigkeit der Agentur umfasst drei grundlegend verschiedene Bereiche: Zum einen die Vermittlung von Menschen, die eine ernsthafte Partnerschaft suchen, an besonders interessanten Orten. Das ist offiziell die wichtigste Arbeit, auch Ihr Aushängeschild, richtig?«

Die junge Frau nickte zustimmend.

»Darüber hinaus gibt es aber weitere Geschäftsfelder, über die Sie mich gestern nicht informiert haben. Etwa das Arrangement von kurzen Begegnungen, die man als One-Night-Stand bezeichnen könnte. Korrekt?«

»Ja, das ist korrekt.« Die Antwort Raphaela Grolls war kaum zu verstehen. »Sie müssen mir aber glauben. Davon habe ich am Anfang nichts gewusst. Sonst ...«

»Herr Hessler hat das sozusagen *unter der Hand* angeboten?«

»Ja, ganz genau.« Die junge Frau sprang von ihrem Platz auf, nickte heftig mit dem Kopf. »Sie müssen es mir glauben. Ich habe nichts davon gewusst.«

»Okay«, erklärte Braig. »Sie müssen sich wirklich nicht rechtfertigen. Wir sind aufgeklärte Leute, das Mittelalter ist zum Glück passé. Aber ich muss über all diese Dinge Bescheid wissen.« Er ließ ihr Zeit, sich zu beruhigen, sprach erst weiter, als sie sich wieder auf ihrem Sessel niedergelassen hatte. »Und dann gibt es da noch diese Vermittlung von Prostituierten.«

Sie signalisierte vorsichtige Zustimmung.

»Wie muss ich mir das vorstellen: Handelt es sich immer um dieselben Frauen, die die Agentur im Angebot hat oder wechseln die?«

»Na ja, also bis ins Detail kann ich Ihnen das nicht erklären. Diese beiden Angelegenheiten, also die kurzen, unverbindlichen Treffen und die Sache mit den Prostituierten erledigte Herr Hessler selbst. Das ist keine Ausrede, wirklich«, fügte sie schnell hinzu.

»Aber Sie können mir doch nicht erzählen, dass Sie überhaupt nichts davon mitbekommen haben. Da rufen doch garantiert ab und an Leute an und erkundigen sich nach einem Termin oder dem Preis. Und vielleicht gibt es ja sogar Stammkunden, die immer dieselbe Frau buchen.«

»Ja, natürlich habe ich davon mitbekommen. Das bleibt nicht aus, wenn man ständig am Telefon sitzt oder die eingehenden Mails checkt. Ich musste mich zeitweise auch, wenn Herr Hessler außer Haus war, um die Termine kümmern, wenn die Leute kurzfristig buchen wollten. Aber erst seit drei oder vier Monaten etwa, vorher lief das wirklich an mir vorbei.«

»Gut. Dann geben Sie mir bitte die Liste mit den Damen, die man buchen kann.« Sie wollte schon zu einer Antwort ansetzen, als ihm noch etwas einfiel. »Falls auch Herren dabei sind, natürlich auch die.«

»Nein«, antwortete sie, »es geht nur um Frauen. Und auch da habe ich nur drei Namen. Das Ganze lief nur nebenbei.«

»Nämlich?«

»Donna, Lolita und Mirella.«

»Und wo erreiche ich die? Alle hier in Stuttgart?«

Raphaela Groll nickte, lief zum Schreibtisch. »Es geht um zwei Adressen. Eine in Heslach und eine in Degerloch. Moment, hier sind sie samt Telefonnummern.« Sie zog ein Blatt aus einer Kladde in der untersten Schublade des Schreibtischs, reichte es ihrem Besucher.

»Gab es irgendwann Probleme bei der Vermittlung der Damen?«

»Probleme? Also, da kann ich nicht viel sagen, weil das wie gesagt weitgehend an mir vorbeilief, aber na ja, diese Auseinandersetzung vor wenigen Wochen, die bekam ich schon mit und wie!«

Braig wurde augenblicklich hellhörig. »Welche Auseinandersetzung?«

Die junge Frau lief vor ihrem Sessel hin und her, kratzte sich im Nacken. Verlegen blickte sie an ihm vorbei.

»Bitte«, sagte er, »vielleicht hilft es uns weiter.«

»Also, im Prinzip war ich sogar mit daran schuld.« Raphaela Groll suchte mühsam nach den richtigen Worten.

»Jetzt nehmen Sie doch erst Mal wieder Platz«, drängte Braig.

Sie folgte seiner Bitte, atmete kräftig durch. »Na ja, der Mann rief an, als Herr Hessler gerade unterwegs war. Ich wusste, dass er erst am nächsten Tag wieder in die Agentur kommen würde, weil er am Bodensee nach neuen Lokalen für unsere *Magic Moments* suchte, kümmerte mich also selbst um die Sache. Der Anrufer war Stammkunde, das wusste ich. Kommt irgendwo aus dem Süden des Landes und jedes Mal, wenn er in Stuttgart zu tun hat … Ich weiß es nicht genau, auf jeden Fall rief er an und verlangte noch am selben Tag einen Termin mit einer der Damen.«

»Und?«

»Na ja, ich wusste, er ist Stammkunde. Deshalb rief ich bei dieser Lolita an und vereinbarte den Kontakt. Und dann kam es zum großen Zoff.«

»Wieso?«, fragte Braig.

»Wenn ich es richtig verstanden habe«, die junge Frau zögerte, versuchte es dann mit einem neuen Anfang. »Lassen Sie es mich so formulieren: Der Kunde verlangte von dieser Lolita Dinge, zu denen sie nicht bereit war.«

»Sado Maso?«

»Fragen Sie nicht mich, ich weiß es nicht. Wirklich nicht. Ich fürchte aber …«

»Ja?«

»Na ja, wenn ich Herrn Hesslers doch schon etwas außergewöhnliche Reaktion bedenke … Also, diese Lolita beschwerte sich bei uns. Sie drohte mit einer Anzeige bei der Polizei gegen den Mann. Herr Hessler hatte sie am nächsten Tag ewig in der Leitung. Ich bekam nur mit, dass er daraufhin den Kunden am Telefon zur Rede stellte … Na ja, das war nicht zu überhören und endete in bösem Geschrei. Der muss sich wirklich übel benommen haben. Herr Hessler drohte ihm mit einer Anzeige, gleichgültig welche Folgen das für ihn hätte … Und irgendwann war schließlich die Rede davon, an die Presse zu gehen und sein Verhalten dort zu schildern. Das habe ich deutlich gehört.«

»An die Presse zu gehen? Wer ist der Mann? Handelt es sich um einen Prominenten?«

Raphaela Groll hob abwehrend ihre Hände. »Also genau kann ich Ihnen das nicht sagen. Die melden sich ja nur mit Vornamen oder Decknamen oder wie immer man das bezeichnen soll.«

»Und wie nannte sich dieser Mann?«

»Also ... es ist etwas peinlich ...« Sie zögerte. »Er, er nannte sich Schniedelwutz.«

»Schniedelwutz?«

»Genau. Wenn ich Herrn Hessler damals richtig verstanden habe, dann ...«

»Was dann?«

»Dann handelt es sich bei *Schniedelwutz* um einen ziemlich bekannten Politiker.«

14. Kapitel

Vier Monate zuvor

Der Brief kam genau zwei Wochen später. In einem traditionellen, weißen Kuvert, mit von Hand geschriebenen Druckbuchstaben, adressiert an Frau Carolin Köhler. Sie zog ihn selbst aus dem Briefkasten, warf ihn achtlos auf den Wohnzimmertisch.

Das Blinken des Anrufbeantworters nahm ihre Aufmerksamkeit zuerst in Anspruch. Sie drückte im Vorbeigehen auf die Taste, streifte sich die Schuhe von den Füßen. Die weinerliche Stimme ihrer Mutter, die sich über mangelnde Nachfrage beschwerte.

Carolin Köhler seufzte laut. Immer dasselbe Theater. Dabei hatte sie erst gestern mindestens zehn Minuten mit ihr telefoniert. Von Jahr zu Jahr wurde es schlimmer. Kaum ein Tag ohne das fernmündliche Gejammer, obwohl die gerade einmal Siebzigjährige genau um die Beanspruchung ihrer Tochter wusste. Jedem Besucher erzählte sie stolz von der Karrierefrau, die sich so jung schon so weit hochgekämpft hatte, aber ihr selbst gegenüber hatte sie immer nur die alte Platte von unaufhörlicher Vernachlässigung auf Lager.

Direkt im Anschluss daran Rolfs Stimme. Das übliche Gesülze von längerem Büroaufenthalt als vorhergesehen. Sie hörte es schon aus seinen ersten Worten. Die Tonlage, die stakkatohafte Artikulation. Dass ihm das Sperma nicht von den Lippen troff, war alles.

»Hallo Schatz, tut mir leid, aber heute wird es etwas später. Wir haben einen neuen Auftrag bekommen, da muss ich noch eine erste Expertise erstellen, du verstehst?«

Und ob sie verstand! Der neue Auftrag, sie kannte ihn zur Genüge. Seine Sekretärin zu vögeln, darum ging es bei der Expertise. Neu? Für wie dämlich hielt er sie eigentlich, dass er glaubte, sie so einfach verarschen zu können? Sie wusste genau, dass er es schon seit Wochen mit der jungen Schlampe trieb.

Voller Wut zog sie die Kladde mit den Fotos aus ihrer Aktenmappe, die ihr der Detektiv vor einer halben Stunde übergeben hatte. Rolf und der neue Auftrag, vor genau fünf Tagen eng umschlungen aus einer Kneipe schlendernd. Die beiden waren gut zu erkennen, schienen direkt in die Kamera zu starren. Das war die 500 Euro wert, die der Mann verlangt hatte.

Carolin Köhler lief zur Anrichte, füllte zwei Finger hoch Whisky in ein Glas, kippte es auf einen Schlag. Die goldgelbe Flüssigkeit fraß sich siedend heiß durch ihr Inneres. Ein neuer Auftrag! Dabei vögelte er immer noch dieselbe Schlampe!

Sie schenkte sich noch einmal ein, fast genau die gleiche Menge wie vorher, trank es mit einem Schluck. Das ätzende Brennen ließ sie heftig nach Luft schnappen.

Sie schlenderte zum Wohnzimmertisch zurück, sah das weiße Kuvert neben den Fotos liegen. *Frau Carolin Köhler*. Kein Absender.

Sie nahm den Brief an sich, riss ihn auf. Wer wollte da jetzt wieder was von ihr? Drei Blätter, alle in der Mitte gefaltet. Sie zog sie aus dem Kuvert, faltete sie auseinander, erstarrte. Das Zimmer schien sich um sie zu drehen. Hatte sie zu viel Whisky getrunken? Normalerweise hielt sie sich bei Alkohol immer zurück …

Himmeldonnerwetter, was sollte das?

Sie zog einen Stuhl vor, ließ sich fallen. Das Möbel ächzte laut.

Zwei großformatig auf Papier ausgedruckte Bilder, beide mit demselben Motiv; ein drittes Blatt als Begleitschreiben.

Zur Erklärung sozusagen, weshalb man ihr die Fotos zusandte, Carolin Köhler hatte die Sache sofort begriffen. Frau machte keine blitzartige berufliche Karriere, wenn sie nicht über eine besonders schnelle Auffassungsgabe verfügte. Und sollte es bei ihr überhaupt an etwas mangeln, daran ganz gewiss nicht. Bei dem Brief handelte es sich um eine Erpressung. Der Kerl wollte Geld, schlicht und einfach. Dieser verkommene Halunke!

Ich denke, es ist für uns beide besser, wenn diese und weitere noch detailliertere Aufnahmen nicht an die Öffentlichkeit kommen. Weder dein Mann noch deine Vorgesetzten und Kollegen sollten sich an all den vielen Bildern erfreuen, die während unserer kurzen, aber intensiven Begegnung entstanden.

Und für die Polizei sind sie wirklich nicht geeignet. Vergiss bitte nicht, wie schnell sich per Internet solch reizvolle Motive verbreiten. Wäre das in deinem Sinn?

Nein, das weißt du selbst am besten. Deshalb sollten wir uns schnell einig werden.

Sagen wir 20.000. Ich denke, das ist fair. Für mich ist es nämlich sehr viel, aber für dich sind das nur Peanuts. Bei deiner Position, deinem Einkommen – du spürst das überhaupt nicht.

Wie die 20.000 Euro zu mir finden?

Ganz einfach: Du hast genau 8 Tage Zeit, das Geld zu besorgen, dann wirst du meine Vorschläge erhalten, wie die Scheine zu mir kommen. Und wie gesagt: Keine Tricks! Sonst … das Internet, du verstehst?

P.S: Ich denke gerne an unsere gemeinsamen Stunden zurück, sehr gerne!

Sie schob das Blatt zur Seite, betrachtete angewidert die beiden großformatigen Fotos. Ihr Gesicht im Augenblick höchster Wonne. Ekstase pur, überlegte sie, der Mund und die Augen bis zum Geht-nicht-mehr aufgerissen, die Person, um die es sich handelte, dennoch eindeutig zu erkennen.

Genauso die zweite Aufnahme: Sie im Moment größter Erregung in den Armen eines kräftigen jungen Mannes direkt in die Richtung der Kamera starrend, große Teile ihres nackten Körpers plastisch sichtbar, der Freudenspender dagegen nur per Rückansicht zu erkennen.

Keine Frage, dass das nicht an die Öffentlichkeit gelangen durfte, gleich, welchen Preis sie dafür zahlen musste. Nie und nimmer!

15. Kapitel

September

Lolita hieß mit bürgerlichem Namen Emilia Widenoff und wohnte im Stuttgarter Vorort Hoffeld. Braig hatte sie unter der in Hesslers Computer gespeicherten Nummer beim ersten Versuch erreicht und mit ihr einen Termin um 14 Uhr in ihrer Wohnung verabredet.

»Polizei? Was wollen Sie von mir? Ich tue nichts Illegales und zahle alle Steuern, pünktlich und bis auf den letzten Cent«, hatte sie ihm schon am Telefon eröffnet, »ich weiß also nicht …«

»Einer Ihrer Kunden«, war Braig ihr mitten ins Wort gefallen, »Schniedelwutz, falls Ihnen das etwas sagt.«

»Der? Wieso interessieren Sie sich für den? Hat er sich etwa über mich beschwert?«

»Sie können beruhigt sein. Der Mann weiß überhaupt nichts von diesem Gespräch.«

Sie empfing ihn in einem hellen, legeren Hausanzug, dessen Stoff ihr weitläufig über die Schultern fiel. Das schmale, von einer kleinen Stupsnase gezeichnete Gesicht dezent geschminkt, die dunklen Haare zu einem Pferdeschwanz gebunden, musterte sie ihn mit unruhigem Blick. Braig schätzte sie auf Mitte bis Ende zwanzig, hätte sie unter anderen Umständen wohl niemals mit der außergewöhnlichen Profession in Verbindung gebracht, mit der sie Raphaela Grolls Worten nach ihr Geld verdiente. Er streckte ihr seinen Ausweis entgegen, nannte seinen Namen, reichte ihr die Hand.

»Emilia Widenoff«, stellte sie sich mit kaum hörbarem Akzent vor. Sie trat von der Tür zurück, winkte ihn in die Diele, wies ihm den Weg ins Wohnzimmer.

Braig schloss die Wohnungstür, folgte ihr in einen großzügig mit einer bunten Sitzgarnitur, einem kleinen, runden Tisch, einem weißen Wandschrank und einem großen Flachbildschirm ausgestatteten Raum. Auf dem Tisch türmten sich neben einem betriebsbereiten Laptop mehrere Ordner und Bücher.

»Wenigstens sind Sie in Zivil«, erklärte sie. »Ich dachte schon, eine ganze Armada Uniformierter stürmt ins Haus und weckt meine lieben Nachbarn aus ihrer Mittagsruhe.«

»Dafür gibt es keinen Grund, oder?« Er musterte sie mit fragendem Blick, ließ sich auf einem der gemütlichen Polsterstühle nieder.

»Wegen mir nicht, nein«, antwortete sie. Sie wies auf die Wasserflasche auf dem Tisch, fragte, ob sie ihm etwas anbieten dürfe.

Braig, der gerade in einer Bäckerei ein belegtes Brötchen und zwei Tassen Kaffee zu sich genommen hatte, bedankte sich, lehnte ab. »Ich will Sie nicht lange aufhalten. Ich glaube, Sie sind beschäftigt.« Sein Blick wanderte zu den Ordnern und Büchern auf dem kleinen Tisch.

Emilia Widenoff nickte. »Abendgymnasium. Ich hole das deutsche Abitur nach. Mein Abschluss in Bulgarien wird hier nicht anerkannt.«

»Respekt. Ihr Deutsch ist perfekt. Sie haben jeden Abend Unterricht?«

Sie nickte. »Ab 17 Uhr. Vier bis fünf Stunden. Ganz schön anstrengend, obwohl die Lehrer sich sehr bemühen. Mathe und Physik. Da hakt es bei mir. Sprachen lerne ich mit links.«

»Und Ihre Tätigkeit als Callgirl?«

Sie zog die Augenbrauen in die Höhe, holte tief Luft. »Das ist beschissen gelaufen. Es war nicht meine erste Wahl, nicht dass Sie glauben.«

»Sie müssen sich vor mir nicht rechtfertigen. Wir sind erwachsene Menschen und leben in einem freien Land.«

Die Frau musterte ihn aufmerksam. »Danke für die schönen Worte«, sagte sie. »Auch wenn ich nicht weiß, ob Sie sie nur aus reiner Höflichkeit formuliert haben.«

»Warum sollte ich Ihnen etwas vormachen?«

»Sie sind Polizeibeamter. Normalerweise werde ich von Ihren Kollegen …« Sie verstummte mitten im Satz, betrachtete ihn mit großen Augen, winkte dann ab.

»Sie wollten darauf hinweisen, dass manche meiner Kollegen Sie nicht gerade freundlich behandeln?« Er sah ihr zuerst zögerndes, dann vorbehaltlos zustimmendes Nicken. »Ich weiß, ja. Aber bitte, bedenken Sie, welchem Stress wir manchmal ausgesetzt sind und was wir Tag für Tag erleben.« Was laberst du da, arbeitete es in ihm. Stress, als ob es nur am Stress lag. Manchmal schon, ja. Aber meistens war es doch schlicht und einfach das Vorurteil: Wen habe ich da vor mir: Eine Nutte, keinen vollwertigen Menschen. Als ob …

»Noch ein halbes Jahr, dann steige ich aus«, unterbrach sie seine Gedanken.

Er sah ihren in die Ferne entrückten Blick.

»Seit mir das passiert ist, habe ich den Moralischen.«

»Wovon sprechen Sie?«

»Na ja, und jetzt auch noch der Tod von Tobias, ich meine Herrn Hessler. Deswegen sind Sie doch hier, oder?«

Braig nickte. »Was ist Ihnen passiert?«

»Sie erwähnten es doch am Telefon. Schniedelwutz, wie er sich nennt.«

»Einer Ihrer Stammkunden?«

»So kann man das formulieren, ja. Tobias hat ihn mir vermittelt.«

»Herr Hessler.«

»Ich lernte Tobias vor drei Jahren kennen. Er war unterwegs in Bulgarien, meiner Heimat, und suchte Leute für einen neuen Film. Später kamen wir hierher, mehrere junge Frauen. Wir träumten vom großen Geld. Was waren wir naiv! Tobias hatte kaum noch was für mich, er drehte ja nur noch selten. Bis zu der Rolle letztes Jahr. Touristen-Werbung. Tobias war begeistert. Ich musste einfach über eine Wiese und durch den Wald laufen. Das war alles. Zwei Wochen später hatte ich den Landrat in der Leitung. Schniedelwutz, Sie verstehen? Er hatte den Film gesehen und machte mich ganz offen an. Der hoch angesehene, um das Wohl seiner Familie und des Landes bedachte Mann. Sonntags mit Frau und Töchtern demonstrativ in die Kirche, unter der Woche bombastische Parteiparolen und dann am Abend eindeutig zweideutige Angebote am Telefon. Der gab wochenlang keine Ruhe, baggerte mich unverhohlen an. Da kam Tobias auf die Idee. Er wusste, wie viele Schulden ich hatte. 12.000. Ein Verkehrsunfall. Ich sollte schuld gewesen sein. Das sei meine Chance, meinte er. Irgendwann sagte ich ja. Für den Herrn Landrat in seiner heilen Provinz war ohnehin alles klar: Bei einem jungen Ding, das aus einem östlichen Land kommt und sich dann auch noch zu Werbeaufnahmen verleiten lässt, muss es sich um ein liederliches Flittchen handeln. Zwar kein Jahr älter als das eigene Töchterlein, aber eben ein liederliches Flittchen. Tobias half, stellte die Bedingungen. 400 Euro für einen Mittag. Und jetzt kann ich nebenbei noch das Abitur nachholen.«

»Sie arbeiten nicht hier in der Wohnung?«

»Tobias wollte es nicht. Er legte Wert auf eine räumliche Trennung. Wir sind drei Frauen und teilen uns die beiden Apartments. Jetzt bin ich froh darüber.«

»Sie kennen Herrn Hessler näher?«

»Näher?« Sie hob unschlüssig ihre Hände. »Er ist mir sympathisch«, sagte sie, korrigierte sich dann. »Er war mir sympathisch, ja.«

Braig nickte, setzte zu seiner nächsten Frage an, wurde von ihr unterbrochen.

»Aber wir hatten keine Beziehung, wenn Sie das meinen. So weit ging es nicht.«

»Kann sein Tod mit diesem Landrat in Verbindung stehen? Es gab doch wohl heftigen Streit?«

Emilia Widenoff holte tief Luft, ließ sich mit ihrer Antwort Zeit. »Sie sind Kriminalkommissar. Da wissen Sie aus Erfahrung, wie groß die Unterschiede sind. Zwischen dem, wie manche sich in der Öffentlichkeit gern darstellen, und dem, was in ihnen steckt. Vor allem, wenn jemand das Ventil öffnet und den Leuten Gelegenheit gibt, die Sau rauszulassen.«

»Der Blick hinter die wohlgefällige Fassade«, erklärte Braig. »Der wird mir oft zuteil, in der Tat. Ob ich es will oder nicht.«

»Dann wissen Sie Bescheid. Ja, und so ist es mit Schniedelwutz, wie er sich insgeheim so gern nennt. Er ist seit, was weiß ich, unzähligen Jahren im Amt. Fragen Sie mich nicht nach Einzelheiten, die kann ich Ihnen nicht nennen. Er kommt nicht zu mir, um mich mit Informationen über seine politische Tätigkeit zu versehen. Nein, er besucht mich aus anderen Gründen. Seine Frau und seine Töchter haben keine Ahnung von seinem Treiben, um Gottes willen. Eigentlich hätte ich wissen müssen, worauf das hinausläuft. Mit siebzehn bin ich zu Hause abgehauen, genau deshalb. Erst in die Großstadt, dann ins fremde Land. Siebzehn Jahre Lug und Trug in der ländlichen Provinz. Sie können es sich vorstellen? Nach außen, wie sagt man, hui, nach innen … Reden wir nicht drüber. So läuft es auch mit dem Herrn Landrat. Kirche, angetraute Frau samt Familie und christliche, wie sagt man, Parolen für die Öffentlichkeit – und jedes Mal, wenn ihn die Geschäfte nach Stuttgart führen, werden die, sage ich das richtig, die Ventile geöffnet. Dafür bin ich dann da. Vier, fünf Mal im Monat. Die Sau rauslassen, Sie verstehen? Hier, das will ich Ihnen nicht vorenthalten.« Sie krempelte den rechten

Ärmel ihrer Bluse hoch, streckte ihrem Besucher den Oberarm entgegen. Die Haut war übersät mit blauen Flecken, Rissen, verschorften Wundrändern.

»Wollen Sie noch mehr davon? Sie dürfen gerne meinen Rücken begutachten oder die Partien um meine Scham. Dagegen ist das hier nur ein harmloser Klacks.«

Braig schüttelte den Kopf, atmete kräftig durch. Allzu oft hatte er Menschen mit derlei malträtierten Körperpartien ansehen müssen, allzu oft sich dann nachts in schlaflosen Momenten wieder mit diesem Anblick konfrontiert gesehen. Er glaubte der Frau aufs Wort, hatte nicht den geringsten Zweifel, dass die Verletzungen weitere Teile ihres Körpers verunstalteten.

»Und wissen Sie, was er mir jedes Mal erzählt?«, unterbrach sie seine Gedanken. »Dass er mich liebt und ohne mich nicht mehr leben kann. Dass er aber seine Frau und seine Töchter und überhaupt seine politische Karriere …« Sie hielt inne, winkte mit der Rechten ab.

»Sie haben Herrn Hessler darüber informiert?«, fragte Braig.

Die junge Frau nickte. »Ich habe ihm erklärt, dass die Sache für mich beendet ist. Dass ich den Kerl nicht mehr sehen will. Nie mehr.«

»Wie hat er reagiert?«

»Tobias kam vorbei. Er wollte meine Verletzungen sehen. Er war außer sich. Und dann hat er ihn zur Rede gestellt und ihm mit Ihren Kollegen gedroht.«

»Mit meinen Kollegen?«

»Tobias drohte ihm, ihn anzuzeigen, wenn er mich nicht sofort in Ruhe lässt.«

»Und hat das gewirkt?«

Emilia Widenoff lachte laut. »Glauben Sie wirklich, der lässt sich so einfach abwimmeln? Heute früh wurde er am

Telefon schon wieder ausfällig. Morgen kommt er in die Nähe wegen einer Konferenz. Anschließend habe er Zeit, am Abend, erklärte er mir. Ich solle mich doch nicht so anstellen. Vielmehr daran denken, was meinem Beschützer passiert sei. Der könne mir jetzt nicht mehr helfen. Wenn ich Zicken machen wolle, würde er für meine Ausweisung nach Bulgarien sorgen, er habe die notwendigen politischen Kontakte. Und das Geld würde er mir auch nicht zahlen, ohne Gegenleistung.«

»Welches Geld?«, fragte Braig.

»Tobias zwang ihn dazu, mir eine Entschädigung zu zahlen. Für das, was er mir angetan hat. 500 Euro jeden Monat und das ein Jahr lang. Er machte ihm klar, dass er an die Öffentlichkeit gehen und den Medien seinen Namen nennen würde, wenn das Geld nicht eingehen sollte.«

»Herr Hessler drohte ihm mit der Veröffentlichung seines Namens?«

»Falls er sich weigerte, zu zahlen, ja. Tobias machte ihm klar, dass er nicht bereit war, das hinzunehmen.«

Braig musste nicht lange überlegen, sich auszumalen, was das bedeutete.

Ein Politiker aus der Provinz. Einer der alten Strippenzieher. So erfolgreich wie verlogen. Hesslers unverhohlene Worte, sich an die Öffentlichkeit zu wenden, sein Doppelleben bloßzustellen. Den scheinheiligen Maulhelden damit in den Abgrund zu stoßen. In den Abgrund, aus dem es kein Entkommen gab. Es sei denn, man sorgte vor …

16. Kapitel

Vier Monate zuvor

Carolin Köhler hatte genau vier Stunden benötigt, sich darüber klar zu werden, wie sie mit den Drohungen des Erpressers umzugehen hatte. Zwei Stunden, um den Schock zu überwinden, den das unverhoffte Auftauchen der Fotos und des Begleitschreibens bei ihr ausgelöst hatten, und weitere zwei Stunden, um sich eine konkrete Strategie ihrer Reaktion zurechtzulegen. Dass sie reagieren musste, war von Anfang an klar, was ihrer konzentrierten Überlegung bedurfte, war allein die Frage nach dem Wie. Sie musste einen Weg finden, das Problem zu lösen, das sich völlig überraschend vor ihr aufgetan hatte, so wie sie das beruflich seit über zehn Jahren zu tun gewohnt war. Nicht mehr und nicht weniger. Mit dem einzigen Unterschied, dass es sich im vorliegenden Fall nicht um eine berufliche, sondern um eine private Angelegenheit handelte.

Worum es hier ging, lag offen vor Augen: Der Kerl wollte Geld, das ihm nicht zustand. Er wähnte sich offensichtlich in dem Glauben, ein willfähriges Opfer gefunden zu haben, ein naives, von seiner Offensive völlig überfahrenes Geschöpf. Das war eine hervorragende Ausgangsposition für ihren Konter: Einen Krieg vom Zaun zu brechen und seinen Gegner dabei so maßlos zu unterschätzen, kündete von purer Dummheit. Mit mir nicht, du elender Halunke, du hast dir das falsche Opfer ausgesucht!

Natürlich würde sie das Geld nicht zahlen, nicht einen einzigen Cent. Wer garantierte ihr, dass er es bei der ersten Forderung belassen und sie nicht Monat für Monat aufs Neue anbaggern würde? Nein, seinen Forderungen nachzugeben, war der falsche Weg, daran hatte sie nicht den geringsten Zweifel. Sollte er ihrem Mann doch ruhig die Fotos zukommen lassen, das bereitete ihr keine schlaflose Minute. So oft wie Rolf sie schon betrogen, eine junge Schlampe nach der anderen flachgelegt hatte, war das nur ein billiger Ausgleich. Sollte der geile Bock doch Augen machen, wenn er sie mit ihrem vermeintlichen Lover in flagranti erblickte – eigentlich hätte sie schon viel früher auf die Idee kommen sollen, diese Momente zu dokumentieren. Allein seiner Überraschung wegen. Tit for tat – wie du mir, so ich dir – das war doch ohnehin die einzige Sprache, die der ihr angetraute Spermabolzen verstand. Nein, Rolf mit den Fotos zu konfrontieren, war keine Drohung, eher ein Geschenk.

Was sie dagegen auf jeden Fall verhindern musste, war das Auftauchen der Fotos im Internet. Nicht etwa aus Gründen der Scham oder der Blamage – sie war eine selbstbewusste Frau und lebte nicht mehr im Mittelalter. Genau wie so viele Vertreter des anderen Geschlechts hatte auch sie ein Recht darauf, das Leben in all seinen Facetten zu genießen; sexuelle Eskapaden waren angesichts der Vielfalt der Möglichkeiten modernen Zeitvertreibs da doch wohl eine der harmloseren Varianten.

Nein, das Problem lag eindeutig auf einer anderen Ebene: Sollten eines oder mehrere der Fotos im Internet zu sehen sein, bedeutete das ihren beruflichen Ruin, zumindest den ihrer bisher steil nach oben führenden Karriere. Nacktfotos, noch dazu in diesen eindeutigen Posen, in den Händen ihrer Verhandlungspartner oder – fast noch schlimmer – ihrer bankinternen Konkurrenten, nein, ihr blieb nur die sofortige Kündigung, ohne jede Alternative. Das durfte nicht geschehen, um nichts in der Welt. Sie hatte sich nicht über die Jahre hinweg abgerackert, bis in die Nächte hinein gearbeitet, ein Wochenende nach dem anderen geopfert, um ihre Karriere jetzt so erbärmlich in den Sand zu setzen. Die Veröffentlichung der Fotos im Internet musste verhindert werden, um jeden, wirklich jeden Preis. Ihre berufliche Karriere genoss absolute Priorität, ohne jede Einschränkung. Sich vor dieser absurden Attacke zu schützen, bedurfte es jetzt ihrer gesamten Energie. Die Polizei einzuschalten, kam nicht infrage. Zu groß schien ihr die Gefahr mangelnder Verschwiegenheit, zu intensiv die Verflechtung schlecht bezahlter Beamter mit sensationsgeilen Boulevardschmierern. Nein, sie würde die Sache selbst in die Hand nehmen, genau so, wie sie es beruflich gewohnt war.

Carolin Köhler griff nach ihren Zigaretten, öffnete die Tür zur Terrasse, lehnte sich draußen mit dem Rücken an die von der Frühlingssonne noch warme Wand. In den Hecken vor ihr schmetterten Amseln und Finken ihre späten Lieder. Sie zündete eine Zigarette an, inhalierte ihren Rauch, versuchte sich zu konzentrieren.

Vierzig Minuten später hatte sie sich die Strategie ihres Vorgehens bis ins Detail zurechtgelegt.

17. Kapitel

September

Nach seinem Gespräch mit Emilia Widenoff hatte Braig Mühe, den von ihm selbst festgelegten Besprechungstermin um 16 Uhr im Amt pünktlich wahrzunehmen. Er wechselte in Degerloch vom Bus in die Stadtbahn, erreichte kurz vor vier den Augsburger Platz. Jacqueline Stührer und Mario Aupperle warteten bereits vor seinem Büro, als er schwer atmend die Treppen hochgestürmt kam.

»Tut mir leid«, entschuldigte er sich, »ich hatte ein wichtiges Gespräch.«

Aupperle schien das Warten überhaupt nichts ausgemacht zu haben. Er lehnte unmittelbar neben seiner Kollegin an der Wand, verfolgte mit lässiger Körperhaltung Braigs Ankunft. »Kein Problem, Kollege. Wir haben es gemütlich hier, wie, Jacqui?«

Die junge Frau verzog keine Miene, warf ihre lange, rabenschwarze Mähne zurück.

»Gemütlich? Hier im Flur?« Braig runzelte die Stirn.

»Na ja, bei dir in deinem wunderschönen Büro ist es natürlich tausend Mal gemütlicher«, frozzelte Aupperle.

Der Kommissar musterte seinen Kollegen, wunderte sich über sein Verhalten. »Heute sind wir aber cool, was?«, kommentierte er grinsend.

Der junge Mann errötete kaum merklich. »Sind wir doch immer, oder, Jacqui?«

Braig räumte seinen Schreibtisch frei, schob die Stühle zurecht. »Ihr müsst entschuldigen, aber ich kann euch nichts anbieten. Um 17 Uhr habe ich noch einen Termin. In der

Innenstadt im Kunstmuseum. Den will ich unbedingt wahrnehmen. Der Mann ist morgen auf Geschäftsreise.«

Unmittelbar nachdem er die junge Frau in Hoffeld verlassen hatte, war es ihm per Handy gelungen, ein persönliches Gespräch mit Gerd Weissmann zu vereinbaren. Der Mann, dessen Porträt Hessler unbedingt für seine Agentur hatte verwenden wollen, war zwar von Braigs Ansinnen nicht gerade begeistert gewesen, hatte sich dann aber angesichts seiner für den nächsten Tag geplanten Geschäftstour mit einem frühen ICE nach Hannover dennoch dazu überreden lassen.

»An einem Samstag sind Sie beruflich unterwegs?«, hatte er ihn misstrauisch gefragt.

»Ich bin seit dem letzten Jahr an der ESB Business School, der betriebswirtschaftlichen Fakultät der Reutlinger Hochschule tätig. Mein Beruf macht mir so viel Spaß, dass ich gerne bereit bin, am Wochenende auf Kongressen von meiner Arbeit zu berichten. Ein solcher Kongress mit Wissenschaftlern aus aller Welt findet jetzt in Hannover statt. Und was unser Gespräch angeht, nur, wenn es wirklich unbedingt sein muss und nicht länger als fünfzehn Minuten dauert«, hatte Weissmann beharrt. »Ich habe um Viertel nach fünf ein Rendezvous im Kunstmuseum. Mit einer Frau, die ich zwar erst vor wenigen Tagen kennen gelernt habe, die mir aber sehr viel bedeutet. Wenn Sie mir da dazwischenfunken, gehe ich Ihnen an den Kragen.«

»Das würde ich Ihnen nicht unbedingt raten. Ich bin Kriminalbeamter«, hatte Braig in schnoddrigem Ton geantwortet.

Seinen Gesprächspartner hatte das offensichtlich nicht sonderlich beeindruckt. »Ich kann Ihnen nur äußerste Zurückhaltung empfehlen. Ich arbeite direkt mit der Mafia zusammen. Wenn Sie mir diese Frau verjagen, setze ich drei Berufskiller auf Sie an. Da hilft Ihnen auch Ihr Job nicht weiter. Irgendwann werden die Sie erwischen.«

Braig hatte sich über die Chuzpe gewundert, mit der Weissmann den Dialog mit einem ihm unbekannten Kriminalbeamten angegangen war. Normalerweise reagierten fast alle Gesprächspartner äußerst vorsichtig, wenn sie seinen Beruf erfuhren, gleichgültig, ob sie in eine Straftat verwickelt waren oder nicht. Dieser Mann dagegen hatte sich in ihrer kurzen Unterhaltung keinerlei Zurückhaltung auferlegt. War er seines bevorstehenden Rendezvous wegen in völlige Euphorie verfallen? Oder hatte er tatsächlich mit dem Mord an Hessler zu tun und Braig mit seinem schnoddrigen Tonfall bewusst darüber hinwegzutäuschen versucht?

Gleich, woher diese ungewohnte Flapsigkeit rührte, Braig musste Weissmann persönlich sprechen, um sich ein eigenständiges Bild über ihn zu machen.

»Um 17 Uhr?«, unterbrach Aupperle seine Gedanken. »Dann muss es wirklich schnell gehen.«

Braig nickte, nahm auf seinem Schreibtischstuhl Platz. Er fasste seine neuesten Erkenntnisse in wenigen Sätzen zusammen, sah den Blick seiner Kollegin auf sich gerichtet.

»Sie wollen sich diesen Landrat allein zur Brust nehmen, ohne Zeugen?«

Der Kommissar schüttelte den Kopf. »Ich fürchte, der gehört zu den alten Seilschaften hier im Land. Ich bin nicht lebensmüde, wenn Sie das meinen.«

»Soll ich nicht mitkommen? Vier Ohren hören besser als zwei.«

»Ich hoffe, dass ich ihn morgen sprechen kann. Da soll er in der Nähe von Stuttgart sein. Bisher konnte ich ihn noch nicht erreichen.«

»Dann warte ich auf Ihren Anruf. Trotz Wochenende.«

Braig wusste aus langjähriger Erfahrung, wie berechtigt die Sorge der jungen Kollegin war.

»Dieser Staatsanwalt, der dieser Ermittlung zugeteilt ist – Sie haben ihm Ihren Bericht gemailt?«, fragte Jacqueline Stührer.

»Söderhofer?« Er musterte sie fragend. »Heute Morgen habe ich mit ihm gesprochen. Wie kommen Sie jetzt auf den?«

»Weil er mich gerade wieder angerufen hat und unbedingt wissen will, ob wir die Identität der beiden Frauen endlich ermittelt hätten und wo die Kamera sei. Das geht schon den ganzen Tag so. Der schickt mir eine Mail nach der anderen und lässt seine Sekretärin ständig bei mir anrufen. Ich habe ihm von unserer Besprechung berichtet und musste ihm zusichern, dass er spätestens um 16.15 Uhr Bescheid erhält.«

Braig seufzte laut. »Das übernehme ich. Sofort, wenn wir hier zu Ende sind.«

»Seine arme Sekretärin«, meinte Aupperle. »Die Frau kann einem leid tun.«

»Du kennst Frau Thonak?«

»Nicht näher. Aber ich habe ein paar Mal mit ihr gesprochen. Eine nette, ältere Dame. Wie die das auf Dauer aushält? Ich an ihrer Stelle hätte mich längst krank gemeldet«, sagte Aupperle. »Oder versetzen lassen.«

»Haben Sie Söderhofer alle Ermittlungsergebnisse mitgeteilt?«

Jacqueline Stührer schaute verwundert zu Braig. »Sie leiten die Ermittlungen. Wollen Sie den in alles einweihen?«

»Nein, das muss nicht sein. Sie haben richtig gehandelt. Ich rufe ihn nachher an. Vielleicht berichten Sie jetzt kurz, was Sie erreicht haben.«

»Die Frau auf dem Phantombild. Sie lebt in Aalen.«

»Sie haben Hinweise auf ihre Identität?«

»Zwei Leute haben sie unabhängig voneinander erkannt. Heute Abend werde ich mehrere Häuser und Wohnungen überprüfen. Ich habe die Aalener Kollegen um Hilfe gebeten. Ich denke, das ist in Ihrem Sinn.«

»Ja, natürlich«, bestätigte Braig. Er freute sich über den engagierten Einsatz und den schnellen Erfolg der jungen Beamtin, zeigte auf das Phantombild. »Die Zeugen sind sich sicher, dass es sich um diese Frau handelt?«

»Was denken Sie? Von wem sprechen wir?« Sie warf ihre langen Haare zurück, bedachte ihn mit einem vorwurfsvollen Blick.

»Haben Sie schon genauere Informationen über die Frau?«

»Die Zeugen kennen sie nur vom Sehen. Es ist möglich, dass sie irgendwo im Umfeld der Limes-Thermen arbeitet. Das ist vorerst alles, was ich weiß.«

Braig verzichtete auf weitere Fragen, verabschiedete sich von den Kollegen. Er lief zum Telefon, gab Söderhofers Nummer ein. Der erste Klingelton war noch nicht verebbt, als er die Stimme des Staatsanwalts schon am Ohr hatte.

»16.16 Uhr. Sie sind fast pünktlich, junge Kollegin. Zwar nicht mit allzu viel Intelligenz gesegnet, da Sie es nur zur Kommissarslaufbahn und nicht zu einem ordentlichen akademischen Studium geschafft haben, aber … Na ja, Sie werden hoffentlich bald heiraten und gesunden Söhnen zum Leben verhelfen, nicht wahr? Außerdem: Ich weiß ja längst, mit welcher Sorte von Leuten abzugeben ich beruflich gezwungen bin. Also: Sie haben eine der beiden Frauen festgenommen?«

Braig spürte die Gänsehaut über seinen Rücken kriechen. Zentimeter um Zentimeter richteten sich seine Nackenhaare auf. In seinen Armen und Beinen schienen Tausende von Ameisen unterwegs. »Ich muss Sie enttäuschen«, gab er zur Antwort. »Es ist nicht die junge Kollegin, die Sie …«

»Braig, lassen Sie den Unfug«, zischte der Staatsanwalt, »und vergeuden Sie nicht unnötig unsere wertvolle Zeit: Haben Sie die Frau?«

Braig riss sich zusammen, er versuchte, seine Worte möglichst optimistisch zu formulieren. »Wir wissen jetzt, wo sie wohnt und …«

»Na und? Haben Sie die Wohnung gestürmt?«

»Ohne richterliche Erlaubnis? Das würde …«

»Die ist schon unterwegs!«, geiferte es am anderen Ende. »Die habe ich in drei Minuten!«

»Sie haben mich falsch verstanden. Wir wissen, wo die Frau wohnt. In welchem Bezirk …«

»Bezirk? Darf das denn wahr sein? Muss ich denn bei so vielen unfähigen Leuten wirklich alles selbst in die Hand nehmen? Wie groß ist dieser Bezirk? Umfasst er halb Süddeutschland?«

»Es geht um eine Handvoll Häuser, kaum mehr.«

»Dann lassen Sie sie alle stürmen. Wir müssen die Frau endlich …«

»Außerdem gibt es mehrere neue verdächtige Personen«, fiel Braig Söderhofer ins Wort.

»Verdächtige Personen? Wer soll das sein?«

»Ein Gerd Weissmann war in eine Auseinandersetzung mit Hessler verwickelt. Weissmann, Sie erinnern sich an den Namen?«

»Woher?«

»Er tauchte letztes Jahr als Mordverdächtiger in einer unserer Ermittlungen auf.«

»Sie haben ihn verhaftet?«

»Ich bin auf dem Weg zu ihm.«

»Ja, auf, dann gehen Sie endlich! Aber vergessen Sie nicht die beiden Frauen und die Kamera!«

»Die vergesse ich nicht. Aber es gibt weitere Verdächtige.«

»Wen denn angeblich noch?«

»Ein Politiker.«

»Unmöglich! Wer soll das sein?«

»Ich kenne bisher nur den Decknamen, den er bei seiner Geliebten oder besser: Prostituierten, die er regelmäßig besucht, benutzt. Schniedelwutz.«

»Sch… Braig, was soll das?«

»Emilia Widenoff, eine junge Frau aus Bulgarien, die auf Herrn Hesslers Vermittlung nach Deutschland kam und hier seriöse Arbeit suchte, ließ sich von diesem Schniedelwutz verführen. Sie erhoffte sich eine feste Beziehung, wurde von ihm aber nur als, sagen wir euphemistisch, Geliebte benutzt. Vor kurzer Zeit hat er auf ihre Kosten seine sadomasochistischen Neigungen ausgelebt und ihr mehrfach Gewalt angetan. Sie ist am ganzen Körper gezeichnet. Hessler drohte diesem Mann, ihn anzuzeigen und seinen Namen an die Medien weiterzugeben. Immerhin handelt es sich um einen in der Öffentlichkeit stehenden Landrat. Es kam zum heftigen Streit zwischen den Männern.«

»Ein Landrat?« Die Skepsis in Söderhofers Stimme war nicht zu überhören. »Braig, was für einen Bären haben Sie sich da aufbinden lassen? Sie wissen doch, aus welcher Ecke diese Hetze stammt.«

»Welche Hetze?«

»Braig, ein Landrat! Das sind ehrenwerte Persönlichkeiten!«

Die Gänsehaut hatte seinen ganzen Rücken erfasst. »So wie die ehrenwerten Persönlichkeiten in Sizilien und Kalabrien, ja?«

»Braig, das habe ich überhört. Sie können eben nicht aus Ihrer proletarischen Haut! Plebejer bleibt Plebejer, da hilft auch kein Zylinder! Verschonen Sie den Mann mit Ihren dämlichen Phrasen und konzentrieren Sie sich endlich auf die beiden Frauen und die Kamera, bevor ich die Ermittlungen persönlich übernehme!«

Die Fahrt in die Stuttgarter Innenstadt ging schneller vonstatten, als er gedacht hatte. Er fuhr mit der Stadtbahn direkt zur unterirdischen Haltestelle *Schlossplatz*, erklomm schon zehn Minuten vor fünf die Stufen nach oben. Von der Station waren es keine hundert Meter zum Kunstmuseum.

Die Fußgängerzone vor dem weitläufigen Areal des Schlossplatzes war wie jeden Tag um diese Zeit von einer unübersehbaren Menschenmenge bevölkert. Berufstätige aus den vielen Ministerien oder Büros der Umgebung, die zum Bahnhof liefen; mit Taschen bepackte Passanten, die ihre Einkäufe nach Hause trugen; Gruppen von Spaziergängern und Touristen, die sich der stimmungsvollen Atmosphäre auf dem großzügig angelegten Prunkstück der Landeshauptstadt hingaben und das vielfältige Geschehen der Umgebung ebenso wie das mitreißende Panorama des Neuen Schlosses mit neugierigen Augen betrachteten. Ausgelassen miteinander schreiende Jugendliche sprangen auf den Wegen zwischen den Blumenrabatten hin und her, flätzten sich auf dem Rasen oder bevölkerten die zahlreichen Bänke.

Braig ließ sich Zeit. Er schlenderte vom Ausgang der Stadtbahnstation in die Richtung des Museums, sah von Weitem schon das weiße Mobiliar des Cafés auf dem Vorplatz. Die überwiegende Anzahl der Stühle war besetzt. Je näher er dem Glaswürfel kam, desto mehr fiel ihm eine Ansammlung ausnehmend hübscher, junger Frauen auf, die im Halbkreis vor den Tischen standen. Sie schienen ziemlich aufgeregt. Nervös hin und her tänzelnd schäkerten sie mit einer Person in ihrer Mitte.

»Morgen Abend, Gerd, im *Palomino*, sehen wir uns?«, hörte er eine der Frauen rufen.

»Und anschließend ins *Night and Day*, mit mir, abgemacht, Gerd?«, kam es von ihrer Nachbarin.

»Und überhaupt, ohne Abschiedskuss kommst du uns nicht davon, was, Mädels?«, hörte er von der anderen Seite her.

Plötzlich begann die ganze Gruppe zu lachen und zu schreien, und eine Frau nach der anderen setzte sich in Bewegung, direkt auf die Person in ihrer Mitte zu.

Braig kam nicht weiter, blieb mitten in dem wogenden Gewühl stecken. Eine Duftwolke süßen Parfüms hing in der Luft, um ihn herum gurrte und kicherte es wie im Pausenraum eines Mädcheninternats. Er sah auf, merkte wie aufgetakelt all die jungen Frauen um ihn herum waren – üppig geschminkte Gesichter, hautenge, farbige Blusen, knallig schmale Beine, detailliert modellierende Jeans – entdeckte die Gestalt eines großen, athletisch gebauten Mannes unmittelbar vor den Tischen, dem die Annäherungsversuche der aufgeregten Schar galten. Braig erkannte ihn auf der Stelle. Gerd Weissmann, Hesslers Traum-Modell, genau wie er auf dessen Werbeprospekt abgebildet war.

Er kämpfte sich mühsam durch die unablässig kichernde Schar der jungen Frauen, sah, wie eine nach der anderen Weissmann links und rechts einen Kuss auf die Wange drückte und dann wie in Trance zur Seite abtauchte. Das Objekt ihrer Begierde schien sich nicht gegen die Liebesbekundungen zu wehren; den Kopf nach vorne gebeugt nahm er die zärtlichen Lippenkontakte seiner Verehrerinnen entgegen. Braig hatte ihn fast erreicht, als die Aktion endlich ein Ende fand.

»Mädels, ich bedanke mich tausend Mal, bis dann!«, erklärte der Hüne mit sonorer Stimme, winkte den jungen Frauen freundlich lächelnd und wandte sich dann dem Eingang des Museums zu.

»Herr Weissmann!« Braig hatte Mühe, das erneut einsetzende Kichern zu übertönen. Er folgte dem Mann an den Tischen vorbei, erreichte ihn gerade noch an der Tür.

»Ja, bitte?«

Braig wies sich aus, musterte die Miene seines Gegenüber. Kein Wunder, dass die so hysterisch reagierten, schoss es ihm mit einem Anflug von Eifersucht durch den Kopf, bei dem stimmte einfach alles. Ein großer, blonder, athletisch wirkender Typ um die Vierzig mit einem schmalen, von einem männlich-markanten Kinn geprägten Gesicht, genau wie er auf dem Prospekt abgelichtet war. Dazu die angenehm sonore Stimme und das charmante Auftreten des Mannes, das er gerade selbst beobachtet hatte …

»Ah, Sie sind der Herr Kommissar?« Weissmann reichte ihm die Rechte, ließ einen kräftigen Händedruck spüren. »Dann treffen wir uns ja pünktlich, prima.«

Braig nickte, bemerkte die Unruhe, die um sie herum aufkam. Eine Gruppe modisch gekleideter Frauen mittleren Alters näherte sich heftig miteinander tuschelnd dem Museum, Prospekte mit den dort ausgestellten Exponaten in den Händen. Ihrer Blickrichtung nach zu urteilen zielte ihr Interesse jedoch weniger auf die von den Kuratoren des Museums ausgewählten, Aufsehen erregenden Kunstwerke, es galt vielmehr einem höchst lebendigen Objekt unmittelbar vor ihm.

»Suchen wir uns hier einen Platz?«, fragte Braig.

Obwohl die Besucherinnen des Museums um einiges reifer und gesetzter wirkten als die Girlies draußen fürchtete Braig eine Wiederholung der gerade erlebten Zeremonie. Sein Gegenüber schien auf Frauen jeden Alters und jeder Couleur derart magische Kräfte auszuüben, dass sich deren Konzentration nur noch auf ihn zu richten vermochte. Umso dankbarer nahm er Weissmanns Bereitschaft wahr, sich nach einem Platz umzusehen.

»Gerne«, erklärte der Mann. »Dann können wir unser Gespräch zügig beginnen. Ich habe Ihnen ja erzählt, dass ich um Viertel nach fünf zu einem Rendezvous verabredet bin, das mir sehr viel bedeutet.«

Braig begleitete ihn quer durch die Tischreihen, sah die Enttäuschung, die sich auf den Gesichtern im Eingangsbereich des Museums breitmachte. Tut mir leid, Mädels, überlegte er, aber für ein paar Minuten müsst ihr mir den Mann jetzt schon überlassen.

»Sie kommen vom LKA.« Sein Begleiter war mitten zwischen den Tischen stehen geblieben, hatte zwei älteren Damen, die ihnen entgegenkamen, höflich Platz gemacht und sie begrüßt. Die beiden Frauen bedachten ihn mit überschwänglichem Lob.

Braig bestätigte die Feststellung seines Gesprächspartners.

»Dann kennen Sie sicher Frau Neundorf.«

»Sie ist meine Kollegin, ja.«

»Richten Sie ihr bitte meine Grüße aus. Wir hatten letztes Jahr eine interessante Unterhaltung.«

Braig musterte seinen Begleiter, wunderte sich über seine Ausdrucksweise. Neundorf hatte Weissmann als Tatverdächtigen in einem Mordfall aufgesucht, nicht um sich mit ihm zu unterhalten. »Nächste Woche sehe ich sie wieder. Sie war zehn Monate als Dozentin an der Polizeihochschule in Villingen-Schwenningen tätig.«

»Ah, sie liebt die Abwechslung. Eine scharfsinnige Frau, Ihre Kollegin.«

Sie liefen auf den einzigen freien Tisch zu, schauten sich um. Der Schlossplatz lag direkt vor ihnen. Seit seiner Eröffnung galt das Museum mit dem Café als besondere Attraktion der Landeshauptstadt, bot es doch mit seiner komplett verglasten Fassade einen prächtigen Ausblick auf das Neue Schloss mitsamt seiner Umgebung. Kein Wunder, dass die Köpfe aller Besucher stets dorthin orientiert waren – Braig hatte es nie anders erlebt, war selbst bei jedem Aufenthalt hier aufs Neue vom Blick auf die gute Stube Stuttgarts überwältigt. Heute allerdings schienen die alten Gesetze außer Kraft gesetzt.

Sie hatten ihre Plätze noch nicht erreicht, als sie bereits die Aufmerksamkeit der meisten anderen Gäste auf sich gerichtet sahen. Unverhohlene Neugier, dazu Bewunderung in den Augen der Frauen um sie herum, als Weissmann zwischen den Tischen hindurchlief. Für den Moment einer Sekunde schienen die Gespräche zu stocken, allein der Lärm der zahlreichen in der Fußgängerzone dahinschlendernden Menschen war zu hören. Braig glaubte, die Luft anhalten zu müssen, um die Stille nicht zu stören, war dankbar, als die normale Geräuschkulisse langsam wieder einsetzte.

Sie nahmen Platz, rückten ihre Stühle zurecht. »Tobias Hessler«, sagte Braig. »Sie kennen den Mann?«

»Oh mein Gott, ja.« Sein Gegenüber nickte bestätigend. »Er wurde ermordet, richtig?«

»Richtig. Und Sie hatten Streit mit ihm.«

»Streit?« Der Mann schüttelte den Kopf. »Sie sprechen von seinem Prospekt?«

Die junge Bedienung kam, eine reizende, freundlich lächelnde Frau, verschlang Weissmann mit ihren Blicken. »Ähm, darf ich Ihnen …« Sie kam ins Stottern, lief rot an. »Ich meine, falls Sie einen Wunsch haben?«

Der Angebetete hielt inne, bat um ein Wasser, wartete, bis Braig sich seinem Wunsch angeschlossen hatte.

»Dann also, äh, Wasser. Zwei Wasser.« Die junge Frau hatte Mühe, die Bestellung korrekt aufzunehmen, verbeugte sich, versuchte, den Blick von Weissmann zu lösen.

»Zwei Wasser, ja«, bestätigte er.

Sie nickte ihm übers ganze Gesicht strahlend zu, trat einen Schritt zurück, setzte sich dann stolpernd in Bewegung.

»Wir sprachen von Herrn Hesslers Prospekt«, versuchte Braig wieder zu seinem zentralen Anliegen zu kommen.

»Ja, ich verstehe. Er hatte die verrückte Idee, mich auf die Titelseite zu setzen. In Verbindung mit seiner Kontakt-Anbahnung. Das war mir doch etwas zu heftig.«

»Sie haben ihm untersagt, Ihr Bild zu benutzen.«

»Ja, ich wollte es nicht. Werbe-Modell für eine Kontakt-Agentur. Sie sind ein attraktiver Mann. Hätten Sie Lust dazu?«

»Ich?« Braig wehrte laut lachend ab. »Danke für den Vorschlag und das Kompliment. Aber wenn wir hier von attraktiv reden …«

Die junge Bedienung kam, brachte zwei Gläser Wasser. Sie nahm Weissmann ins Visier, wusste nicht, wo sie die Gläser abstellen sollte, war dankbar für die Hilfe des Mannes. Er nahm beide entgegen, sprach ihr seine Anerkennung für den schnellen Service und ihre bezaubernde Erscheinung aus. Sie nickte eifrig, eilte erst nach mehreren Sekunden zum nächsten Tisch.

»Dummerweise war Hessler aber nicht bereit, auf Ihr Porträt zu verzichten«, fuhr Braig fort.

»Nicht bereit?« Weissmann hatte beide Gläser auf dem Tisch platziert, blickte fragend zu seinem Gesprächspartner. »Wie meinen Sie das?«

»Na ja, er bestand darauf, es trotz Ihrer abwehrenden Haltung zu verwenden.«

»Das verstehe ich nicht. Ich war bei ihm in seiner Agentur und machte ihm meinen Standpunkt klar. Zwei Mal. Damit war für mich die Sache gelaufen.«

»Sie waren nicht wütend, weil er nicht nachgeben wollte?«

»Wütend, was heißt wütend. Ich denke, nach unserem zweiten Gespräch war die Sache endgültig klar. Auch für ihn.« Er hielt inne, trank von dem Wasser, setzte es dann wieder ab. »Sie glauben doch nicht etwa, ich hätte mit seinem Tod … Nein, nicht wirklich, oder?«

Braig spürte selbst, wie absurd der Gedanke war. Nur weil Hessler partout darauf beharrte, das Foto des Mannes für seinen Prospekt zu verwenden, sollte der kein anderes Mittel gefunden haben, ihn davon abzubringen? Nein, er fand die

Überlegung inzwischen selbst vollkommen daneben. Um ganz sicher zu gehen, fragte er ihn trotzdem nach seinem Alibi. »Wenn Sie es schon selbst ansprechen: Darf ich wissen, wo Sie sich am Mittwoch gegen 19 Uhr aufhielten?«

»Vorgestern Abend gegen 19 Uhr?« Weissmanns Gesicht überzog sich mit leichtem Grinsen. Er schaute auf die Uhr, nickte. »Meine Herren, da habe ich ja Glück, dass wir uns hier treffen, wenn das Landeskriminalamt wirklich glaubt, ich hätte einen Menschen getötet! Wie im letzten Jahr, da stand ich ebenfalls unter Verdacht. Überhaupt nicht lustig, wie? Aber, bitte, gedulden Sie sich noch ein paar Minuten. Die Dame, mit der ich hier gegen Viertel nach fünf verabredet bin, kann Ihnen erzählen, wo ich den Mittwochabend verbracht habe.«

»Ihre Freundin?«, fragte Braig. »Na, so ein Zufall. Aber das ist Ihnen doch wohl selbst klar, dass das Alibi einer Freundin oder Geliebten, einer nahestehenden Person überhaupt nicht viel zählt.«

Weissmann wartete, bis Braig von seinem Wasser getrunken hatte, winkte dann mit seiner Rechten vorsichtig ab. »Bezogen auf die Dame, die ich erwarte und mit der ich am Mittwochabend zusammen war: Freundin ist zu viel gesagt. Wir sind ganz am Anfang. Ich hoffe aber, dass mehr daraus wird.«

»Na, dann will ich Ihnen mal die Daumen drücken. Auf jeden Fall soll ich also die Dame, auf die Sie jetzt warten, nach Ihrem Alibi für den späten Mittwoch fragen.«

»Genauso ist es.« Sein Gesprächspartner nickte freundlich.

Braig sah, wie sich die beiden jungen Frauen am Nachbartisch erhoben und zu ihnen herschauten. Ihre Blicke blieben an Weissmann haften. Beide schienen zu Salzsäulen zu erstarren.

»Mein Gott, Sie wirken auf alle Frauen wie ein Hollywood-Star. Ist das immer so?«, fragte er.

Sein Gesprächspartner winkte ab. »Das dürfen Sie nicht so ernst nehmen. Wichtig ist doch nur, dass die Frau, mit der ich nachher hier verabredet bin, von mir beeindruckt ist. Alles andere ist Spielerei.«

»Sie scheint Ihnen wirklich viel zu bedeuten.«

»Allerdings«, bestätigte Weissmann. »Deshalb liegt mir der Termin auch so am Herzen. Und was die anderen Frauen anbelangt: Ihre Kollegin Neundorf war überhaupt nicht beeindruckt von mir, daran erinnere ich mich noch genau. Sie schien mich eher für einen üblen Verbrecher zu halten, so wie sie mich unablässig mit ihren Fragen löcherte. Aber bei Ihnen ist das ja auch nicht anders. Das liegt wohl an Ihrem Beruf?«

Braig trank von seinem Wasser. »Na ja, Sie gerieten damals plötzlich im Zusammenhang mit einer ermordeten Frau in Reutlingen ins Visier unserer Ermittlungen und jetzt ist es ähnlich. Was würden Sie an meiner Stelle daraus folgern?«

Weissmann kam nicht dazu, ihm zu antworten, weil ihn die beiden jungen Frauen nach wie vor mit ihren Blicken fixierten. Er nickte ihnen freundlich zu, wünschte ihnen mit sonorer Stimme einen schönen Abend, löste sie damit aus ihrer Erstarrung. Langsam setzten sie sich in Bewegung, liefen mit verträumtem Lächeln in die Richtung des Schlossplatzes davon.

»Was soll ich daraus folgern? Ich bin Ingenieur, kein Kriminalbeamter, tut mir leid. Aber für den Mittwochabend kann ich Ihnen ein waschechtes Alibi präsentieren. So nennt man das doch, oder?«

»Wo waren Sie mit der Frau?«, fragte Braig ohne auf Weissmanns Bemerkung einzugehen. »Nicht zufällig in Aalen?«

»In Aalen? Nein, tut mir leid. Wir waren in einem anderen Teil des Landes, bei mir in Reutlingen, wenn Sie es genau wissen ...« Er verstummte mitten im Satz, schaute in die Richtung der Fußgängerzone, wo sich eine junge Frau aus der Menschenmenge löste und auf den Eingang des Museums zulief. »Oh, jetzt können Sie sie ja persönlich fragen.« Weissmann sprang auf, eilte an Braig vorbei, direkt auf die Frau zu.

Braig trank sein Glas leer, stellte es ab, drehte sich dann zur Seite. Er sah gerade noch, wie sein Begleiter die Frau umarmte und mit einem sanften Handkuss begrüßte. Mein Gott, ist das ein Charmeur, schoss es ihm durch den Kopf. Im gleichen Moment erkannte er die Frau.

In Weissmanns Arm, überhaupt nicht verlegen, kam sie auf ihn zu. »Steffen«, sagte Theresa Räuber, »dich hätte ich hier nicht erwartet.«

»Das geht mir genauso«, bekannte der Kommissar. Er begrüßte die Schwester seiner Partnerin, wurde in seiner Verblüffung nur noch von der seines Begleiters übertroffen.

»Ihr, ihr kennt euch?«, fragte Weissmann. Zum ersten Mal an diesem Nachmittag hatte er Schwierigkeiten, sich korrekt auszudrücken.

»Schwager und Schwägerin«, antwortete Theresa Räuber. »Zwei, die sich mögen.«

Weissmann nickte anerkennend mit dem Kopf. »Aber hoffentlich nicht so sehr, als dass nicht noch Platz für eine weitere Person bleibt.« Er drückte sie an sich, sah ihr Grinsen.

»Für den einen gibt es noch genug Platz«, antwortete sie.

»Na, dann bin ich aber doch zufrieden.« Weissmann deutete wortlos auf die Stühle, lief zum Nachbartisch, holte ein weiteres Sitzmobiliar. »Vielleicht hat der Herr Kommissar Lust, uns mit seiner Anwesenheit zu beehren.«

Braig schüttelte den Kopf. »Ich will das junge Paar doch nicht länger stören.«

Sein Gesprächspartner ließ ein lautes Lachen hören. »Das ist sehr höflich von Ihnen, danke. Aber Sie wollten sich bei der Dame, mit der ich mich hier treffe, doch noch nach meinem Alibi erkundigen.« Er wandte sich Theresa Räuber zu. »Der Herr Kommissar hat mich im Verdacht, einen Mann getötet zu haben.«

»Das ist nicht wahr!«

Braig sah die Entrüstung in ihrem Gesicht.

»Steffen, was ist los?«

»Am Mittwoch. Vorgestern Abend gegen 19 Uhr«, fiel Weissmann ihr ins Wort. »Wo war ich da?«

»Vorgestern Abend?« Theresa Räuber schüttelte den Kopf, begann zu lachen. »Steffen, das ist nicht dein Ernst. Sag, dass das nicht wahr ist.«

Braig hob abwehrend seine Hände, wartete auf ihre Antwort.

»Wir waren bei Gerd in seiner Wohnung in Reutlingen. Er wollte mir seine Briefmarken zeigen, wenn du verstehst, was ich meine. Bei mir im Pfarrhaus geht das ja schlecht, sonst weiß gleich die halbe Gemeinde Bescheid.«

Der Kommissar konnte seine Verlegenheit nicht länger verbergen. Sein Gesicht lief rot an wie eine Tomate.

18. Kapitel

Vier Monate zuvor

Marcel Holm hatte sich sofort bereit erklärt, Carolin Köhlers Wunsch zu erfüllen. Zwei Tage lang war der Detektiv beschäftigt gewesen, ihren offenkundig untreuen Ehemann diskret zu observieren und die entscheidenden Momente auf einen Chip zu bannen – dagegen schien die neue Aufgabe weit weniger zeitaufwändig.

»Ich benötige das Porträt eines Mannes, den ich nur vom Sehen kenne. Mit einem guten Computerprogramm müsste das zu machen sein, oder?«, hatte sie ihm erklärt.

»Ohne große Probleme. Wir haben die beste Software, die zur Zeit verfügbar ist. Entscheidend ist allein Ihr Erinnerungsvermögen.«

Fast zwei Stunden hatten sie gemeinsam vor dem Monitor seines Laptops verbracht.

»Lange, dunkle Locken bis weit über die Ohren, samtig gebräunte Haut, ein schmales, von einer markanten Kinnpartie geprägtes Gesicht, tiefblaue Augen«, hatte sie ihn beschrieben, das vor ihr entstehende Porträt wieder und wieder korrigierend, bis sie nach langem Hin und Her endlich zufrieden war.

»Das ist er, genau«, hatte sie am Ende der Prozedur befunden, die Befürchtung, dass er seine Frisur, überhaupt seine gesamte Aufmachung in der Zwischenzeit grundlegend verändert haben könnte, beiseite schiebend.

Sicherheitshalber hatte sie sich von Holm zwei weitere Varianten des Mannes anfertigen lassen. Ein Porträt mit deutlich kürzeren Haaren, das andere Bild mit einer üppigen Wuschelfrisur-Perücke, was zwei scheinbar völlig unterschiedliche Menschen zum Ausdruck brachte. Sie hatte den Detektiv gebeten, ihr mehrere Farbausdrucke zu erstellen, war zwei Tage später mitsamt den Fotos nach Stuttgart gefahren.

Die Hotelbar schien im Spätnachmittagsschlaf versunken, als sie dort auftauchte. Zwei in gedämpfter Tonlage miteinander parlierende ältere Männer, der Kleidung nach Geschäftsleute; ein junges, sich verliebt anhimmelndes Paar; ein einzelner, in sein halbvolles Bierglas stierender Mann. Carolin Köhler näherte sich dem Tresen, sah, dass sie sich den richtigen Zeitpunkt ausgesucht hatte. Wenig Betrieb, derselbe Barkeeper wie damals. Sie nahm auf einem der Hocker Platz, nickte dem Mann hinter dem Tresen freundlich zu.

Er stellte das Glas, das er trocken gewischt hatte, ins Regal, kam zu ihr her. »Mal wieder im Land?«, fragte er.

Carolin Köhler nickte, war sich insgeheim sicher, dass ihr Vorgehen erfolgreich verlaufen würde. Er hatte sie wiedererkannt, das war die halbe Miete.

»Was darf ich Ihnen servieren?«

»Genau das Gleiche wie neulich«, antwortete sie.

Er zögerte nicht lange. »*Latin Lover*«, sagte er.

Sie signalisierte ihre Zustimmung, zog die Fotos aus ihrer Tasche, legte sie vor sich auf den Tresen.

Der Barkeeper mixte den Cocktail, kam wieder zu ihr her. »*Latin Lover*«, erklärte er, »lassen Sie ihn sich schmecken.«

Sie bedankte sich, wies auf das erste Foto. Die Ansicht, wie der Kerl ihr im Gedächtnis haftete. »Erinnern Sie sich an ihn?«, fragte sie ganz beiläufig, als habe ihr Besuch überhaupt nichts mit dem Mann zu tun.

Ihr Gesprächspartner nickte. »Ja«, erklärte er. »Sie waren gemeinsam hier.«

»Sie kennen ihn?« Carolin Köhler musterte die Miene des Mannes, hielt jede Gesichtsregung fest.

»Kennen? Was heißt kennen?« Der Barkeeper legte seine Stirn in Falten. »Er war zwei oder drei Mal hier. Einmal mit Ihnen, sonst allein. Schien auf jemand zu warten. Manuel, heißt er nicht Manuel?«

»Das ist möglich, ja. Mich interessiert aber sein Familienname.«

»Sein Familienname?« Ihr Gegenüber schüttelte den Kopf. »Ich dachte, Sie sind mit ihm zusammen?«

»Sie wissen nicht, wie er heißt?«

»Tut mir leid. Woher? Ich sagte Ihnen doch, er war vielleicht zwei oder drei Mal hier. Wir haben nur ein paar Worte gewechselt, mehr nicht.«

»Was wissen Sie sonst über ihn? Kennen Sie seinen Wohnort oder seinen Beruf?«

Der Mann ruderte mit seinen Armen durch die Luft. »Hören Sie, was wollen Sie von mir? Sie waren doch mit ihm zusammen oder haben sich mit ihm unterhalten, soweit ich das richtig in Erinnerung habe, doch nicht ich.«

Carolin Köhler ließ sich nicht beirren. »Ich muss seinen vollen Namen wissen und seine Adresse. Er hat hier in diesem Hotel übernachtet. Wie können wir da zusammenkommen?«

»Tut mir leid. Ich kann Ihnen nicht helfen, wirklich. Fragen Sie drüben beim Empfang. Vielleicht …« Er zuckte mit den Schultern.

Sie nickte, nahm einen Schluck von dem Cocktail. »Was bin ich Ihnen schuldig?«

Er nannte ihr den Preis, nahm das Geld entgegen. »Wollen Sie sich noch einmal mit ihm treffen?«, fragte er.

Carolin Köhler ließ ein verächtliches Lachen hören, schüttelte den Kopf. »Nein, wirklich nicht.« Sie ließ den angetrunkenen Cocktail stehen, lief zum Empfang. Der Barkeeper schaute ihr mit verständnisloser Miene hinterher, bis sie aus seinem Blickfeld verschwunden war.

Im Eingangsbereich des Hotels herrschte mehr Betrieb. Eine große Gruppe geschäftsmäßig gekleideter Männer wartete vor dem Empfang, von einer Handvoll dunkelblau gewandeter Servicekräfte umsorgt. Carolin Köhler blätterte in einem Hochglanzmagazin, bis die meisten Besucher eingecheckt hatten, wurde dann von einer jungen Angestellten bedient.

»Sie haben reserviert?«, fragte die Frau.

Carolin Köhler schüttelte den Kopf, streckte ihr stattdessen das Foto des Erpressers entgegen. »Dieser Mann hat in der Nacht vom fünften auf den sechsten Mai dieses Jahres bei Ihnen übernachtet. Die Zimmernummer kann ich Ihnen leider nicht mehr genau nennen, es war im vierten Stock, etwa drei oder vier Türen vom Fahrstuhl entfernt. Ich benötige den Namen und die Adresse des Mannes.«

»Den Namen und die Adresse …« Die junge Frau warf ihr einen verwunderten Blick zu. »Aber, das, das kann ich Ihnen nicht sagen …« Sie kam ins Stottern, wusste nicht weiter. »Datenschutz, verstehen Sie?«

Carolin Köhlers Miene überzog sich mit einer gesunden Röte. »Junge Frau«, erklärte sie dann mit kräftiger Stimme. »Ich wiederhole es noch einmal: Dieser Mann hier hat vom fünften auf den sechsten Mai dieses Jahres bei Ihnen übernachtet. Die Zimmernummer weiß ich nicht mehr genau, es war im vierten Stock nicht weit vom Fahrstuhl. Ich benötige den Namen und die Adresse des Mannes.« Sie hatte den letzten Satz so laut formuliert, dass mehrere Leute vor und hinter dem Empfangstresen aufmerksam wurden und mit großen Augen zu ihr hersahen.

»Aber, aber, das geht nicht«, erwiderte die Servicedame. »Sie können nicht einfach …«

»Doch, das kann ich!« Carolin Köhlers Stimme schallte durchs gesamte Foyer. Fast alle, die hier unterwegs waren, wandten jetzt die Köpfe und schauten zu ihr her.

Ein älterer Mann mit kurzen, grauen Haaren löste sich von der Empfangstheke, eilte zu ihr. »Guten Tag. Mein Name ist Ewald Meindner, ich bin der Geschäftsführer dieses Hauses. Gnädige Frau, kann ich Ihnen in irgendeiner Weise behilflich sein?«

Sie lächelte ihm freundlich zu, zeigte auf das Foto. »Ich denke schon. Es geht um folgendes Problem: Dieser Mann übernachtete vom fünften auf den sechsten Mai dieses Jahres in Ihrem Haus im vierten Stock«, erklärte sie mit gedämpfter Stimme. »Ich war zur gleichen Zeit ebenfalls bei Ihnen zu Gast. Ich leite die Immobilienabteilung einer großen Bank und hatte an dem Tag anstrengende Verhandlungen. Um mich zu entspannen, weilte ich am Abend hier in Ihrer gemütlichen Hotelbar. Dabei lernte ich diesen Mann kennen und wir verbrachten die Nacht dann gemeinsam. Ich wusste zu diesem Zeitpunkt allerdings noch nicht, dass Sie in Ihrem Haus Verbrecher als Gäste beherbergen.«

»Wie bitte?« Die Stimme des Mannes konnte seine Überraschung nicht verbergen. »Wie soll ich das verstehen?«

»Dieser Mann«, sie deutete wieder auf das Foto, »hatte eine oder mehrere Kameras in Ihrem Hotelzimmer präpariert und damit Aufnahmen gemacht. In dieser Nacht. Von ihm und mir. Und jetzt will er 20.000 Euro.«

»Was sagen Sie da?«

»Sollten Sie mir den Namen und die Anschrift des Mannes nicht mitteilen, wende ich mich heute Abend noch an die Medien und berichte dort, welche Konsequenzen es hat, in Ihrem Haus zu übernachten.«

Sie sah, wie die Gesichtszüge des Mannes vor ihr entgleisten und zur Fratze erstarrten. Er stierte mit vor Entsetzen geweiteten Augen zu ihr her, hatte Mühe, sich zu artikulieren. »Sie, Sie machen keine Witze, oder?«

Carolin Köhler verschärfte ihre Tonlage. »Nein, ich mache keine Witze. Der Kerl droht, die Bilder ins Internet zu stellen, wenn ich nicht zahle. Verstehen Sie, was das bedeutet?«

»Sie meinen das wirklich ernst.« Er schien endlich zu begreifen, dass ihr nicht zum Scherzen zumute war, bat sie in sein Büro. »Wir werden das gemeinsam lösen«, erklärte er. »Wenn Sie einverstanden sind?« Er zeigte auf den Fahrstuhl, berührte sie sachte am Arm, fuhr mit ihr ins erste Obergeschoss.

Sein Büro bestand aus einem großen, mit einem langen Arbeitstisch, mehreren Computern und einer bequemen Sitzgarnitur bestückten Raum. »Bitte, nehmen Sie Platz«, bat er sie. »Darf ich Ihnen etwas zum Trinken anbieten?«

Sie lehnte ab, ließ sich in einem Polsterstuhl nieder, zog eines der Erpresserfotos aus ihrer Tasche. »Das stammt aus Ihrem Hotel. Die Nacht vom fünften auf den sechsten Mai.«

Er musterte das Bild, erkannte offensichtlich an der im Hintergrund deutlich sichtbaren Tapete, dass sie die Wahrheit sagte, erbleichte zusehends. »Es ist wirklich nicht retuschiert?«

Ihr scharfer Blick brachte ihn zum Schweigen. Er hustete nervös, reichte ihr das Foto zurück. »Was ist mit der Polizei? Sie haben sie informiert?«, erkundigte er sich dann.

»Bis jetzt nicht.« Sie schob die Aufnahme zurück in ihre Tasche, schüttelte den Kopf. »Die Bilder dürfen nicht ins Internet, verstehen Sie?«

»Ja, natürlich«, erklärte er. »Um Gottes willen, das darf nicht passieren.« Er schien zu überlegen, lief zu einem der Computer. »Wenn wir die Polizei einschalten, besteht die Gefahr …«

»Dass der Kerl seine Drohungen wahr macht«, ergänzte sie. »Und dass Ihr Hotel in den Medien auftaucht. Aber anders, als Ihnen lieb sein kann.«

»Ja, ja, ich verstehe«, beeilte er sich, sie zu besänftigen. »Dann versuchen wir, den Namen des Mannes in unserem

Buchungssystem herauszufinden. Die Nacht vom fünften auf den sechsten Mai, sagten Sie?«

Carolin Köhler nickte, streckte ihm ihren Personalausweis entgegen. »Hier, damit Sie mir glauben. Mich müssen Sie zu dem Zeitpunkt ebenfalls finden.«

Meindner studierte das Dokument, gab es ihr zurück, machte sich dann an der Tastatur zu schaffen. »Wenn es sich so verhält, wie Sie das schildern, Frau Köhler, haben wir natürlich großes Interesse, das Problem ohne den Einsatz der Polizei zu lösen. Und ohne dass die Medien davon Kenntnis erlangen.« Er warf ihr einen intensiven, fast flehenden Blick zu.

»Das ist auch in meinem Interesse«, erklärte sie. »Denken Sie nur an die Drohung mit dem Internet. Sie haben eines der Fotos gesehen.«

»Um Gottes willen, ja.« Er starrte auf den Monitor, scrollte mit der Maus hin und her, schien am avisierten Zeitpunkt angelangt. »Welches Stockwerk, sagten Sie?«

»Vierter Stock. Nicht weit vom Fahrstuhl.«

»Drittes Obergeschoss also.«

Sie nickte. »Wenn Sie das so formulieren, ja.«

»Drei oder vier Türen vom Fahrstuhl entfernt. Wissen Sie noch, in welche Richtung?«

»Ich glaube, links. Wenn Sie aus dem Fahrstuhl gehen, links. Hundert Prozent sicher bin ich mir allerdings nicht.«

»Das ist nicht weiter schlimm. Wir werden den Mann identifizieren, keine Angst.« Er ließ sich eine Liste der Hotelbesucher der betreffenden Nacht ausdrucken, trommelte plötzlich wild auf die Arbeitsplatte. »Frau Saier, natürlich, die wird es wissen.«

»Wie bitte?«

Statt zu antworten, griff Meindner zum Telefon. Er wählte zwei Ziffern, nannte seinen Namen. »Ist die Frau Saier in der

Nähe?« Er wartete auf eine Antwort, bat dann darum, die Gesuchte in sein Büro zu schicken. »Wann? Jetzt, sofort. So schnell es geht.«

»Sie wissen, wie der Mann heißt?«, fragte Carolin Köhler.

Meindner schüttelte den Kopf. »Noch nicht. Aber wir haben eine Mitarbeiterin mit einem phänomenalen Namensgedächtnis. Frau Saier. Wie ich hier ersehe«, er deutete auf den Computermonitor, »hatte sie an jenem Abend Dienst. Wenn wir Glück haben ...«

»Sie glauben, wir müssen ihr nur sein Foto zeigen, und schon erinnert sie sich an seinen Namen?«

»Mit viel Glück, ja. Und wenn nicht, lege ich ihr die Namensliste von den Männern vor, die am fünften Mai hier im dritten Obergeschoss gebucht waren. Das müsste ...« Er hielt inne, weil es an der Tür klopfte, rief laut: »Ja?«

Eine große, stämmige Frau um die fünfzig trat in den Raum, warf Meindner einen fragenden Blick zu. »Sie haben nach mir verlangt?«

Der Hotelmanager nickte. »Wir benötigen mal wieder Ihre Hilfe, Frau Saier. Ihr fantastisches Namensgedächtnis, verstehen Sie?«

Die Frau schloss die Tür, lief zu ihrem Chef, nickte Carolin Köhler kurz zu. »Ach, Herr Meindner. So fantastisch ist mein Gedächtnis auch wieder nicht. Ab und zu habe ich mir halt ein Gesicht eingeprägt. Um welchen Zechpreller geht es denn diesmal?«

»Zechpreller?« Der Mann lachte. »Ja, schön wär's, Frau Saier, sehr schön.« Er griff nach dem Porträt des Erpressers, streckte es ihr entgegen. »Um diesen Herrn geht es. Er hat vom fünften auf den sechsten Mai dieses Jahres bei uns ...« Er wurde mitten im Satz unterbrochen.

»Ach so, der Gockel. Habe ich mir doch gleich gedacht, dass mit dem was nicht stimmt. Den kenne ich noch, allerdings, so wie der mich angeschleimt hat.« Sie sah die Gesichter der beiden Anwesenden erwartungsvoll auf sich gerichtet, nannte den Namen des Gesuchten.

Meindner überflog die ausgedruckte Liste mit den Übernachtungen, nickte bestätigend. »Tatsächlich, hier haben wir ihn. Zimmer 403. Herzlichen Dank, Frau Saier, auf Sie ist einfach Verlass.«

19. Kapitel

September

Natürlich war es eine verrückte Idee. Absolut verrückt sogar. Hätte sie es einer ihrer Bekannten erzählt, jede hätte sie als nicht mehr ganz zurechnungsfähig erklärt, ihr vielleicht sogar den Besuch eines Arztes empfohlen. Den eines Psychiaters wahrscheinlich. Sie konnte sich die jeweiligen Kommentare im Einzelnen ausmalen.

»Elisabeth, du hast ja nicht mehr alle Tassen im Schrank.«

»Dir steht doch der Arsch offen.«

»Deine Hormone spielen Achterbahn, was?«

Umso verständlicher, dass sie niemand davon erzählt hatte, zumal zumindest die dritte Version der potentiellen Kommentare der Sache schon etwas näher kam. Ein Biologe jedenfalls, vielleicht auch ein Psychologe hätte dieser sehr volksnahen Ausdrucksweise bei genauerer Betrachtung Tendenzen Richtung Realität zugebilligt, ohne Frage. Sich auf diese verrückte Idee einzulassen, musste mit ihren Hormonen zu tun haben, das war wohl kaum anders zu erklären. Eine Frau Anfang Vierzig, in den besten Jahren zwar und zudem auch sehr gepflegt, aber doch nicht mehr allzu weit von der Menopause entfernt; latent von der Angst geplagt, der Karriere wegen das wahre Leben zu versäumen; von der Routine des Alltags allen Beschwörungen zum Trotz ermüdet; seit Kurzem geschieden, wenn auch nicht ohne Verehrer; ab und an eine Affäre mit etlichen heißen Nächten; in eine äußerst attraktive Schale verpackt, so manches Männerhirn zu schwülstigen Träumen verleitend, die eigenen sexuellen Phantasien jedoch – na ja, Schwamm drüber, das ging niemand etwas an. Und genau in dieser Situation war es passiert.

Sie waren sich näher gekommen, so nahe, wie das niemals hätte passieren dürfen. Sie und *er*. Ausgerechnet *er*. Er, der seit Jahren auf der anderen Seite saß, er, mit dem sie sich seit wer weiß wann ständig aufs Neue zoffte, er, mit dem sie traditionell ihre Kämpfe ausfocht – nicht im stillen Kämmerlein, nicht in der Einsamkeit, irgendwo vor einem Computerbildschirm, nein, in aller Öffentlichkeit, vor unzähligen Kameras, in den Wohnzimmern dieses Ländles. Sie als eine der führenden Vertreterinnen des Arbeitgeberlagers, er als einer der maßgeblichen Köpfe der Gewerkschaften.

Wie es passiert war und weshalb?

Sie wusste weder auf die eine noch auf die andere Frage eine Antwort. Keine jedenfalls, die den Gesetzen der Logik genügte.

Deine animalischen Triebe, meine liebe Elisabeth, hätte ihre verstorbene Freundin Milly wohl geurteilt, hätte sie sich noch mit ihr austauschen können. Und Milly hätte dann wahrscheinlich auch noch angefügt: Endlich lässt du sie an die Oberfläche kommen und lebst sie aus. Es ist höchste Zeit, dass du begreifst, dass dir dieses Leben nur einmal zur Verfügung steht.

Ihre animalischen Triebe? Existierten die wirklich?

Sie hatte keine Ahnung, wusste nur, dass sie sich im Stress der ganzen Woche auf ihr Treffen heute Abend gefreut hatte, weshalb letztendlich auch immer. Hotel, hatte er geschäkert, du willst schon wieder ins Hotel? Ich habe eine viel bessere Idee, Abwechslung belebt die Sinne, lass dich überraschen.

Obwohl sie seine Kreativität inzwischen kennen gelernt hatte, war sie in der Tat überrascht, ja geradezu perplex, als sie vor dem Monstrum stand. Ein Campingbus – und was für einer! – mitten in den Weinbergen des Stuttgarter Vorortes, mit allem Komfort, den man sich nur träumen konnte. Sie wusste nicht, wo und wie er ihn organisiert hatte, bewunderte nur all den Luxus und die kulinarischen Köstlichkeiten, mit denen er ihn vervollkommnet hatte. Vom Champagner über die von ihr so heiß geliebte dunkle Chili-Schokolade bis zur überraschend geräumigen Duschkabine für die Momente danach.

»Du bist verrückt!«, hatte sie ihm beim ersten Anblick all der vielen Schätze attestiert, »wie kommst du nur immer auf diese Ideen?«

»Du regst mich dazu an«, hatte er gegrinst, und dann waren sie Hand in Hand durch die Weinberge geschlendert, die weithin sichtbare Grabkapelle der Königin Katharina auf dem Württemberg vor Augen. König Wilhelm I. hatte sie an der Stelle, wo die alte Stammburg der Württemberger in die Höhe ragte, 1824 errichten lassen. Nur drei Jahre war er mit der Tochter des russischen Zaren verheiratet, als Katharina 1819 an einem Schlaganfall starb. Die beliebte Königin, die mit der Gründung des Königin-Katharina-Stifts, der landwirtschaftlichen Schule in Hohenheim, der ersten Sparkasse, dem Volksfest und dem Katharinenhospital viele sozialpolitische Impulse setzte, wurde hier neben ihrem Gemahl und einer ihrer Töchter in einem Sarkophag aus weißem Carraramarmor bestattet. Bis heute war der Rundbau aus hellem Sandstein mit seiner grünen Kuppel eine der malerischsten Silhouetten der ganzen Region. Die Rebhänge der umliegenden Hügel leuchteten in kräftig grünen, vereinzelt schon gelben Tönen. Auf der Spitze des lang gestreckten Bergrückens präsentierten die Häuser Rotenbergs ihre roten Ziegeldächer.

Natürlich war es sein Vorschlag gewesen, sich hier in diesem beschaulichen Vorort Stuttgarts wiederzusehen. Ein wunderschönes Stück Erde, eines der schönsten im ganzen Ländle vielleicht, zudem fast genau in der Mitte zwischen ihren Wohnorten gelegen. Von Heilbronn her in etwa der gleichen Zeit zu erreichen wie von Pfullingen.

Sie hatten sich am späten Samstagnachmittag getroffen, waren von Rotenberg her dem Weinbaulehrpfad zu Fuß nach Uhlbach gefolgt und hatten sich dort ein ausgezeichnetes Abendessen gegönnt. Die Stunden danach in dem geräumigen Bus zu verbringen statt in einem Hotel, hatte in ihr nur zusätzliches prickelndes Verlangen nach dem ausgelöst, was sie sich ohnehin von dem Treffen erwartete.

Das Kreuz auf der Kuppel der Grabkapelle hob sich hoch über ihnen in den dunklen Abendhimmel, als sie das Gefährt wieder erreichten. Er entkorkte den Champagner, schenkte zwei filigran gearbeitete Gläser voll, reichte ihr eines. Sie prosteten sich verliebt zu, schäkerten miteinander, sanken sich auf dem breiten, weichen Bett in die Arme.

»Du hast die Tür fest verriegelt?«, flüsterte sie, ihm ein Kleidungsstück nach dem anderen vom Leib reißend.

Seine im Eifer des Gefechts dahingehauchte Antwort brachte sie noch mehr in Fahrt. »Aber wieso denn? Zuschauer turnen mich an, das weißt du doch.«

Wann genau es passierte, konnten sie später beim besten Willen nicht mehr sagen. Der hoch konzentrierte Hormoncocktail hatte ihre Hirne zu sehr vernebelt. Mitten in ihrem ausgelassenen Vergnügen, mehr wusste sie nicht zu sagen, tat es einen entsetzlichen Schlag, so heftig jedenfalls, dass beiden im Verlauf der darauf folgenden Sekunden klar wurde, dass ihre Spielereien vorerst unterbrochen werden mussten. Wie lange es dauerte, bis sie vollends zu Bewusstsein gekommen und sich ein oder zwei Kleidungsstücke notdürftig um den Leib geschlungen hatten, um der Ursache des Geräusches nachgehen zu können – sie waren nicht fähig, die Zeitspanne zu erfassen. Sie öffneten die Tür, stolperten hintereinander nach draußen, suchten die Umgebung des Fahrzeugs mit ihren Blicken ab. Es war dunkel, der fahle Schein des abnehmenden Mondes hüllte die Umgebung in ein gespenstisches Licht. Von Rotenberg her waren etliche Stimmen zu vernehmen, auf der Straße Richtung Untertürkheim dröhnte der Motor eines mit überhöhter Geschwindigkeit davonrasenden Autos.

Sie folgte ihrem Begleiter zur Rückseite des Campingbusses, trat unmittelbar hinter ihm auf die Fahrbahn. Der Anblick traf sie wie ein Schlag ins Gesicht: Der völlig deformierte Körper eines Mannes lag reglos auf dem Asphalt, nur eine Handbreit von der über und über mit Blut verschmierten Längsseite des Fahrzeugs entfernt. Es bedurfte keiner Taschenlampe, um zu erkennen, was dem Menschen hier geschehen war. Ihre Schreie hallten gleichzeitig durch die Nacht.

20. Kapitel

Der Ausstieg aus dem Ausstieg erfolgte etwas abrupter, als Katrin Neundorf sich das vorgestellt hatte. Elf Monate lang hatte die Kriminalhauptkommissarin ihre langjährige Erfahrung als leitende Ermittlerin des Stuttgarter Landeskriminalamtes genutzt, dem nach Höherem strebenden Nachwuchs ihres Berufsstandes Einblicke in die berufliche Realität zu vermitteln. Das Angebot, eine auf ein knappes Jahr befristete Lehrtätigkeit an der Polizeihochschule in Villingen-Schwenningen zu übernehmen, war gerade rechtzeitig gekommen: Neundorfs Frust über das unübersehbare Ausmaß der Verquickung privater Interessen und der politischen Strippenzieher im Land und die fehlende Bereitschaft der Strafverfolgungsbehörden dagegen vorzugehen, hatte sie zu ernsthaften Überlegungen gebracht, den Dienst zu quittieren. Im Nachhinein betrachtet war es nur dem Einwand ihres Lebensgefährten Thomas Weiss zu verdanken, nicht zu schnell und zu emotional zu reagieren, dass sie die Sache noch einmal durchdacht hatte. Mitten in dieser Phase war das Angebot gekommen, für elf Monate an die Polizeihochschule zu wechseln.

Trotz der Tatsache, dass sie drei, manchmal auch vier Nächte je Woche von ihrem Sohn und ihrem Lebensgefährten getrennt war, hatte sie ihre Entscheidung nie bereut. Die Begegnung mit den oft sehr interessierten, meist jüngeren Frauen und Männern, kombiniert mit der von der Seminarleitung ausdrücklich erwünschten authentischen Berichterstattung aus ihrer langjährigen Berufserfahrung ließ sie zumindest einen Teil ihres Frusts kompensieren. Das Jahr war fast wie im Flug vergangen, der 20. September als Termin des Wiedereinstiegs in die gewohnte Ermittlertätigkeit mit Riesenschritten näher gerückt. Der Anruf am späten Samstagabend hatte diese Zeitspanne weiter verkürzt.

»Maria, du bist es?« Neundorf hatte die Stimme Maria Schmeckenbechers überrascht wahrgenommen. Ihre alte Bekannte und jetzt, als Abteilungsleiterin Gewaltkriminalität des LKA, neue Vorgesetzte hatte das Gespräch sofort persönlich, ohne jede Vermittlung eröffnet. »Sag nur, du bist jetzt noch im Amt.«

Der laute Seufzer war Antwort genug.

»Samstagabend kurz vor acht.«

»Es geht drunter und drüber. Die Leute sind alle unterwegs.«

»Du willst mich beruflich sprechen?«

»Mir wäre es lieber, wir könnten uns privat unterhalten.« Die stockende Stimme der Kriminaldirektorin brachte ihr unausgesprochenes Anliegen deutlich zum Ausdruck.

»Du hast eine Aufgabe für mich.«

»Der nächste Montag ist dein offizieller Dienstbeginn, ich weiß.«

»Aber es ist etwas passiert. Etwas Größeres.«

»Du bringst die Sache auf den Punkt.«

»Was und wo?«

»Ein Mann wurde angefahren. Er ist tot. Fahrerflucht oder Mord, keine Ahnung. Gegen 19.40 Uhr. Unterhalb von Rotenberg Richtung Untertürkheim.«

»Sozusagen bei mir vor der Haustür.«

»Na ja, nicht ganz. Aber …«

»Luftlinie fünf Kilometer. Was ist mit der Spurensicherung?«

»Die sind informiert. Es tut mir leid, Katrin. Aber die Kollegen sind alle auf Achse. Wir haben niemand mehr zur Verfügung. Du bist …«

»Schon unterwegs«, erklärte Neundorf. »Ich kenne den Job, keine Angst. Ich bin lange genug dabei.«

Der Ort, an dem es geschehen war, lag in der Höhe der scharfen Rechtskurve, die die Württembergstraße von Untertürkheim kommend etwa 150 Meter hinter den Sportplätzen vollzog. Er stach von Weitem schon aus seiner Umgebung, hatten die Spurensicherer hier doch mehrere gleißende Strahler aufgebaut, die jeden Quadratzentimeter Boden in taghelles Licht tauchten. Die Straße und die an dieser Stelle einmündenden Zufahrten zu den Weinbergen waren weiträumig abgesperrt, allen Fahrzeugen der Zugang unmöglich gemacht.

Neundorf, die von ihrer Wohnung im Waiblinger Ameisenbühl über Fellbach und den Stuttgarter Vorort Luginsland hergekommen war, parkte ihren Wagen etwa 100 Meter hinter den Sportplätzen unweit der Absperrung, zeigte den uniformierten Kollegen, die den ersten Ansturm Neugieriger abwehrten, ihren Ausweis. Die Beamten hoben das rotweiße Band in die Höhe, ließen sie passieren.

Neundorf lief weiter, sah einen großen, ursprünglich weißen, jetzt aber mit unzähligen dunkelroten Flecken und Schlieren verunstalteten Campingbus im grellen Licht aus dem Dunkel tauchen. Sie hatte Mühe, die gleißende Helligkeit zu ertragen, blieb einen Moment stehen, um ihre Augen daran zu gewöhnen. Als sie weiterlief, sah sie die Umrisse einer seltsam verrenkten Leiche vor dem Fahrzeug auf dem Boden liegen, umringt von drei in Plastiküberzüge gehüllten Gestalten. Obwohl sie die Männer einige Zeit nicht mehr getroffen hatte, erkannte sie sie auf der Stelle wieder.

»Alle achtzig Deifel von Sindelfinge, die Frau Professorin persönlich.« Helmut Rössle, einer der erfahrensten Spurensicherer des Amtes, der gerade dabei war, die Szenerie in unzähligen Variationen auf einen Chip zu bannen, streifte seine Plastiküberzieher ab, reichte ihr die Hand.

»Hauptkommissarin reicht«, frozzelte Neundorf. »Wie immer.«

»Seit wann …?« Rössle ließ den Rest der Frage offen.

»Seit fünfzehn Minuten«, antwortete sie. »Zwei Tage früher als geplant.«

»Das tut mir leid.« Dr. Kai Dolde, Rössles Kollege, hatte sich erhoben, begrüßte sie ebenfalls. »Aber die Kollegen sind wohl alle dienstlich unterwegs.«

Neundorf nickte, reichte auch noch Dr. Holger Schäffler, der mit der Begutachtung der Leiche beschäftigt war, die Hand, streifte sich dann Plastiküberzieher über Hände und Schuhe. Sie trat an Dolde vorbei, sah den Toten unmittelbar vor sich. Ein junger, übel zugerichteter Mann, dessen Kopf in einem unnatürlichen Winkel von seinem Körper abstand. Die langen, dunklen Locken von Blut verklebt, das rechte Auge seltsam eingedrückt. Sein Leib schien weit in die Breite gezogen, das rechte Bein aus seiner natürlichen Verankerung gelöst. Bekleidet war er mit einem in mehrere Teile zerrissenen hellen Jackett, einem ursprünglich wohl weißen Hemd und einer schwarzen Jeans.

»Und?«, fragte sie. »Was wissen wir?«

»Nicht viel«, antwortete der Gerichtsmediziner. »Ein bisher unbekannter Mann, Alter zwischen fünfundzwanzig und vierzig, vor etwa 45 Minuten wenige Meter von dieser Stelle entfernt mit hohem Tempo angefahren. Sein Körper prallte hier auf diesen Campingbus. Genickbruch als unmittelbare Todesursache.«

»Was ist mit dem Tatfahrzeug?«

»Leider unbekannt«, mischte sich Dr. Dolde ins Gespräch. »Wir haben bisher auch keinerlei Bremsspuren oder Ähnliches entdeckt. Allerdings müssen wir die Straße noch genauer untersuchen.«

»Wir wissen, um wen es sich bei dem Mann handelt?«

»Bisher nicht. Wir haben aber ein Handy in seiner Hose gefunden.« Dolde wies auf eine durchsichtige Plastiktüte in einem seiner Koffer, die am Rand der Fahrbahn aufgereiht lagen.

»Irgendwelche Zeugen?«

Der Spurensicherer schüttelte den Kopf. »Leider nicht, nein. Der Besitzer des Campingbusses wurde von dem Aufprall im Schlaf überrascht. Bis er das Auto verlassen hatte, war von einem Tatfahrzeug nichts mehr zu sehen. Er hörte nur noch den Motor eines Richtung Untertürkheim davonrasenden Wagens.«

Neundorf deutete auf das an der Seitenwand blutverschmierte Campingmobil. »Der schlief hier in seinem Bus?«

»Er sei kurz eingenickt, hat er den Kollegen erklärt. Er steht vorne bei ihnen, du kannst ihn sprechen.«

Sie musterte die Straße, sah die dunklen Schlieren unweit des Fahrzeugs auf dem Asphalt. »Der Campingbus hat hier geparkt, als der Mann auf ihn prallte. Er ist in dem Moment nicht gefahren. Daran gibt es keinen Zweifel, oder?«

Dolde schüttelte den Kopf. »Der war hier geparkt. Die Spuren am Fahrzeug und auf dem Boden sind eindeutig.«

»Haben wir Hinweise auf den Typ oder die Größe des Tatautos?«

Dr. Schäffler sah von dem Toten auf. »So weit bin ich noch nicht, nein. Dazu muss ich ihn noch genauer untersuchen.«

Neundorf bedankte sich für die Auskunft, lief zu den uniformierten Kollegen, fragte nach dem Besitzer des Campingbusses.

»Dort vorne«, erklärte der Beamte, in die Richtung der Weinberge deutend, »der ist total aufgewühlt. Der rennt wie ein Verrückter hin und her.«

Sie folgte seinem Fingerzeig, hatte Schwierigkeiten etwas zu erkennen, weil das Gelände vor ihr außerhalb des künstlich erhellten Bereiches lag. Sie trat ein paar Schritte zur Seite, sah die Umrisse einer unablässig zwischen den Reben auf und ab marschierenden Gestalt, lief direkt auf sie zu. »Hallo, kann ich Sie einen Moment sprechen?«

Der Mann blieb erst in dem Moment stehen, als sie direkt bei ihm angelangt war, sah dann erschrocken zu ihr her. »Ja?«

»Mein Name ist Neundorf. Ich bin die ermittelnde Kommissarin. Können wir uns einen Moment unterhalten?«

»Ach so, ja, selbstverständlich.« Der Mann schien an Fassung zu gewinnen. Er trat auf sie zu, reichte ihr die Hand. »Grabner. Sie müssen entschuldigen, aber so etwas habe ich noch nicht erlebt.«

Neundorf spürte, dass er zitterte, sah, dass es fast seinen ganzen Leib erfasst hatte. »Ihnen gehört dieser Campingbus?« Sie deutete zum Rand der nahen Straße, die in grellem Licht vor ihnen lag, steuerte mit behutsamen Schritten darauf zu, um das Gesicht ihres Gesprächspartners besser beobachten zu können.

»Der Campingbus?« Grabner benötigte einen Moment zu verstehen. »Den habe ich gemietet, übers Wochenende.«

»Allein?«

»Allein? Ach so, ja. Freunde haben von ihrem Urlaub geschwärmt, wie wunderbar das war mit so einem Mobil, und da wollte ich das jetzt auch mal versuchen.« Er begann kräftig zu husten, wandte sich von ihr ab, kam erst langsam wieder zur Ruhe. »Nur für zwei Tage, zur Probe.«

»Und hier am Straßenrand wollten Sie jetzt übernachten.« Sie musterte ihn aufmerksam, konnte seine Gesichtszüge jetzt deutlich erkennen, weil sie den Bereich des künstlich ausgeleuchteten Areals erreicht hatten. Er hatte kurze, dunkle Haare, war schlank und nicht allzu groß, trug eine dünne, grüne Jacke. Sie schätzte ihn auf Anfang bis Mitte vierzig, merkte an seiner ganzen Körperhaltung, wie sehr ihn das Geschehen mitgenommen hatte.

»Übernachten? Hier?« Grabner hob seine rechte Hand, winkte ab. »Nein, ich war nur müde und wollte mich kurz ausruhen. Dabei bin ich dann aber eingeschlafen.«

»Am Steuer des Busses?«

»Anfangs, ja. Dann aber, äh …« Ihr Gesprächspartner suchte nach Worten. »Also, ich wollte hier nicht übernachten. Weil ich mich aber so müde fühlte, legte ich mich für ein paar Minuten hin. Auf das Bett.« Er deutete auf den Bus.

»Sie waren allein?«

»Allein?« Grabner schaute erschrocken auf. »Natürlich. Wer soll denn noch da gewesen sein?«

»Na ja, ich meine, so ein großer Bus.«

»Ich sagte Ihnen doch, ich wollte ihn nur übers Wochenende ausprobieren.«

»Und wo hielten Sie sich auf, als der Mann angefahren wurde?«

»Ich lag auf dem Bett. Ich war eingeschlafen, ich sagte es doch. Und dann wachte ich plötzlich auf. Von einem grauenvollen Schlag.«

»Ein grauenvoller Schlag?«

»Äh, ja, wie soll ich das sonst ausdrücken? Ein lautes Geräusch, das mich aus dem Schlaf riss. Irgendwie bedrohend. Es hörte sich an, als ob jemand mit irrsinniger Gewalt auf die Seitenwand des Busses eingeschlagen hätte.«

»Und dann?«

»Ja, ich raffte mich auf und stolperte ins Freie. Zuerst sah ich überhaupt nichts, es war ja dunkel und ich … Na ja, ich war noch halb benommen vom Schlaf und musste erst mal zu mir kommen. Aber dann …« Grabner legte eine kurze Pause ein. »Ich lief um den Bus und da sah ich plötzlich diese seltsam verrenkte Gestalt und all das Blut und so, die total verschmierte Seitenwand, Sie verstehen?«

»Der Mann lebte noch, als sie ihn entdeckten?«

»Ob der noch lebte?« Ihr Gesprächspartner starrte entgeistert zu ihr her. »Um Gottes willen, nach dem, was da passiert war?«

»Sie haben ihn nicht näher angeschaut oder versucht, ihm zu helfen?«

Grabner schüttelte den Kopf. »Der war tot, der bewegte sich überhaupt nicht mehr. Da gab es nichts mehr zu helfen. Wie stellen Sie sich das denn vor?«

»Überhaupt nicht. Ich frage ja nur.«

»Ich rannte jedenfalls sofort in den Bus und alarmierte den Notarzt und die Polizei. Und die kamen dann auch ziemlich schnell.«

»Sie kennen den Mann?«

»Welchen Mann?«

»Den Toten«, sagte Neundorf.

Grabner schien kurz davor, in die Luft zu gehen. »Den Toten?«, rief er so laut, dass mehrere der umstehenden Personen, Beamte wie neugierige Gaffer hinter der Absperrung zu ihnen hersahen. »Woher soll ich den kennen? Nur weil ich hier …«

»Dann ist es nur ein Zufall, dass er jetzt tot vor Ihrem Campingbus liegt.«

»Ja natürlich, was denn sonst?« Der Mann hatte Mühe, an sich zu halten. Er sah Neundorfs kritischen Blick, warf seine Hände in die Höhe. »Glauben Sie denn, ich hätte etwas mit dem, dem«, er stotterte, »mit dem Tod dieses Mannes zu tun?«

»Das habe ich nicht behauptet«, antwortete sie, »aber es gehört nun mal zu meinem Beruf, alles abzuklären, das werden Sie wohl verstehen.« Sie erkundigte sich nach seiner Anschrift und der Telefonnummer, nahm eine kleine Visitenkarte entgegen, die ihn als Boris Grabner, Gewerkschaftssekretär aus Pfullingen auswies.

»Wie lange muss ich …«, setzte er dann vorsichtig an.

»Wie lange wir den Campingbus noch benötigen? Da muss ich meine Kollegen fragen. Aber ich kann mir vorstellen, dass das noch eine ganze Weile dauert. Wenn Sie nach Hause wollen …« Sie bat ihn, zu warten, lief ins grelle Licht zu Rössle, fand den Spurensicherer mit einem Handy beschäftigt. »Was schätzt ihr, wie lange ihr das Fahrzeug noch braucht?«

Rössle schaute auf, wog seine Hand hin und her. »Der Kerle hat's eilig, was? Nur langsam, zwoi Stund dauert es schon noch. Dafür woiß i jetzt, wen mir do vor uns hent.« Er wies mit einer Kopfbewegung auf den Toten.

»Du hast sein Handy überprüft?«

»Ob des ihm ghört, woiß i net. I hans halt in seiner Hosetasch gfunde.«

»Und? Wie heißt der Mann?« Sie sah die Falten auf Rössles Stirn, fügte schnell hinzu: »Sofern es sich wirklich um ihn handelt.«

»Stiegelmaier«, erklärte der Spurensicherer. »Fred.«

»Wohnort, Adresse?«

»Verehrte Frau Professorin, so schnell …«

»Ja, ist schon gut. Immerhin haben wir jetzt wohl seinen Namen, danke.« Neundorf lief zu Grabner zurück, erklärte ihm, dass die Spurensicherer noch mindestens zwei Stunden für ihre Untersuchungen benötigten. »Vielleicht ist es das Beste, wenn Sie nach Hause fahren. Der Bahnhof in Untertürkheim ist nicht weit, wir bringen Sie gerne hin. Den Bus können Sie morgen im Verlauf des Sonntags bei uns abholen.«

Grabner wog seinen Kopf überlegend hin und her, winkte dann ab. »Nein, mir wäre es lieber, wenn ich ihn selbst mitnehmen könnte. Das Fahrzeug ist teuer, verstehen Sie und ich habe es nur fürs Wochenende ausgeliehen.«

»Gut, das ist Ihre Entscheidung. Aber dann müssen Sie sich gedulden, bis die Kollegen es freigeben. Und das kann dauern.« Sie sah sein zustimmendes Nicken, ließ ihn stehen, lief zu Rössle zurück.

»Könnt sei, dass der von der Oschtalb kommt. Do war die Red von Heidenheim«, erklärte der Spurensicherer, auf das in der Hosentasche des Toten gefundene Handy deutend.

Neundorf nahm das Gerät, sah, dass es sich um ein neuwertiges Galaxy handelte. Sie zog ihre Plastikhandschuhe zurecht, hörte das etwa eine Stunde zuvor eingegangene Gespräch ab, in dem ein jung klingender Mann, der sich als »Florian« verabschiedete, ein Treffen »morgen Abend bei dir in Heidenheim« vorschlug. Neundorf überprüfte die gespeicherten Nummern, wählte die an erster Stelle aufgeführte. Sie war mit dem Bild einer hübschen, jungen Frau und dem Namen Sandra gekennzeichnet. Es dauerte keine drei Sekunden, dann hatte sie eine weibliche Stimme am Ohr.

»Freddy, wo treibst du dich rum? Wie lange soll ich noch warten?«

»Fred Stiegelmaier?«, fragte Neundorf.

Am anderen Ende blieb es ruhig. »Wer, äh, wer bitte sind Sie? Wo ist Freddy?«

»Mein Name ist Neundorf. Ich bin von der Polizei.«

»Polizei? Aber wieso? Wie kommen Sie an Freddys Handy?«

»Wir haben es gefunden.«

»Gefunden? Wo?« Die Stimme der Frau klang immer nervöser.

»Das erzähle ich Ihnen gleich. Darf ich wissen, wie Sie heißen?«

»Annette. Annette Schuller. Wo haben Sie Freddys Handy gefunden?«

»Sind Sie Freddys Partnerin?«

»Partnerin? Ja, seine Freundin.«

»Dann haben Sie sicher ein aktuelles Foto von ihm.«

»Ein aktuelles Foto? Wozu denn?«, fragte Annette Schuller.

»Könnten Sie es mir bitte senden? Jetzt, sofort?«

»Aber wozu denn?«

Neundorf verschärfte ihren Tonfall. »Weil wir es benötigen. Jetzt sofort.«

Ihre Gesprächspartnerin schien für wenige Augenblicke verstummt. »An welche Nummer?«, fragte sie dann.

Neundorf überlegte kurz, gab ihr dann sicherheitshalber die Ziffern ihres Diensthandys. Kurz darauf hörte sie den Signalton. Sie zog das Gerät vor, schaltete es ein, erkannte den Mann sofort. Ein bildhübscher, junger Typ mit einem schmalen Gesicht, tiefblauen Augen und langen, dunklen Locken. Er war es, ohne Zweifel. Selbst die schreckliche Entstellung hatte die entscheidenden Merkmale nicht zerstören können.

»Haben Sie es erhalten?«

Neundorf benötigte einen Moment, zu reagieren. »Ja, vielen Dank.«

»Und? Was ist mit Freddy?«

»Einen Moment bitte«, erklärte die Kommissarin. »Ich gebe Ihnen sofort Bescheid.« Sie winkte einem der uniformierten Kollegen, wartete, bis er bei ihr angelangt war.

»Das Tatfahrzeug fuhr wahrscheinlich Richtung Untertürkheim davon«, erklärte sie. »Wir müssen die Anwohner dort fragen, ob es zufällig beobachtet wurde. Zum Typ des Wagens können wir leider noch nichts sagen. Aber vielleicht hat irgendjemand zwischen 19.30 Uhr und 20 Uhr ein auffälliges Auto beobachtet? Könnten Sie das bitte übernehmen?«

Der Beamte nickte. »Ich werde drei weitere Kollegen anfordern«, sagte er.

»Und zeigen Sie den Anwohnern auch das Bild des Mannes hier und fragen Sie, ob er irgendwo gesehen wurde.« Sie reichte dem Kollegen ihr Handy, nahm wieder das Gerät des Toten ans Ohr. »Sie sind noch dran?«, fragte sie.

»Ja, natürlich. Was ist mit Freddy?«

»Wo sind Sie jetzt?«

»Ich? In Freddys Wohnung. Wir wollten zusammen ausgehen heute Abend. Aber dann erhielt er wieder einen dieser seltsamen Anrufe und fuhr weg, bevor ich bei ihm war.«

»Was für seltsame Anrufe?«

»Ach, was weiß ich. So geht das schon seit Monaten. Irgendein wichtiger Anruf auf einem seiner unzähligen Handys.«

»Herr Stiegelmaier besitzt mehrere Handys?«

»Ich kann die schon gar nicht mehr zählen. Alles Prepaid-Handys, damit man die Nummer nicht zurückverfolgen kann. Die braucht er als Journalist, behauptet er.«

»Er arbeitet als Journalist? Für wen?«

»Für wen? Das wüsste ich auch gerne. Was sich gerade so ergibt. Aber immerhin, er verdient ganz gut dabei. Geld hat er jedenfalls immer. Aber bitte, jetzt sagen Sie doch endlich, wie kommen Sie an sein Handy? Was ist mit Freddy?«

Neundorf überlegte einen Moment, schaute auf ihre Uhr. Samstagabend, zwanzig nach neun. Und sie war noch nicht einmal ordnungsgemäß im Dienst.

Trotzdem. Es musste sein. »Was mit Freddy ist? Das müssen wir persönlich besprechen. Wo genau liegt seine Wohnung in Heidenheim?«

»Sie wollen mit mir reden?« Annette Schuller ließ ein erschrockenes Schreien hören. »Um Gottes willen, ihm ist etwas passiert. Was ist, hatte er einen Unfall?«

»Jetzt geben Sie mir die Adresse«, bat Neundorf, notierte sich dann die Straße und die Hausnummer. »Und Sie warten bitte in der Wohnung auf mich. Ich komme, so schnell ich kann.«

21. Kapitel

Den Landrat zu erreichen, der ihm von Raphaela Groll und Emilia Widenoff als Schniedelwutz vorgestellt worden war, war Braig erst am späten Freitagabend gelungen. Stefan Kulzer hatte ihn zwei Mal auf seine Mailbox sprechen lassen, bevor er reagierte.

»Die Polizei will sich mit mir unterhalten«, hatte er sich gemeldet, »darf ich fragen, in welcher Angelegenheit?«

Braig hatte nicht lange um den heißen Brei herumgeredet. Die Erfahrungen, die ihm in den letzten Jahren mit Angehörigen dieses Berufsstandes zuteil geworden waren, hatten ihm genügend Erkenntnisse geliefert, mit welchen Methoden dort gearbeitet wurde. »Schniedelwutz«, hatte er deshalb geantwortet und dann hinzugefügt: »Die Sache ist dringend. Ich gebe Ihnen 24 Stunden.«

Der Mann am anderen Ende hatte Braigs unverblümte Sprache offensichtlich sofort verstanden, wohl auch die Brisanz des Themas erahnt. »24 Stunden? Das ist schlecht. Samstag und Sonntag ist unsere traditionelle Wallfahrt. Zwei Omnibusse voll mit Gläubigen. Da bin ich immer mit dabei.«

»Wallfahrt?«

»Ich bin gläubiger Katholik. Dieses Jahr geht es nach Ellwangen.«

»Dann unterbrechen Sie Ihre Wallfahrt für zwei, drei Stunden. Oder Sie verzichten ganz.«

»Das ist unmöglich. Ich bin der Landrat. Ich gehöre dazu.«

»Wie erwähnt: 24 Stunden.«

»Also gut. Morgen Nachmittag. 16 Uhr. Aber Sie müssen nach Ellwangen kommen. Wir fahren mit zwei Bussen. Ich kann nicht weg.«

Braig hatte zähneknirschend eingewilligt, die Tour auf sich zu nehmen, wollte er doch das Theater vermeiden, das sonst von Seiten Söderhofers drohte. Der Landrat galt im Empfinden des Staatsanwalts kraft seines Amtes als unantastbar, allein ihn zu befragen kam schon einem gotteslästerlichen Unterfangen gleich. Wer es so weit nach oben gebracht hatte, musste ein von Fehlern absolut freies, den Engeln ähnliches Wesen sein, gleich welche Affären der Mann bereits zu verantworten hatte.

Braig war bei Jan Ohmstedt vorstellig geworden, hatte sich nach dem Leumund Kulzers erkundigt. Schon die Mimik des Kollegen bei der Nennung des Namens war deutlich genug ausgefallen. Die Stirn in Falten gelegt hatte Ohmstedt nur danach gefragt, wie weit er ausholen sollte.

»Kurz, ganz kurz«, hatte Braig gebeten.

»Zwischen 200.000 und 300.000 Euro in die Parteikasse für den Bau einer völlig unnötigen Brücke im Zusammenhang einer neuen ebenso völlig unnötigen Umgehungsstraße. Ob er sich auch persönlich bereicherte, ist nicht zu belegen. Vor drei Jahren kamen etwa 150.000 in die Parteikasse, mit großer Wahrscheinlichkeit als Honorar für die Errichtung eines Spaßbades. Soll ich weitermachen?«

Braig hatte dankend abgelehnt, unmittelbar darauf Jacqueline Stührer verständigt.

»Oh Gott, Sie wollen tatsächlich am Samstagnachmittag mit dem reden?«

»So ist das nun mal in unserem wunderbaren Beruf. Wie weit sind Sie mit der Überprüfung der Wohnungen in Aalen?«

»Ich bin gerade auf der Rückfahrt. Wir wissen jetzt, wo die Frau wohnt. Ich wollte Ihnen nachher noch eine Mail senden.«

»Sie konnten sie nicht festnehmen?«

»Nein. Sie ist heute den ganzen Tag nicht aufgetaucht. Jedenfalls nicht, seit die Kollegen das Haus überwachen.«

»Wie heißt die Frau? Wir müssen den Namen für die Fahndung bekanntgeben.«

»Das geht nicht. Wir haben keinen Namen. Die Frau scheint illegal in Deutschland zu leben.«

»Illegal? Oh nein, nicht auch das noch. Was sagen die Besitzer der Wohnung dazu?«

»Es handelt sich um ein winziges Apartment in einem Mehrfamilienhaus. Der Besitzer hält sich nach Aussage der Nachbarn zur Zeit in den USA auf. Wir konnten ihn noch nicht erreichen.«

»Die Nachbarn wissen nicht, wo sich die Frau versteckt haben könnte?«

»Tut mir leid. Niemand scheint sie zu kennen. Die Kollegen behalten das Haus weiter im Auge. Vielleicht taucht sie bald wieder dort auf.«

Bis zum nächsten Mittag hatte die Überwachung jedoch nichts erbracht.

»Möglicherweise hat die Frau die Beamten in der Nähe des Hauses bemerkt und sucht sich jetzt eine andere Unterkunft. Wenn sie wirklich illegal hier lebt, ist sie gezwungen, ihre Umgebung genau zu beobachten«, spekulierte Braig, als er sich am Samstagmittag mit Jacqueline Stührer im Cannstatter Bahnhof traf. »Dann können wir das Haus überwachen, solange wir wollen.«

Sich auf der Fahrt nach Ellwangen mit der Kollegin zu unterhalten, war nur unter erschwerten Bedingungen möglich. Das Handy Jacqueline Stührers signalisierte fast die ganze Zeit Gesprächsbedarf – privater Natur, wie Braig schon beim ersten Wortwechsel im gut besetzten Zug feststellte.

»Nein, Kevin, heute Abend geht es wirklich nicht. Ich bin dienstlich unterwegs.«

»Dienstlich«, zischte es aus dem kleinen Gerät. »Dass ich nicht lache! Du liegst doch schon wieder mit einem anderen im Bett, gib es doch zu, du Schlampe! Wie heißt der Kerl?«

Braig war gezwungen, alles mitzuhören, ob er wollte oder nicht. Sie saßen nebeneinander in einem der schmalen Zweiersitze im oberen Stock eines Doppeldeckers. Die immer noch saftig grünen Wiesen und Wälder des Remstals flogen an ihnen vorbei.

»Ich liege mit niemand im Bett!«, gab Jacqueline Stührer überraschend lautstark zur Antwort. »Du kannst dir deine Eifersuchtsanfälle sparen!«

Braig sah, wie sich mehrere Mitreisende zu ihnen umdrehten.

»Aber hier, ich gebe dir gerne meinen Chef, mit dem ich unterwegs bin. Er sitzt neben mir. Du kannst ihn ja fragen, wenn du mir nicht glaubst.« Sie reichte ihm das Handy. »Bitte, sprechen Sie doch mal mit dem Herrn.«

Braig nahm das Gerät, hörte das Schimpfen, bevor er es am Ohr hatte.

»Dann bleib doch bei dem Kerl und lass dich von ihm vögeln, so oft du willst. Aber komm mir nie mehr unter die Augen!«

Bevor er einen Ton von sich geben konnte, war die Verbindung unterbrochen. »Au weh«, meinte Braig. »Ich fürchte, bei dem Herrn haben Sie es vergeigt.«

Jacqueline Stührer nahm ihr Mobiltelefon wieder an sich, winkte mit der Rechten ab. »Umso besser, der Typ geht mir sowieso auf den Wecker. Und was das …« Sie wollte den Satz gerade vervollständigen, als ein neuer Gesprächswunsch angekündigt wurde.

»Hier ist Jonathan. Jacqueline, wo bleibst du?«

»Ah du, Jonathan …« Sie suchte nach Worten. »Also, das ist mir jetzt echt peinlich, aber heute Mittag ist mir doch schon wieder mein Beruf dazwischengekommen.«

»Du hast keine Zeit? Aber wir haben es doch …«

»Ja, ich weiß, aber was soll ich machen … Mein Job, es ist einfach beschissen. Wir sind unterwegs zu einem Einsatz. Hier, mein Chef signalisiert mir gerade, dass er mit dir sprechen will.«

Braig wusste zwar nicht, was Jacqueline Stührer zu dieser Aussage veranlasst hatte, nahm das Gerät dennoch ans Ohr.

»Dein Chef? Was soll ich denn mit dem? Will ich mit dir pimpern oder mit ihm?«, hörte er die gereizte Stimme eines jungen Mannes.

»Wir sind wirklich unterwegs zu einem …«, setzte Braig verlegen an, dem heftigen Gestikulieren der Kollegin Folge leistend, brach dann aber ab, als die Antwort in aggressives Schreien überging.

»Das ist mir scheißegal, was Jacqueline sich jetzt wieder für eine Ausrede zurechtgeschustert hat. Aber wenn wir uns nie treffen, kann das auch nichts werden mit uns, das müssen auch Sie begreifen, wer immer Sie sind!«

»Das begreife ich, ja.« Braig nahm das Handy von seinem Ohr, drückte es seiner Nachbarin in die Hand.

»Nächste Woche mal, ich melde mich«, hörte er sie sagen, sah dann, wie sie die Verbindung unterbrach und das Gerät in ihrer Tasche verstaute, bevor noch eine Antwort erfolgen konnte.

»Jetzt bin ich schuld, wenn es mit Ihnen und Jonathan nichts wird.«

»Wenn es mit dem nichts wird? Oh nein, ich muss mich bedanken. Der Kerl ist hinter allem her, was einen Rock trägt.«

»Besonders aber hinter Ihnen, wie mir scheint.«

»Ach, das legt sich. Ich muss nur einen Weg finden, ihm klarzumachen, dass ich absolut nicht auf dieses Macho-Gehabe stehe.«

»Da müssen Sie sich wirklich bemühen.«

»Das wird schwer, ja. Dabei versuche ich schon seit Wochen, mich bei ihm dünn zu machen.« Jacqueline Stührer starrte auf ihre Tasche, weil das Handy erneut läutete, zog es vor. Sie musterte das Display, drückte den Anruf weg.

»Was ist los?«, fragte Braig. »Ein neuer Verehrer?«

»Felix.« Sie schüttelte den Kopf. »Nein, auf endlose Diskussionen gerade mit dem habe ich jetzt wirklich keine Lust.«

»Diskussionen?«

»Ob alle Frauen solche Schlampen sind wie ich, oder ob es doch ein paar Ausnahmen gibt. Sie kennen das ja sicher.«

Braig kam nicht zum Antworten, weil der Schaffner nach den Fahrkarten verlangte. Er zog die beiden Jahreskarten des Amtes aus der Tasche, zeigte sie dem Beamten. Der Mann hatte sich gerade wieder entfernt, als das Handy den nächsten Anruf signalisierte. Jacqueline Stührer warf einen Blick auf das Display, dann auf Braig, nahm das Gespräch schließlich an.

»Hallo Jacqui, hier ist Mario. Hast du heute Abend schon was vor?«

»Oh, Mario, ja, das habe ich. Ich bin unterwegs. Im Einsatz.«

»Im Einsatz?«

»Der Chef und ich. Auf dem Weg nach Ellwangen.«

Braig hatte die Stimme sofort erkannt. Mario Aupperle, der Schwerenöter, vor dem keine Frau im weiten Umkreis sicher war. Hatte er sich also auch schon an die gut aussehende, junge Kollegin mit den langen, schwarzen Haaren herangepirscht.

»Der Chef und du.«

Jacqueline Stührer bedachte Braig mit einem schelmischen Blick. »Genau«, gab sie zur Antwort. »Wir beide. Und was machst du?«

»Oh, na ja ... Kann der Chef mich hören?«

Braig beugte sich in Richtung Handy. »Der kann dich hören, Mario, ja«, sagte er.

Aupperle fühlte sich offenkundig unwohl. »Äh, das ist gut«, erklärte er schließlich. »Ich wollte euch nämlich etwas mitteilen. Dienstlich.«

»Dienstlich? Ach, deswegen rufst du Frau Stührer an.«

»Ja, logisch. Was denkst du denn?«

»Ich? Überhaupt nichts. Was willst du uns sagen?«

»Ja, ich, es geht um diesen Landrat. Kulzer oder so ähnlich. Der sich mit Hessler in den Haaren hatte wegen dieser Nutte.«

»Wegen Frau Widenoff, ja. Wir sind auf dem Weg zu ihm.«

»Na, das trifft sich gut. Ich habe nämlich recherchiert, dass es sich bei ihm um kein unbeschriebenes Blatt handelt.«

»Sieh mal einer an.«

»Du hast dich informiert?«, fragte Aupperle irritiert.

»Lass doch mal hören«, antwortete Braig und fügte dann, jedes einzelne Wort ausdrücklich betonend, hinzu: »Deshalb rufst du doch an.«

»Ja, logisch, deswegen«, beeilte sich sein Gesprächspartner, ihm zuzustimmen.

»Also?«

»Na ja, dieser Kulzer hat da mithilfe seiner Parteifreunde vor einem Jahr den Bau einer äußerst umstrittenen Umgehungsstraße sozusagen gegen Gott und die Welt durchgepaukt und dabei auch noch eine völlig überflüssige Brücke errichten lassen. Alle fragten sich, weshalb, wozu, warum. Bis jetzt durch eine Indiskretion bekannt wurde, dass seine Partei in den letzten Monaten unzählige kleine Beträge mit immer der gleichen Summe erhalten hat, insgesamt etwa eine Viertelmillion Euro. Weil es immer nur kleine Mengen waren, mussten sie nicht veröffentlicht werden. Die Spender stehen seltsamerweise alle in Diensten der Firma, die die Brücke bauen durfte. Aber damit nicht genug: Der Landrat soll auch privat …«

»… Geld vom Brückenhersteller erhalten haben«, fiel Braig ihm ins Wort. »Kulzer schwört aber Stein und Bein, noch nie persönlich Kontakt zu der Firma und ihrem Besitzer gehabt zu haben.«

Aupperle war für einen Moment verstummt. »Heißt das, du weißt Bescheid?«

»So könnte man das formulieren, ja.«

»Dann kann ich mir das ja sparen.«

»Du kannst wieder zum privaten Teil des Anrufs übergehen«, schlug Braig vor. »Vielleicht hat Frau Stührer heute am späten Abend doch noch Zeit. Bis dahin müssten wir zurück sein.« Er sah das überraschte Gesicht neben sich, hörte Aupperles verlegenes Stottern, fügte hinzu: »Viel Erfolg!«

Seine Kollegin nahm das Handy entgegen, hatte Aupperles Stimme wieder am Ohr.

»Also, dann wird es spät bei euch«, hörte Braig ihn mit resigniertem Unterton spekulieren.

»Möglicherweise, ja.«

»Du kannst mir ja bei der Rückfahrt Bescheid geben, wann ihr wieder hier seid, Jacqui, dann hole ich dich in Stuttgart am Bahnhof ab.«

Braig wunderte sich über die Chuzpe des Kollegen. Der gab doch nie auf! Er schielte zu seiner Nachbarin, spürte förmlich, wie es in ihr arbeitete.

»Im Notfall kannst du bei mir kurz duschen«, ließ Aupperle vernehmen, »wenn es daran hängt.«

»Okay«, zeigte Jacqueline Stührer sich einverstanden. »Aber nur, wenn es nicht zu spät wird.«

Braig wusste nicht, ob sich ihr Einverständnis nur auf das späte Treffen oder auch auf das Duschen bezog, amüsierte sich über Aupperles Interesse an der jungen Kollegin. »In der Provinz hast du die willigen, infrage kommenden Weiber irgendwann abgegrast«, hatte er ihm vor wenigen Wochen die Beweggründe seines Wechsels von Trossingen in die Landeshauptstadt erklärt, »in der Großstadt dagegen ist das Reservoir unerschöpflich. Man ist schließlich nur einmal jung.«

Aupperle arbeitete jetzt seit drei Jahren beim Landeskriminalamt. Seine Versetzung habe er noch nie bereut, hatte er Braig gegenüber ausdrücklich betont. Trossingen, das alte Musikstädtchen am südlichen Rand des Landes, atmete Ruhe und Gemütlichkeit in allen Winkeln. Hier zu leben war der Traum eines jeden Pensionärs und Rentners, die den Anblick des Türmles wie des nahen Albtraufs schätzten und mit einem weitgehend stressfreien und beschaulichen Dasein zufrieden waren. Für einen lebenslustigen, jungen Mann von dreißig Jahren hatte diese Gemütlichkeit und Behäbigkeit auf Dauer aber einschläfernd und ermüdend gewirkt. Zwar hatte er sich privat wie beruflich auffallend oft in der Nähe der vor allem von weiblichen Studenten besuchten Musikhochschule aufgehalten und die attraktivsten Bekanntschaften dann ins *Canapee* oder ins *Ben Venuto* ausgeführt, war in der wärmeren Jahreszeit auch mit einigen der Damen ins doch recht frische Wasser des Naturfreibads getaucht, insgesamt jedoch hatte sich sein Eindruck nicht verflüchtigt, an Lebensjahren noch nicht weit genug fortgeschritten für diese provinzielle Idylle zu sein.

Irgendwann jedenfalls hatte er die meisten jungen Frauen Trossingens, auch einen Teil der heranwachsenden Weiblichkeit Rottweils, Tuttlingens und Villingen-Schwenningens kennen gelernt, in der ein oder anderen Weise kontaktiert und etliche von ihnen – wie er das persönlich einschätzte – mit seiner individuellen Zuwendung beglückt, die sich bei etwas zögerlicher Reserviertheit der jeweiligen Frau auf psychischer Ebene, in sehr vielen Fällen aber durchaus in intensiven physischen Aktivitäten realisiert hatte. Trotz aller genussvollen Momente und faszinierenden Begegnungen hatte er jedoch keinen inneren Drang verspürt, sich auf eine einzige all der vielen Verlockungen zu konzentrieren.

Die Chance, den Dienst beim polizeiintern fast schon sagenumwobenen Landeskriminalamt antreten zu können, war Aupperle da wie ein Volltreffer im Lotto erschienen. Zwar war seine Tätigkeit beim LKA bei Weitem nicht so spannend und abwechslungsreich, wie er sich das einst in der Provinz ausgemalt hatte – statt großen, von viel journalistischem Tamtam begleiteten Auftritten im hehren Kampf gegen das internationale Verbrechertum hatte sich die Arbeit in Bad Cannstatt eher als mühseliges, so manchen Abend und viele Wochenenden verschlingendes, letztendlich oft sinnloses Kleinklein erwiesen, das von niemand entsprechend gewürdigt wurde, doch war er auf privater Ebene im Verlauf der Zeit auf ein Umfeld gestoßen, das seinen Erwartungen durchaus gerecht geworden war.

Von dem Gerücht nach Stuttgart gelockt, in und um die Landeshauptstadt stehe ein großer Teil der reichlich vorhandenen Weiblichkeit unverbindlichen, aber nichtsdestotrotz physisch äußerst intensiven Begegnungen mit naschsüchtigen, männlichen Existenzen noch weit aufgeschlossener gegenüber als in der Provinz, hatte er in den vergangenen Jahren viel Energie darauf verwandt, diese Behauptung bis ins Detail zu überprüfen. Wann immer es die Zeit erlaubte, war er bestrebt, sich einer der in der Umgebung herumschwirrenden, wohlduftenden Blüten zu widmen, so jedenfalls hatte er es in ironischem Tonfall Braig erzählt. Ob er in Jacqueline Stührer die neueste Blüte identifiziert hatte?

Braig kam nicht dazu, sich länger in Gedanken darüber zu ergehen, weil sein Handy den Eingang einer SMS signalisierte. Er zog es vor, las Kulzers Vorschlag, sich mitten in Ellwangen im Café *Ars Vivendi* zu treffen, sagte dem Mann zu.

Stefan Kulzer war in die Lektüre eines Buches vertieft, als die beiden Kommissare das *Ars Vivendi* betraten. Braig wollte es zuerst nicht glauben, dass es sich bei dem älteren Herrn mit den kurzen, graumelierten Haaren um den Politroutinier handelte, der Emilia Widenoff so übel zugesetzt hatte, so sanft und friedlich mutete der Anblick des Mannes an. Er saß mit einem schlichten, beigefarbenen Pullover bekleidet an einem der kleinen Tische, ein weißes Blatt Papier mit seinem weithin lesbaren Namen vor sich, sah erst in dem Moment auf, als sie unmittelbar vor ihm standen.

Braig grüßte, stellte sich und seine Kollegin vor. Kulzer erhob sich höflich, reichte mit der Bemerkung »Ladies first« zuerst Jacqueline Stührer, dann dem Kommissar die Hand. »Sie kommen zu zweit?« Er schien überrascht.

»Bei wichtigen Befragungen immer«, antwortete Braig.

»Oh, darf ich das als Kompliment verstehen? Ich bin eine wichtige Person für unser LKA?« Kulzers mit freundlichem Lächeln formulierte Bemerkung kam ohne jeden Hochmut, dafür aber mit viel Charme daher.

Braig konnte einen Anflug von Sympathie für den Mann nicht verhehlen. »Im Moment schon, ja«, sagte er. Kulzers Auftreten wie das Umfeld, das er für ihr Treffen ausgewählt hatte, überraschten ihn doch sehr. Das komplett in dunklem Mobiliar gehaltene Café bestand aus zwei kleinen, gemütlichen Räumen. Es atmete Wohnzimmeratmosphäre pur. Farbenfrohe Bilder schmückten die Wände, ausnahmslos Originale, wie ihm schien. Der Duft von frisch gebackenem Kuchen lag in der Luft. Kein Wunder, dass alle Tische von eifrig miteinander parlierenden Gästen besetzt waren.

Der Landrat zog seinen Pullover zurecht, wies zum Tisch. »Wollen wir uns hier unterhalten?«

»Hm.« Braig warf einen Blick auf die vielen Leute um sie herum, brachte seine Skepsis deutlich zum Ausdruck. »Ich fürchte, bestimmte Inhalte unseres Gesprächs sind nicht für ein größeres Publikum gedacht.«

Kulzer ließ ein freundliches Lachen hören. »Na ja, so schlimm wird es schon nicht werden. Was mich angeht: Ich habe nichts zu verbergen.«

»Das ist prima. Aber ein Zimmer oder eine kleine Ecke im Hotel wären …«

»Ach was«, beharrte der Mann, »lassen wir doch diese Förmlichkeiten. Ich habe gerade wunderbare Momente der Besinnung hier in dieser Stadt und jetzt in diesem Café erleben dürfen, mit diesem Buch an diesem Tisch …« Er nahm das Buch hoch, das etwa in der Mitte aufgeschlagen war, reichte es seinen beiden Gesprächspartnern. »Aber jetzt nehmen Sie doch Platz, bitte.« Er wies auf die Stühle, schob einen für die junge Kommissarin zurecht, nahm dann wieder Platz.

Braig setzte sich, studierte den Titel des Buches. *Weisheiten von Heiligen.*

»Wunderbare, tiefsinnige Ausführungen«, erging sich Kulzer in Lobeshymnen. »Dieses Werk sollte auf jedem Nachttisch liegen. Mit diesen Männern hat Gott uns ganz besonders gesegnet.«

Braig sah, wie seine Kollegin ihr Gesicht verzog und zu einer Bemerkung ansetzte, gab schnell ein laut formuliertes »Na ja, das kann man verschieden sehen« kund.

Kulzers Miene verlor nichts von ihrer Freundlichkeit. »Sie sollten die Gelegenheit nutzen, daraus Kraft zu schöpfen.«

Die junge Bedienung trat an den Tisch, ersparte den Kommissaren die Antwort. Sie äußerten ihre Wünsche – Jacqueline Stührer eine Cola light, Braig sowie der Landrat ein Wasser –, versuchten dann, den Anlass ihres Besuches zu thematisieren, um weiteren Peinlichkeiten aus dem Weg zu gehen.

»Emilia Widenoff«, sagte Braig. »Die junge Frau ist Ihnen bekannt.«

Kulzer blieb freundlich, unternahm keinen Versuch, sich herauszureden. »Sehr gut sogar«, gab er zur Antwort. »Und da ich annehme, dass Sie ausführlich mit ihr gesprochen haben, sind Sie auch über die Art unserer Beziehung bestens informiert.«

»Das ist richtig, ja«, bekannte Braig.

»Wissen Sie, bevor Sie jetzt zu schnell falsche Schlüsse ziehen, sollten Sie vorher eines bedenken: Jede Medaille hat zwei Seiten. Die eine ist mein zunehmendes Alter. Wenn das Leben Ihnen deutlich macht, dass der größere Teil Ihrer Zeit bereits hinter Ihnen liegt, versuchen Sie, den Rest besonders lebenswert zu gestalten. Dieses Ziel habe ich mir gemeinsam mit Emilia erfüllt. Sie schenkt mir die Illusion eines immer noch jungen Daseins. Urteilen Sie nicht zu hart: Sie haben noch nicht so viele Jahre auf dem Rücken, sehen sich mit den Problemen des nahenden Alters noch nicht konfrontiert. Aber warten Sie ab: Auch Sie werden um diese Phase nicht herumkommen. Und dann werden Sie mich vielleicht verstehen.« Er machte eine kurze Pause, rang um Luft. »Und die zweite Seite: Ich habe Emilia aus einer ziemlich hoffnungslosen Situation geholt. Ich weiß nicht, ob sie so ehrlich war, Ihnen offen zu schildern, welcher Profession nachzugehen sie nach ihrem Wechsel nach Deutschland gezwungen war. Reden wir nicht um den heißen Brei: Prostitution ist keine angenehme Sache für eine intelligente, junge Frau. Seit Beginn unserer Beziehung hat sie das nicht mehr nötig, finanziell meine ich.« Er beendete seine Ausführungen, weil die junge Bedienung an den Tisch trat und die gewünschten Getränke servierte.

Sie bedankten sich für den Service, nahmen die Gläser, tranken in kleinen Schlucken.

Braig sah, dass der Landrat seine Darlegungen fortführen wollte, beeilte sich, ihm zuvorzukommen. »Mir gegenüber wurde das bisher ganz anders dargestellt. Aber wie es auch sei, Ihre privaten Angelegenheiten interessieren uns nicht. Das ist allein Ihre Sache. Uns geht es um Ihre Auseinandersetzung mit Herrn Hessler und Frau Widenoff.«

Kulzer stöhnte, die Stirn in Falten, leise auf. »Auseinandersetzung, ach, Herr Kommissar, was für ein schlimmes Wort. Wo Menschen auf engem Raum beieinander leben, da herrscht nicht nur eitel Sonnenschein. Da fallen manchmal auch ein paar unbedachte Bemerkungen. So gut kennen wir uns doch alle. Ja, Herr Hessler war bei unserem letzten Gespräch etwas ungehalten, aber das kommt von seinem Temperament. Dem geht ab und zu mal der Gaul durch, wie man so schön sagt, der hat einen Hauch südländischen Blutes in sich. Sie kennen solche Menschen doch auch.«

»Das mag ja sein.« Braig versuchte, ruhig zu bleiben, obwohl es ihm mehr und mehr schwer fiel. »In unserem konkreten Fall allerdings hatte Herr Hessler allen Grund dafür, dass ihm der Gaul durchging. Sie kennen den Grund genau, ich will es uns ersparen, das genauer auszuführen. Auf jeden Fall verblieben Sie mit Herrn Hessler so, dass Sie keinerlei Kontakt mehr, gleich welcher Art, zu Frau Widenoff aufnehmen, ihr aber mindestens ein Jahr lang jeden Monat 500 Euro zahlen.« Er hatte seine Stimme deutlich abgesenkt, die Worte so leise gesprochen, dass nichts außerhalb ihres Tisches zu hören war.

Kulzer wog seinen Kopf hin und her. »Wenn Sie das so sagen, wird es stimmen.«

»Herr Hessler hat Ihnen damit gedroht, gewisse Details Ihrer Beziehung zu Frau Widenoff an die Medien weiterzugeben, falls Sie sich nicht an diese Abmachung halten sollten. Sie wissen, wovon ich spreche.«

Wieder erschienen die Falten auf der Stirn des Mannes. »Ach ja, gedroht. Was heißt denn gedroht? Müssen wir denn immer alles auf diese Schiene legen? Sehen Sie es doch so, wie es wirklich war: Ich habe mich mit Herrn Hessler unterhalten und dabei angeboten, Emilia weiterhin zu unterstützen. Um ihr eine akzeptable Lebensperspektive zu ermöglichen.«

»Aber für Sie als Politiker wäre es nicht gerade von Vorteil, wenn gewisse Details Ihrer Beziehung zu der jungen Frau an die Medien gelangten.«

Kulzer ließ sich Zeit mit der Antwort. Er nahm sein Glas in die Hand, trank von dem Wasser. »Warum sollte mein Privatleben die Medien interessieren? Nur weil ich Politiker bin?«

»Zum Beispiel, ja.«

»So wichtig bin ich nicht. Ich glaube, Sie überschätzen meine Person.«

Braig merkte, dass er mit dieser Gesprächsführung zu keinerlei konkreten Ergebnissen kam, beschloss, seine Strategie zu ändern. Er holte tief Luft, nahm sein Gegenüber unmittelbar ins Visier. »Ein Anliegen habe ich noch: Könnten Sie uns bitte sagen, wo Sie sich am vergangenen Mittwochabend aufhielten?«

Kulzer tat völlig überrascht. »Am vergangenen Mittwochabend?« Er lachte, trommelte mit den Fingern auf den Tisch. »So ein Zufall aber auch. Also, wenn Sie meinen Terminkalender sehen könnten …« Er winkte ab. »Normalerweise müsste ich jetzt da nachschauen. Oder zumindest meine Sekretärin. Aber wo ich am Mittwochabend war, ja, das weiß ich genau.«

»Na, das trifft sich doch gut. Und wo waren Sie?«

»Ich kann mit Ihrer Diskretion rechnen?«

»Wir sind beruflich hier. Diskretion ist die Grundlage unserer Arbeit.«

»Kohlscheid. Sie haben von dem Mann gehört?«

»Der mit der Firma, die Brücken baut?«, fragte Braig. Er konnte seine Überraschung nicht verbergen.

»Genau der«, bestätigte der Landrat.

»Sie haben sich am Mittwochabend mit ihm getroffen?« Braig wollte es nicht glauben. Der Inhaber der Firma, die entgegen allen Widerständen auf Geheiß des Landrats und seiner Partei die skandalumwitterte Brücke gebaut hatte, und den jemals kontaktiert zu haben er bisher vehement bestritten hatte …

»Wissen Sie«, erklärte Kulzer, »jeder, der sich bei uns in die Politik begibt und es dort zu etwas bringt, wird von allen Seiten mit Schmutz beworfen. Ob er es verdient oder nicht. Ich bin da keine Ausnahme. Leider. Vor einiger Zeit setzte ich meine ganze Kraft dafür ein, mit dem Bau einer Umgehungsstraße die Verkehrsverhältnisse bei uns grundlegend günstiger zu gestalten. In diesem Rahmen wurde auch eine Brücke errichtet. Sie glauben nicht, wie viel Häme und Neid da auf mich zukamen. Die Gegner schreckten vor nichts zurück. Korruption, Geld der Firma, die die Brücke errichtete, sei an meine Partei geflossen, Sie haben garantiert von diesen Lügen gehört. Dabei kannte ich weder das Unternehmen noch seinen Besitzer. Bis es mir zu bunt wurde. Wenn ich wegen dieses Mannes schon so mit Schmutz beworfen werde, will ich jetzt doch wissen, um wen es sich dabei handelt. Jetzt erst recht. Dieser Wunsch wuchs in mir von Tag zu Tag. Schließlich rief ich in der Firma an und vereinbarte mit Herrn Kohlscheid einen Termin. Da trafen wir uns. Zum ersten Mal. Letzten Mittwochabend in Stuttgart. Zwischen 18 und 20 Uhr etwa. Und wenn Sie mir nicht glauben, erkundigen Sie sich bitte bei Herrn Kohlscheid. Er wird es Ihnen bestätigen. Garantiert.«

22. Kapitel

Der Anruf der Stuttgarter Kollegen riss Neundorf am Sonntagmorgen kurz nach neun aus dem Schlaf. Sie war erst gegen drei Uhr mitten in der Nacht aus Heidenheim zurückgekehrt, hatte Mühe gehabt, sich von der nervenaufreibenden Untersuchung zu lösen und zur Ruhe zu finden.

»Nein, was ist denn jetzt schon wieder?«, hörte sie die Stimme ihres Partners neben sich. Sie tastete den Nachttisch nach ihrem Handy ab, benötigte mehrere Versuche, es zu finden.

»Weisshaar hier. Frau Neundorf, Sie müssen entschuldigen, aber ...«

»Ja ja, nur kein unnötiges Gesülze. Was ist los?«

»Es geht um Stiegelmaier, den Toten unterhalb der Grabkapelle.«

»Ja, das dachte ich mir. Sie haben Neuigkeiten?«

»Ein Mann aus Untertürkheim hat ihn erkannt. Die Kollegen haben gestern Abend und heute Morgen auf Ihre Anweisung hin die Anwohner nach dem Fluchtauto und dem Toten befragt. Vor wenigen Minuten hatten sie Erfolg. Der Beamte ist in der Leitung. Kann er Sie sprechen?«

»Ja, gut. Verbinden Sie mich.« Neundorf musste nur kurz warten, dann hatte sie den Mann am Ohr.

»Bäuerle«, meldete er sich. »Polizeiobermeister. Es geht um den Toten von gestern Abend, diesen ...«

»Ja ja. Ein Mann kennt ihn. Woher?«

»Es handelt sich um einen Herrn Meindner. Er wohnt in Untertürkheim und arbeitet in der Stadt in einem Hotel. Genauer gesagt, er ist der Geschäftsführer des Hotels. Herr Meindner behauptet, dieser Stiegelmaier war Gast des Hotels.«

»Gestern Abend?«

»Nein. Vor mehreren Wochen. Aber es gab ziemlich Rabatz um den Mann.«

»Inwiefern?«

»Herr Meindner weigert sich, mir das zu erzählen. Er will es nur dem zuständigen Ermittler mitteilen. Ich nehme an, das sind Sie, oder?«

»Das ist richtig, ja. Wann und wo kann ich den Mann sprechen?«

»Er ist den ganzen Morgen in seinem Haus in der Gehrenwaldstraße zu erreichen. Bis gegen 13 Uhr. Dann muss er ins Hotel.«

»Gut. Ich schaue bei ihm vorbei. Gegen elf Uhr, wenn Sie ihm das ausrichten könnten?«

Bäuerle sagte es ihr zu, verabschiedete sich dann.

Neundorf legte ihr Mobiltelefon zurück auf den Nachttisch, seufzte laut. »Noch ein Tag bis zum offiziellen Dienstbeginn, und ich bin schon wieder mittendrin.«

»Du musst schon wieder weg?«, fragte Thomas Weiss. »Du bist doch erst mitten in der Nacht gekommen.«

»Wir können vorher noch gemeinsam frühstücken.« Sie berichtete ihm von ihrer Tour nach Heidenheim und der Begegnung mit der Freundin des Getöteten. »Angeblich soll er Journalist gewesen sein.«

»Also, wenn es sich wirklich um einen Kollegen handelt …« Weiss brach mitten im Satz ab, überlegte. »Was habt ihr in der Wohnung gefunden?«

»Na ja, das Meiste war in seinem Safe. Es war kurz nach Mitternacht, als Rössle auftauchte und sich an dem Ding zu schaffen machte. Und bis er ihn endlich geöffnet hatte … Mehrere Prepaid-Handys, unzählige Speichermedien wie Sticks, CDs und DVDs eben. Das Auffälligste war ein wohl gefälschter Personalausweis auf den Namen Manuel Maier mit seinem Foto. Wir konnten das Zeug nur stichprobenartig durchsehen, es war einfach zu spät. Adressen über Adressen. Wir haben beide nicht kapiert, um was es da geht. Rössle will sich heute alles vornehmen, mal sehen, was er erzählt.«

»Und die Freundin, was ist mit der?«

Neundorf prustete verächtlich. »Ein junges Ding. Die hatte von nichts Ahnung, wirklich. Ich habe sie mir ordentlich vorgenommen, das war nicht gespielt. Die kannten sich erst seit drei Monaten, sahen sich manchmal mehrere Tage nicht. Er sei viel unterwegs, meinte sie, auf Recherche. Dazu telefoniere er ständig mit den Prepaid-Handys, damit die Nummer nicht zurückverfolgt werden könne. So habe er ihr das jedenfalls erklärt. Es sei notwendig, um als investigativer Journalist Erfolg zu haben. Von dem gefälschten Personalausweis wusste sie nichts. Ein Manuel Maier sei ihr nicht bekannt, meinte sie. Was immer das zu bedeuten hat.«

»Ich habe noch nichts von dem Mann gehört. Weder vom einen noch vom anderen. Und normalerweise kennen wir uns ja unter Kollegen, wie du weißt.«

»Ja klar, mir kommt das auch seltsam vor. Vielleicht gelingt es Rössle herauszufinden, was es mit dem Typ so auf sich hat.« Neundorf gähnte laut und ausgiebig, schälte sich aus dem Bett. »Jetzt will ich aber erst mal in Ruhe frühstücken. Zwanzig vor elf muss ich nach Untertürkheim.«

Sie warf einen Blick ins Zimmer ihres Sohnes, sah, dass er noch schlief, stellte sich unter die Dusche. Fünfzehn Minuten später saßen sie gemeinsam am Frühstückstisch.

Ewald Meindner erwartete sie schon an der Haustür. Er hatte kurze, graue Haare, schien Anfang sechzig, war mit einem feinen, silbergrauen Anzug, einer dezenten, dunkelblauen Krawatte und einem weißen Hemd bekleidet. Er führte Neundorf in ein großes, mit zwei hellen Ledersofas und einem quadratischen Glastisch ausgestattetes Zimmer, bat sie, Platz zu nehmen.

»Was darf ich Ihnen anbieten? Kaffee, Tee, Saft?«

Sie bedankte sich höflich, lehnte mit Hinweis auf ihr ausgiebiges Frühstück ab. »Sie hatten diesen Mann als Gast in Ihrem Hotel«, erklärte sie stattdessen, das Foto Stiegelmaiers in der Hand. »Das ist richtig?«

Ewald Meindner nahm ihr gegenüber Platz, warf einen Blick auf das Bild. »Ich denke, ja.«

»Sie sind sich nicht sicher?«

Der Mann wog seinen Kopf hin und her. »Sagen wir es so: Ich müsste mich schwer täuschen, wenn er es nicht wäre.«

»Aha. Wann hat er bei Ihnen übernachtet?«

Die Antwort kam sofort, ohne jede Überlegung. »Vom fünften auf den sechsten Mai dieses Jahres.«

»Das wissen Sie noch so genau, jetzt im September?«, fragte Neundorf überrascht. »Haben Sie so wenige Gäste?«

Meindner lachte gequält. »Wenig Gäste? Wir haben 120 Betten und sind im Durchschnitt zu 80 Prozent gebucht. Ich glaube nicht, dass man da von wenig Gästen sprechen kann.«

»Nein, das ist richtig. Umso mehr wundert es mich, dass Sie sich noch so gut an den Termin erinnern, als dieser Mann bei Ihnen übernachtete.«

»Das waren besondere Umstände. Manuel Maier werde ich so schnell nicht vergessen.«

»Er nannte sich Manuel Maier?«

»Ist der Name nicht korrekt?« Meindner seufzte laut auf. »Na ja, das war ja eigentlich zu erwarten. Obwohl er, darauf legen meine Mitarbeiter wert, einen korrekten Ausweis mit diesem Namen präsentierte.«

»Was war das Besondere an ihm?«, fragte Neundorf.

Ihr Gegenüber holte tief Luft. »Heute Morgen, als Ihr Kollege mit diesem Foto«, er deutete auf das Bild Stiegelmaiers, »vor der

Tür stand, habe ich mir überlegt, ob ich zugeben sollte, dass ich den Mann kenne. Dann hörte ich, dass er gestern Abend hier in unserer Nähe einem Verbrechen zum Opfer gefallen sei …«

»So ist es, ja.«

»In dem Moment dachte ich, dass ich die Sache nicht länger verschweigen darf.«

»Was wissen Sie von dem Mann?« Neundorf hatte Mühe, ihre wachsende Neugier zu zügeln.

»Ich fürchte, bei ihm handelt es sich um einen Betrüger.«

»Er hat die Hotelrechnung nicht bezahlt?«

Meindner winkte ab. »Nein, so einfach ist die Sache nicht.« Er verstummte, erhob sich dann von dem Sofa, lief einen Schritt auf sie zu. »Kann ich darauf bauen, dass das, was ich Ihnen jetzt erzähle, unter uns bleibt?«

Neundorf prustete laut. »Sie sind gut. Ich ermittle in einem Mordfall. Ich bin verpflichtet …«

»Ja, ja«, fiel Meindner ihr ins Wort. »Das ist mir bekannt. Ich möchte Sie trotzdem bitten, mit dem, was Sie jetzt von mir hören, sorgsam umzugehen. Von wegen Presse, Fernsehen und so. Wenn das an die Öffentlichkeit gelangt … Vergessen Sie bitte nicht, ich hätte heute Morgen einfach ruhig bleiben können. Einfach nicht sagen müssen, dass ich vermute, dass er bei uns zu Gast war …«

»Ja, okay, ich verstehe Ihr Anliegen. Ich bin keine Freundin von skandalösem Boulevard-Journalismus, das dürfen Sie mir glauben. Aber ich kann Ihnen jetzt nicht pauschal versprechen, dass ich alles, was ich erfahre, für mich behalte. Es gibt gewisse Vorschriften …«

Meindner nickte, lief zu seinem Sofa zurück, setzte sich wieder. »Na gut, jetzt ist es zu spät, jetzt habe ich Ihre Neugier geweckt.« Er zog die Nase hoch, verknotete seine Hände ineinander, informierte Neundorf dann über die Erpressung mit den Nacktfotos.

»Die Frau ist verheiratet?«

»Keine Ahnung. Aber beruflich ziemlich erfolgreich. Sie erzählte etwas von Abteilungsleiterin einer großen Bank.«

»Sie haben Ihren Namen?«

Meindner nickte schwerfällig. »Muss ich ihn nennen?«

»Wie sind Sie mit ihr verblieben?«

»Ich habe ihr den Namen und seine Adresse genannt. Manuel Maier, wie erwähnt, aus Ravensburg. Eine Mitarbeiterin konnte sich an ihn erinnern.«

»Und weiter? Was unternahm die Frau?«

»Ich weiß es nicht, wirklich nicht. Wir wollten beide die Polizei außen vor lassen, wegen der Medien, ja? Aber ich habe seither nichts mehr von ihr gehört.«

Neundorf zog ihr Handy vor. »Dann fehlt mir jetzt nur noch der Name der Frau.«

Meindner holte tief Luft. »Köhler«, sagte er. »Carolin Köhler.«

23. Kapitel

Strahlender Sonnenschein lockte an diesem Sonntagmittag die Menschen ins Freie. Unzählige nutzten einen der letzten warmen Sommertage des Jahres, die Natur ausgiebig zu genießen. Braig glaubte sich mitten in einer großen Völkerwanderung, als er mit seiner Familie durch den Cannstatter Kurpark flanierte. Scharen von Kindern bevölkerten die Spielplätze, Jugendliche tummelten sich im Schatten der Büsche, Erwachsene spähten nach einem der raren Plätze auf den Bänken der Grünanlagen.

Erst vor wenigen Minuten war es ihm gelungen, sich vom Telefon zu lösen. Söderhofer hatte Braigs noch am Vorabend übermittelte Mail, bei der per Phantombild gesuchten Frau handele es sich aller Wahrscheinlichkeit nach um eine illegal in Deutschland lebende Person, die jetzt wohl anderweitig abgetaucht sei, offenkundig erst am späten Sonntagvormittag zur Kenntnis genommen, dann aber umso vehementer reagiert. Der Staatsanwalt hatte alle Register seiner Überredungskunst aufgeboten, Braig davon zu überzeugen, dass der Untergang des Abendlandes drohe, falls es nicht gelinge, die Frau umgehend festzunehmen.

Der Kommissar hatte nur das Ziel gehabt, das Gespräch möglichst schnell zu beenden und deshalb darauf verzichtet, den Staatsanwalt über seine Tour nach Ellwangen zu informieren. Immerhin hatte Kulzer ihm ein Alibi für die Zeit des Mordes an Hessler präsentiert.

»Ausgerechnet diesen Kohlscheid, den Chef des Unternehmens, das er mit dem Bau der Brücke beauftragt hatte, will er zu dem Zeitpunkt getroffen haben?«, hatte Jacqueline Stührer sich auf der Rückfahrt von Ellwangen mokiert.

»Monatelang streitet er es ab, jemals Kontakt zu dem Mann gehabt zu haben, um dem Vorwurf der Bestechlichkeit den Boden zu entziehen und dann kommt er mit diesem Alibi?«

»Wir müssen es überprüfen, mehr können wir nicht tun.«

Das Gespräch mit dem Landrat hatte ein überraschendes Ende gefunden. Kulzer hatte es sich nicht nehmen lassen, ihnen ein Präsent mitzugeben. »Das Wertvollste, das meine Gedanken in diesen Stunden bereichert hat. Ich möchte Sie daran teilhaben lassen.«

Sie hatten die stimmungsvolle Atmosphäre des *Ars Vivendi* verlassen, waren in seiner Begleitung durch die Fußgängerzone flaniert. Kulzer hatte die Gelegenheit genutzt, ihnen die sehenswertesten Bauwerke der Stadt zu erklären. Kurz darauf hatte er sie in eine kleine Buchhandlung geführt und sich bei der jungen Buchhändlerin mit überschwänglichen Worten für den Buchtipp bedankt.

»Liebe Frau Rathgeb, herzlichen Dank für Ihre überaus kompetente Beratung. Das Buch ist ein Volltreffer. Genau das Richtige, um neue Kraft für den schweren Alltag schöpfen zu können. Und weil ich diese lieben Menschen hier an meinem Glück teilhaftig werden lassen möchte, bitte ich Sie um zwei weitere Exemplare.«

Er hatte die Bücher erstanden, beide mit einem schriftlichen Gruß versehen, jedem von ihnen dann eine Ausgabe der *Weisheiten von Heiligen* in die Hand gedrückt.

»Das dürfen Sie nicht ablehnen, Beamtenstatus hin oder her. Möge Ihnen die Lektüre neue, wertvolle Erkenntnisse verschaffen.«

Er hatte sie noch ein paar Meter durch die beschauliche Fußgängerzone der kleinen Stadt begleitet, sich dann freundlich von ihnen verabschiedet.

»Wie hat Jacqueline Stührer auf das schöne Geschenk reagiert?«, fragte Ann-Katrin, als sie im Cannstatter Kurpark auf einer Bank Platz genommen hatten. Ihre Tochter sprang auf einem Spielplatz vor ihnen hin und her.

»Sie hat die wertvollen Erkenntnisimpulse ungelesen in einem Abfallkorb vor dem Ellwanger Bahnhof versenkt.«

Ann-Katrin lachte so laut, dass mehrere Passanten zu ihnen hersahen. »Und du?«, fragte sie.

»Ich habe die wertvollen Gedanken im Schrank unter meinen Unterhosen versteckt. Dein nächstes Geburtstagsgeschenk. Mir fehlt nur noch das Geschenkpapier.«

Sie stieß ihm den Ellbogen in die Seite, sah sein Grinsen.

»So hat sich die Tour nach Ellwangen für mich doch noch gelohnt.« Er hörte sein Handy den Eingang einer Mail signalisieren, zog es aus der Tasche. Zwei Sätze flimmerten über das Display. *Will deinen Sonntag nicht stören. Wenn es dich nicht zu sehr nervt, ruf mich kurz an. Mario.*

»Was ist los? Du willst doch nicht schon wieder …«, maulte Ann-Katrin.

Braig schüttelte den Kopf. »Mario. Ich weiß nicht, was er will.« Er gab die Nummer des Kollegen ein, hatte Aupperle sofort in der Leitung.

»Du bist im Amt?«

»Bereitschaft«, erklärte der Kollege. »Deshalb habe ich es sofort erfahren.«

»Um was geht es?«

»Unsere Arbeit hat sich reduziert. Es gibt einen Verdächtigen weniger.«

»Von wem sprichst du?«

»Peter Listmann. Du erinnerst dich an den Namen?«

»Ja, natürlich. Dieser etwas zurückhaltende und kontaktscheue Personalchef einer Bank, der Hessler aufsuchte, um sich eine Frau vermitteln zu lassen. Er wollte sich auf dem

Kappelberg in Fellbach mit ihr treffen, es kam aber eine andere. Eine Frau, die er kurz vorher entlassen hatte. Sie machte es in der ganzen Bank publik, dass er auf Partnersuche war und verbreitete die übelsten Gerüchte über ihn. Mobbing in Reinkultur. Er hat Hessler mehrfach bedroht, soll völlig depressiv gewesen sein.«

»Der ist es, ja. Um ihn müssen wir uns nicht mehr bemühen.«

»Wieso?«

»Er hat sich erhängt. Gestern Abend.«

»Oh nein!«

»Eine Gruppe von Joggern hat ihn heute Morgen entdeckt. Er hing am Waldrand an einem Baum. Eindeutig Suizid, Dr. Schäffler lässt keinen Zweifel daran zu. Er hat ihn untersucht.«

»Und weshalb? Hat es mit unseren Ermittlungen zu tun?«

»Die Kollegen waren in seiner Wohnung. Es gibt einen Abschiedsbrief. Willst du den Wortlaut hören? Ich habe eine Kopie vor mir.«

»Meine Herren! Und das an diesem schönen Sonntagnachmittag«, jammerte Braig, Aupperles Stimme am Ohr.

Es hat keinen Sinn mehr. Alle lachen über mich. Der Kerl sucht nach einer Frau und findet keine. Ich lese es in allen Augen. Dazu all die vielen Verleumdungen. Jeden Tag höre ich von einer neuen Lüge. Natürlich niemals offen, sondern immer nur hinter meinem Rücken. Aber das Getuschel hört nicht auf. Der spielt sich hier auf wie der große Boss, dabei bringt er es nicht einmal zu einer Lebensgefährtin. Und noch andere, weit respektlosere Behauptungen. Ich weiß nicht, was ich getan habe, dass man mich so behandelt. Ich habe immer versucht, nicht den großen Chef herauszuhängen, sondern allen Mitarbeiterinnen und Mitarbeitern gegenüber fair und gerecht zu sein. Vielleicht habe ich nicht immer die richtige Entscheidung getroffen, das gebe ich zu. Es war aber keine böse Absicht dahinter, das kann ich offen und ehrlich sagen. Ich wollte niemand ungerecht behandeln. Wenn ich es trotzdem getan habe, bitte ich um Verzeihung.

So kann ich nicht weiterleben. Jeder neue Tag ist eine Qual. Es geht nicht mehr.

Ich weiß keinen anderen Weg.

Peter Listmann

24. Kapitel

Den Verlauf dieses letzten Sonntags vor ihrem erneuten Einstieg in den altgewohnten Dienst hatte Neundorf sich völlig anders vorgestellt. Gemütlich, ohne Hast und frei von dem Druck, stundenlang am Schreibtisch sitzen und darüber nachdenken zu müssen, was sie ihren Studenten in dieser Woche wieder vorsetzen, wie sie ihre Vorträge gliedern, auflockern, mit authentischen Fallbeispielen interessanter gestalten konnte. So sehr sie sich zu Beginn ihrer Dozentur an der Polizeihochschule darüber gefreut hatte, dem unregelmäßigen, unzählige Nächte und Wochenenden verschlingenden Dienst der kriminalpolizeilichen Ermittlerin zu entkommen und stattdessen ein geregeltes, von genau definierten Arbeitszeiten geprägtes Leben führen zu können, so sehr waren ihr im Verlauf der folgenden Monate die Vorbereitungen des Unterrichts zum immer größeren Problem erwachsen. Wochenende für Wochenende hatte sie sich gefragt, wie sie die vor ihr liegenden Hochschulstunden optimieren, ihren Inhalt und Verlauf zum besonderen Ereignis aufwerten könnte, um bei den betroffenen Studenten nicht das Gefühl von Langeweile und uninteressiert abgespulter Routine aufkommen zu lassen – ein Prozess ohne Ende, der sie nie zur Ruhe und nur selten voll und ganz zu Hause bei ihrer Familie hatte ankommen lassen.

»Du hängst doch mit deinen Gedanken schon wieder bei deinen blöden Studenten«, hatte Johannes, ihr pubertierender Sprössling, den Sachverhalt mehr als einmal unverblümt zur Sprache gebracht.

Sich mit dem Auslaufen ihrer Lehrtätigkeit von dieser fortwährenden Belastung zu befreien – darauf hatte sie sich in den letzten Wochen ihrer Dozentur neben der Beendigung der familiären Trennung am meisten gefreut. Dass an die Stelle der quälenden Vorbereitungsüberlegungen so schnell die altbekannte, intensive berufliche Inanspruchnahme auch am Wochenende treten würde, hatte sie in den schlimmsten Träumen nicht befürchtet. Jetzt aber, nach den Enthüllungen des Hotelmanagers, blieb ihr nichts anderes übrig, als sich voll auf ihre neue Ermittlung einzulassen.

Noch vor dem Haus Meindners am Rand Untertürkheims hatte sie ihr Handy aus der Tasche gezogen und ihren Kollegen Weisshaar damit beauftragt, alle Informationen, die ihm zu der Frau mit dem Namen Carolin Köhler zugänglich waren samt deren gegenwärtiger Anschrift zusammenzustellen. Sie war auf die Fellbacher Straße eingebogen und gerade mitten im Stuttgarter Vorort Luginsland, als ihr Handy einen Anruf signalisierte. Sie warf einen Blick aufs Display, sah, dass Rössle um die Verbindung nachsuchte, nahm das Gespräch an.

»Alle achtzig Deifel von Sindelfinge, wenn des mei Weib sieht, was i grad vor mir han, lässt die sich heut noch scheide.«

»Du bist im Amt?«

»Noi, so früh am Sonntagmorgen net. I bin heut Nacht erscht gege drei Uhr hoim komme, vielleicht erinnert sich die Frau Professora noch, wer do dra schuld war. Do han i wirklich koi Luscht, in aller Herrgottsfrüh scho wieder in dieses komische Landeskriminaldings zu gange. Außerdem han i den ganze Klimbatsch aus dere Wohnung uf der Oschtalb zu mir hoim gnomme. Deswege findesch du mi jetzt dahoim in Böblinge. Und mei Weib isch mit unsere zwoi Mädle ufm Wase. Zum Glück! Sonscht … Also, wenn die do wäret, könnt i des Zeug net dahoim agucke. Du glaubsch gar net, was i vor mir han.«

»Ein nacktes Paar in flagranti«, warf Neundorf ein, »sie prächtig im Bild, er nur in Umrissen.«

Rössle schien es die Sprache verschlagen zu haben. Erst nach mehreren Sekunden Pause hatte sie ihn wieder am Ohr. »Woher …?«

Neundorf hatte Fellbach erreicht, bremste das Auto ab, parkte es am Rand der Esslinger Straße. »Ein Anwohner in Untertürkheim hat unseren Toten erkannt«, antwortete sie, »und mir genau das erzählt, was du anscheinend gerade vor dir …«

Rössles lautes Rufen ließ sie mitten im Satz innehalten. »Jetzt leck die Katz am Arsch«, rief er, »mir hent es mit einem Profi zu tun.«

»Was ist los?«

»Alle Idiote von Sindelfinge, i fürcht', i woiß, warum die den über de Haufe gfahre hent.«

»Weil er Carolin Köhler, so heißt die Frau, verführt und sie anschließend mit genau den Bildern, die du jetzt vor dir siehst, erpresst hat?«

»Carolin Köhler?« Rössles Lachen dröhnte so laut an ihr Ohr, dass sie den Lautsprecher zur Seite zog. »Schön, dass du den Name von einer von dene Fraue kennsch. Und wie heißet die andere zwoi?«

»Welche anderen zwei?«

»Ha, jetzt han i grad die dritte Nackede vor mir. Und versuch bloß net, mir uffzuschwätze, des alles wär diese Carolin Köhler. So gute Auge han i scho noch, dass i den Inhalt von drei völlig verschiedene Körblegröße voneinander unterscheide kann! Von A bis C isch alles dabei!«

Neundorf glaubte, nicht richtig zu hören. »Wie bitte? Drei verschiedene Frauen? Und jedes Mal die gleiche Situation?«

»Allerdings«, bestätigte er laut lachend. »Von dene Weiber siehsch quasi alles und von dem Kerl nur den Rücke. Halt!« Er verstummte, murmelte ein leises: »Jetzt gucket au des a.«

»Was ist los?«

»Jetzt han i a Stück von seinem Arsch uf dem Monitor. Aber des interessiert die net, oder?«

»Nein«, bestätigte sie seine Vermutung, »sein Hinterteil interessiert mich wirklich nicht. Wie steht es mit der Identität der Frauen? Kannst du sie irgendwo entdecken?«

»Du moinsch, die hent ihren Namen und ihre Adress uf ihren Busen tätowiert?«

»Blödmann! Du hast noch kein Namensverzeichnis oder so etwas Ähnliches entdeckt? Der hat die Frauen doch erpresst, da muss eine genaue Adressenliste zu finden sein.«

»Wer weiß, vielleicht. Aber so weit bin i no net. I han immer noch a nackedes Weibsbild vor mir.«

»Na, dann viel Spaß! Wenn es sich nicht um illegal aufgenommene Bilder handeln würde … Was ist? Schaffst du es allein, alles durchzuschauen oder benötigst du meine Hilfe?«

»I versuch's«, antwortete der Techniker. »Mit Glück find i au die Name und Adresse. Wenn net … I geb uf jeden Fall Bescheid.«

Neundorf beendete das Gespräch, fädelte sich wieder in den Verkehr ein. Sie hatte Waiblingen noch nicht erreicht, als der Signalton des Handys erneut ertönte.

Weisshaar war in der Leitung. »Es geht um diese Frau. Carolin Köhler«, erklärte er.

»Du hast ihre Adresse?«

»Es gibt zwei Personen mit diesem Namen.«

»Oh, so ein Mist!«

»Vom Alter her sind sie allerdings deutlich zu unterscheiden, vielleicht hilft dir das. Die eine Carolin Köhler wohnt in Ulm und ist fünfzehn Jahre alt…«

»Nein«, erklärte Neundorf, »die kann es nicht sein.«

»Na gut. Die andere Carolin Köhler ist vierundvierzig und wohnt in Friedrichshafen.«

»Am Bodensee?«

»Der Postleitzahl nach, ja.«

»Das könnte sie sein. Vierundvierzig. Vom Alter her passt das.«

»Gut. Dann gebe ich dir alle ihre Daten durch.«

»Gegen die Frau aus Friedrichshafen liegt nichts vor?«

»Nein«, bestätigte er. »Mit dem Gesetz kam sie unseren Unterlagen nach noch nicht in Konflikt.«

25. Kapitel

All die vielen coolen, abgebrühten Kommissare, die jeden Abend auf den Bildschirmen gelangweilt von einer Leiche zur anderen eilten und selbst im Moment der Begutachtung eines gewaltsam aus dem Leben geschiedenen Menschen mit flapsigen Bemerkungen um sich warfen – Braig hatte noch nie nachvollziehen können, wieso dieses abstruse Zerrbild seines Berufes so viele Menschen immer noch zu faszinieren vermochte. Vielleicht existierte wirklich irgendwo das eine oder andere absolut emotionslose Ermittlungsmonster; die Kollegen, die er bisher kennen gelernt hatte, waren von völlig anderem Kaliber. Kaum ein Beamter, dem es restlos gelang, sich vor dem menschlichen Leid, mit dem er konfrontiert war, komplett abzuschotten. Obwohl er die Personen, deren sterblichen Überresten er gegenüberstand, nur äußerst selten als lebendige Menschen gekannt hatte, fühlte sich Braig auch jetzt nach zwei Jahrzehnten Berufserfahrung oft im Innersten berührt, manchmal lange über den Moment der Leichenschau hinaus.

Der tragische Tod Peter Listmanns an diesem Wochenende war einer dieser Fälle, die ihm in ganz besonderer Weise nahegingen, obwohl er weder dem Mann noch dessen Umfeld je nähergekommen war. Die Hintergründe des Suizids zu eruieren, offenbarte ein solches Ausmaß an von Neid, Missgunst und Eifersucht geprägter Bösartigkeit, dass man den Glauben an die Menschheit verlieren konnte.

»Weibliche Bosheit«, hatte Ann-Katrin im Verlauf ihrer langen Diskussion irgendwann am Sonntagabend geäußert. »Jetzt siehst du, wozu Frauen fähig sind.«

Braig steckte die Tragik dieses Suizids auch am Montag noch dermaßen in den Knochen, dass er erst am Mittag kurz nach zwölf Uhr zum ersten Mal in diesen Stunden wieder die Lust zu ein paar ironischen Bemerkungen fand. Theresa Räuber war in der Leitung, ohne Vorankündigung.

»Du?«, fragte er überrascht.

»Ja, ich. Tut mir leid, wenn ich störe, aber …«

»Du störst überhaupt nicht. Ich dachte nur, du wärst zur Zeit mit einem anderen Herrn beschäftigt.«

»Er ist immer noch in Hannover, falls dich das interessiert.«

»Natürlich interessiert mich das Liebesleben meiner Schwägerin.«

»Das weiß ich. Anki und ich haben ausgiebig miteinander telefoniert. Sie hat mir bis ins Detail mitgeteilt, was du über unsere Begegnung am Freitag erzählt hast.«

»Nur Gutes über dieses wunderschöne Traumpaar.«

»Du darfst dich wie ein erwachsener Mensch ausdrücken, ich bin keine siebzehn mehr.«

»Wann kommt er zurück?«

»Heute Abend nehme ich an.«

»Oh, dann steppt aber der Bär«, frotzelte er.

»Ich weiß es nicht«, antwortete sie. »Das kommt darauf an, wie du Zeit findest.«

»Ich? Was hat dein Freund mit mir …«

»Ich muss dich sprechen. Dringend.«

»Wegen Gerd Weissmann?«

»Quatsch«, erwiderte sie in etwas barschem Ton. »Das hat nichts mit Gerd zu tun. Beruflich, es geht um deinen Fall.«

»Was willst du mir sagen?«

»Nicht am Telefon. Und lieber auch nicht bei dir im Amt. Die Sache ist heikel, verdammt heikel. Aber es sollte möglichst bald sein. So schnell als möglich.«

»Es hat mit meinem aktuellen Fall zu tun? Dem Mord an Hessler, dessentwegen ich mich mit Gerd Weissmann getroffen habe?«

»Dem Mord an Hessler, ja. Aber nichts mit Gerd. Überhaupt nichts. Wann geht es bei dir?«

Braig schaute auf die Uhr. Kurz nach zwölf. »Ich wollte gerade in die Kantine. Vielleicht danach.«

Theresa Räuber zögerte einen Moment, überraschte ihn dann mit einem neuen Vorschlag. »Wie wäre es, wenn du gleich zu mir kommst? Ich mache uns eine Kleinigkeit. Pfannkuchen und Salat, das geht schnell. Dann kannst du dir den Film sofort bei mir ansehen. Okay?«

»Einen Film?«, fragte Braig. »Was für einen Film?«

»Nimm die nächste Stadtbahn und komm vorbei. Du wirst es nicht bereuen.«

Braig hatte sich sofort auf den Weg gemacht. Er kannte seine Schwägerin inzwischen gut genug, um zu wissen, was es bedeutete, wenn sie ihm etwas Wichtiges mitteilen wollte. Außerdem war es keine schlechte Idee, dem Büro wenigstens für kurze Zeit zu entkommen.

Die Hektik hatte an diesem Morgen wieder kein Ende nehmen wollen. Drei Anrufe allein von Söderhofer, fast im Stundentakt, mit immer demselben Inhalt: »Haben wir die Illegale endlich? Reicht die Fahndungskapazität? Müssen wir zusätzliche Beamte anfordern? Wo kommen wir in diesem Land hin, wenn uns jetzt schon illegal hier lebende Frauen an der Nase herumführen? Was ist mit der zweiten Frau? Haben wir immer noch kein Phantombild von ihr? Taugen unsere Kriminalbeamten überhaupt nichts mehr? Wie sollen wir der jemals habhaft werden, wenn wir nicht einmal wissen, wie die aussieht?«

Braig hatte sich zwar über den außergewöhnlich niedrigen Fremdwortbestand dieser Litaneien gewundert, war aber doch bei den Aalener Kollegen vorstellig geworden, um sich zu versichern, dass die Wohnung der Illegalen Tag und

Nacht überwacht wurde. Er hoffte inbrünstig, dass es bald gelingen würde, beide Frauen festzunehmen, allein schon, um dem Telefonterror des Staatsanwalts nicht länger ausgeliefert zu sein.

Mitten in Söderhofers pausenlose Anfragen war Aupperle mit der Nachricht geplatzt, dass es Dr. Dolde am späten Sonntagabend doch noch gelungen war, Hesslers Handy zu reparieren und wieder in Gang zu bringen. »Frag mich nicht, wie er das wieder hinbekommen hat, aber es lässt sich tatsächlich wieder bedienen. Der Mann hat goldene Finger. Der zaubert aus ein paar Kunststoffsplittern ein funktionsfähiges Gerät.«

»Das ist hervorragend«, hatte sich Braig gefreut. »Eigentlich hatte ich die Hoffnung längst aufgegeben. Ich hatte die Einzelteile in meinen Händen, das sah fürchterlich aus. Das Auto muss das Gerät voll erwischt haben. Ich dachte, wir müssen mit der Auswertung der Gespräche warten, bis uns die zuständige Telefongesellschaft endlich die Liste mit den Verbindungen mailt.«

»Das dachte ich auch. Deshalb habe ich mich bei Dolde ausdrücklich bedankt.«

»Sehr gut. Ich will nicht wissen, wie viele Stunden der dafür aufgewendet hat.«

»Der saß garantiert das halbe Wochenende daran, wie ich ihn kenne. Sonst hätte er es unmöglich zum Laufen gebracht.«

»Und?«, hatte Braig sich erkundigt. »Du hast Hesslers letzte Gesprächsverbindungen ermitteln können?«

»Ich bin mittendrin, ja. In den Stunden vor seinem Tod hatte er mit drei verschiedenen Leuten Kontakt.«

»Du hast sie identifiziert?«

»Nur die Namen. Sprechen konnte ich noch nicht mit ihnen. Ich möchte das auch nicht am Telefon erledigen, sondern sie persönlich in Augenschein nehmen, so wie du mir das beigebracht hast.«

»Ich habe dir das beigebracht?«

»Du und unsere verehrte Hauptkommissarin Neundorf, jawohl«, hatte Aupperle mit einem Grinsen im Gesicht bestätigt. »Aber das meine ich ernst. Ich habe von euch ganz schön viel gelernt, seit ich vom kleinen Trossingen ins große Stuttgärtle kam. Mehr als von all dem theoretischen Gelaber vorher.«

»Endlich mal eine positive Rückmeldung«, hatte Braig gefrozzelt.

Aupperle hatte ihm ein Blatt überreicht. »Hier, ich habe dir die Nummern samt Uhrzeit und Namen ausdrucken lassen. Die letzten fünfzehn Adressaten, mit denen Hessler von seinem Handy aus Kontakt hatte.«

Braig hatte die Zahlenreihen und die dahinter aufgeführten Personen überflogen, sich auf die Zeilen ganz unten konzentriert. »Um 18.20 Uhr führte er sein letztes Gespräch? Das kann nicht lange vor seinem Tod gewesen sein.«

»So ist es. 17.50 Uhr: Katja Hessler. Laut den Unterlagen, die ich von dir erhalten habe, handelt es sich dabei um seine Frau, seine Ex oder wie auch immer. Mit der hat er sich fünf Minuten lang unterhalten. Worüber, weiß ich wie erwähnt noch nicht, das Gespräch mit ihr steht noch aus. Dann, um 18.18 Uhr läutete er hier bei dieser Nummer an, einer Firma Stiegeldingsbums und Hessler. Das dauerte aber nur wenige Sekunden. Entweder sie hatten nicht viel zu besprechen oder er bekam nur den Anrufbeantworter an die Strippe – das muss ich noch abklären.«

»Was ist das für eine Firma? Wieso trägt sie seinen Namen?«

»Keine Ahnung. So weit bin ich noch nicht«, hatte Aupperle geantwortet. »Muss ich noch eruieren. Dir ist nichts bekannt?«

»Nein. Woher?«

»Wie gesagt, ich kümmere mich darum. Interessant ist in dem Zusammenhang aber sein letzter Anruf. 18.20 Uhr, also gerade mal zwei Minuten nach dem Vorherigen. Er dauerte drei Minuten und wurde mit einem Stiegeldingsbums geführt.«

»Das ist doch derselbe Name wie vorher.«

»Genau. Ich nehme an, der erste Versuch galt der Geschäftsnummer und war wohl erfolglos, aber beim zweiten Anruf hatte er den Mann dann privat in der Leitung.«

»Du weißt, wo dieser Mann zu finden ist?«

»Noch nicht. Beides sind Handynummern, wie du siehst. Aber genau darum werde ich mich jetzt bemühen. Ich wollte dich nur kurz darüber informieren. Bis dann.«

Kurz nach halb eins hatte Braig das Pfarrhaus Theresa Räubers erreicht. Er war extra eine Stadtbahnhaltestelle zu früh ausgestiegen, hatte die restlichen 500 Meter zu Fuß zurückgelegt, um wenigstens für kurze Zeit an der frischen Luft zu sein. Schon als die Pfarrerin die Tür öffnete, strich ihm der würzige Duft von Kräutern, Tomaten und Zitronen in die Nase. Unwillkürlich begann sein Magen laut zu knurren.

»Oh, da wird's ja Zeit«, lachte Theresa Räuber.

Sie umarmten sich, traten ins Innere.

»War das nicht zu verfänglich eben?«, fragte er, Theresas Erfahrungen mit bestimmten Gemeindemitgliedern im Sinn.

»Darauf kommt's jetzt auch nicht mehr an. Ist der Ruf erst ruiniert, lebt sich's gänzlich ungeniert«, erwiderte sie grinsend. »Und was Gerd anbelangt, der war erst ein einziges Mal hier. Letzte Woche. Natürlich ist er den alten Hexen nicht entgangen.«

»Und? Wie war die Reaktion?«

»›Es isch ja schon recht, wenn Sie nach einem Mann gucket‹, erklärte mir am nächsten Tag die alte Steible. ›Aber net ausgrechnet so oin. Der isch nix für Sie, des wisset Sie ja selber. A Pfarrerin und so ein Lebemann, noi! Pfui Deifel!‹«

»Und? Nimmst du dir ihre Empfehlung zu Herzen?«

»Ja selbstverständlich. Diese vorurteilslosen, abgeklärten Ratschläge muss frau unbedingt befolgen.«

Sie führte ihn in ihre von bunten Farben dominierte Küche, bat ihn, Platz zu nehmen. Der Tisch war bereits hergerichtet. Eine gläserne Schüssel mit gemischtem Salat, ein großer Teller voller warmer Pfannkuchen, dazu zwei kleine Schalen mit grünen Oliven und fein geschnittenen Tomatenstücken. Sie reichten sich kalte Getränke, ließen es sich schmecken. Braig genoss den Salat und die Pfannkuchen, nahm sich reichlich Oliven und Tomaten. Er mischte sich ein Glas Apfelschorle, trank in großen Schlucken.

»So, jetzt will ich dir aber zeigen, weshalb ich dich angerufen habe.« Theresa Räuber erhob sich, lief kurz aus der Küche, kam mit einer gefüllten Plastiktüte in den Hand zurück. »Wir haben sie nur mit Handschuhen berührt. Wenn ihr sie auf Fingerabdrücke untersucht, meine ich.«

Braig hatte keine Ahnung, wovon sie sprach, nahm die Plastiktüte entgegen. »Um was geht es?«, fragte er.

»Ich denke, du wirst es sehr schnell verstehen. Vielleicht willst du auch Handschuhe?«

Er musterte sie eindringlich, zog dann Plastiküberzüge aus seiner Jackentasche, stülpte sie sich über beide Hände.

»Du bist Profi«, meinte sie. »Das hätte ich beinahe vergessen.«

Er griff ins Innere der Tüte, hatte eine kleine Filmkamera vor sich. »Was hat es mit der Kamera auf sich?«

»Ihr sucht nach einer Frau. Einer illegal in Deutschland lebenden Frau, richtig?«

Elektrisiert blickte Braig von der Kamera auf.

»Sie wurde zufällig Zeugin, wie ein Mann von einem Auto überfahren wurde. Er stand filmend vor dem Eingang der

Thermen in Aalen. Als er von dem Auto erfasst wurde, flog ihm die Kamera aus der Hand. Sie landete direkt in den Armen der Frau. Hier«, sie deutete auf die Kamera, »das ist sie.«

»Theresa, du bist verrückt!« Braig fühlte sich wie gelähmt, wusste nicht, was er sagen sollte. »Wo hast du die her?!«

»Schau dir den letzten Filmschnipsel an. Vielleicht begreifst du es dann.« Sie zog einen Handschuh aus der Tischschublade, rief im Display eine Übersichtsseite auf, wählte die letzte Filmdatei aus und drückte dann auf *Play*.

Braig erkannte die Szenerie sofort. Eine ins Dämmerlicht des vergehenden Tages getauchte Hügellandschaft, Tausende von winzigen Lichtern in der Stadt unten im Tal, die sich wie ein gerade gelandetes Raumschiff in leuchtendem Gelb-Grün aus ihrer dämmrigen Umgebung erhebenden Glaspaläste der Aalener Limes-Thermen … Eine traumhaft schöne Szenerie.

Dann ein unverhoffter Kameraschwenk zur Seite. Ein Parkplatz. Eine dunkle Limousine, zwei Männer im eifrigen Gespräch auf den Vordersitzen, dicke Geldbündel in der Hand des einen, Euro-Scheine. Hunderter, Fünfhunderter. In Großaufnahme war zu sehen, wie der andere das Geld entgegennimmt. Der Mann schien sich zu bedanken, nickt mit dem Kopf, steckt die Scheine in seine Jackentasche, stiert plötzlich voll in die Kamera.

Braig erkannte ihn auf der Stelle.

Der Mann reißt seine Hände hoch, versucht sein Gesicht dahinter zu verbergen, taucht nach unten ab. Schließlich das Gesicht des anderen, wie er herüberstarrt zur Kamera, dann nach dem Fahrzeugschlüssel sucht und mit laut aufheulendem Motor davonrast.

Die Kamera schwenkte erneut zur Seite, richtete ihren Fokus auf ein eng umschlungen daherschlenderndes Paar.

Das Gesicht der Frau und des Mannes deutlich zu erkennen, dann plötzlich deren aufgeregte Reaktion. Die Frau hatte das Objektiv des Camcorders offensichtlich bemerkt. Im Augenblick einer Sekunde veränderte sich ihre Körperhaltung vollkommen. Sie löst sich blitzschnell aus der Umarmung ihres Begleiters, starrt krampfhaft von der Kamera weg auf die andere Seite und rennt ins Dunkel des Parkplatzes davon. Braig sah sie irgendwo zwischen den Bäumen verschwinden, hörte plötzlich einen Motor aufheulen. Das Auto war nirgends zu erkennen, nur aus dem Hintergrund zu vernehmen. Es schien mit großer Geschwindigkeit näherzukommen; seine Geräusche wurden erschreckend laut und aggressiv. Plötzlich kam das Bild ins Schwanken, die Kamera wackelte hektisch hin und her. Reifen quietschten ohrenbetäubend, dann tat es einen schrecklichen Schlag. Im gleichen Moment lag der Bildschirm im Dunkeln.

Braig saß benommen auf seinem Stuhl, benötigte mehrere Sekunden, zu sich zu finden. Er starrte auf die Kamera, hatte Mühe, die Eindrücke zu verarbeiten.

»Damit hast du nicht gerechnet«, erklärte Theresa Räuber.

Er erwachte aus seinem tranceähnlichen Zustand. »Damit habe ich nicht gerechnet, nein«, antwortete er. »Wie bist du in den Besitz dieses Kamera gekommen?«

»Pfarrer haben manchmal einen besseren Zugang zu den Menschen. Vor allem zu denen in Not. Aber das ist dir ja bekannt.«

Braig dachte an verschiedene Ereignisse der vergangenen Jahre zurück, nickte zustimmend.

»Wie du weißt, bin ich Mitglied in einem Netzwerk, das illegal bei uns lebenden Menschen Hilfe leistet. Pfarrer, Ärzte, Lehrer, aber auch Polizeibeamte, Leute aus der ganzen Bevölkerung. Wir haben uns darüber unterhalten«, fuhr sie fort.

»Ich schätze dein Engagement sehr. Das weißt du.«

»Eine meiner Freundinnen, sie lebt in der Nähe von Aalen, war heute Morgen hier. Sie erinnerte sich an meine verwandtschaftliche Beziehung zu dir. Sie hat nur eine Forderung: Stellt die Fahndung ein. Du weißt, wovon ich spreche. Die Frau, die ihr sucht, hat nichts mit dem Tod dieses Kontaktvermittlers zu tun. Sie war zufällig dort, als es passierte. Die Kamera flog ihr buchstäblich in die Arme. Meine Freundin verbürgt sich für ihre Integrität.«

Braig seufzte laut. »Söderhofer leitet die Ermittlungen. Du verstehst, was das bedeutet?«

Theresa Räubers Gesicht verfinsterte sich für einen Moment. »Wie lange willst du dich von dem Scheusal noch schikanieren lassen?« Sie ballte ihre Hand zur Faust, schlug auf den Tisch. »Ich bin Pfarrerin, okay. Meine persönliche Überzeugung verbietet mir die Anwendung von Gewalt. Aber dem Kerl … Noch ist die Kamera in meinem Besitz. Wir können es auch so regeln: Solange ihr die Fahndung nicht eingestellt habt, bleibt der Camcorder hier.«

»Du weißt, dass das nicht geht. Der Film zeigt möglicherweise den oder die Mörder Hesslers. Oder zumindest Hinweise auf die Tat.«

»Also. Dann stellt die Fahndung ein. Das hat die Frau verdient.«

»Aus welchem Land stammt sie?«

Theresa Räuber musterte ihn angestrengt. »Du gibst es nicht weiter?«

»Mein Ehrenwort.«

Sie nickte. »Okay. Kolumbien. Sie arbeitete als Lehrerin, floh vor der Gewalt ihres Mannes nach Spanien. Er war zunehmend alkoholisiert. Über einen Deutschen, den sie in Barcelona kennen lernte, kam sie ins Ländle. Sie fand bei ihm Unterschlupf. Aber nicht, was du denkst. Er ist schwul. Zur Zeit hält er sich beruflich im Ausland auf.«

»In den USA«, sagte Braig.

»Genau. Sie hat euch beobachtet, als ihr die Wohnung entdeckt habt.«

»Warum heiratet der Typ sie nicht? Pro forma, meine ich. Dann könnte sie bleiben.«

»Der Mann ist verheiratet, pro forma. Des öffentlichen Auftretens wegen. Wir sind hier im biederen Ländle. Seine Frau«, sie betonte das letzte Wort, »lebt mit ihrem Freund zusammen.«

»Mein Gott, dann sucht doch nach einem anderen Partner. Oder einer Partnerin.«

»Wir sind dabei. Wenn ich jetzt nicht gerade Gerd kennen gelernt hätte…«

»Du hast es dir ernsthaft überlegt?«

Theresa Räuber trommelte mit ihren Fingern auf den Tisch. »Mona, meine Bekannte. Sie ist frisch geschieden. Wir haben uns darüber unterhalten. Sie ist bereit.«

»Hoffentlich klappt das. Ich wünsche der Frau viel Glück.«

»Sie hat die Kamera wirklich nur durch Zufall aufgefangen. Sie hat mit der Sache nichts zu tun.«

»Hessler wollte die Thermen aufnehmen. Mit Einbruch der Dämmerung. Als neuen Treffpunkt für seine Kontaktvermittlung, erzählte mir seine Sekretärin.«

»Und dabei filmte er ohne es vorher zu ahnen eine illegale Geldübergabe und eine untreue Ehefrau?«

»Möglicherweise, ja.«

»Und wurde überfahren, um die Veröffentlichung der Aufnahmen zu verhindern?«

Braig hob abwehrend seine Hände. »Warum versuchte der Täter dann nicht, die Kamera an sich zu reißen?«

»Vielleicht hat er es versucht, aber es ist ihm nicht gelungen.«

»Zeugen haben beobachtet, dass die Frau einige Zeit am Ort des Geschehens stand, die Kamera in den Händen. Sie stand unter Schock, schrie laut. Ich denke, der Täter hätte die Möglichkeit gehabt, die Kamera an sich zu bringen.«

»Glaubst du, die Aufnahmen können helfen, ihn zu finden?«

»Ich hoffe, sie tragen dazu bei. Immerhin habe ich auf Anhieb einen von den beiden Typen erkannt. Den, der das Geld entgegennimmt und dabei ganz offensichtlich nicht beobachtet werden will. Der andere ist mir unbekannt. Am Samstag habe ich den Herrn auf seiner Wallfahrt besucht. Er schenkte mir ein frommes Buch und tat alle Korruptionsvorwürfe als Hetze seiner politischen Gegner ab. Log mir zudem ins Gesicht, zur Zeit von Hesslers Tod, mit dem er kurz zuvor eine heftige Auseinandersetzung hatte, in Stuttgart gewesen zu sein. Kulzer heißt der Herr, ein altgedienter Politiker, seit Jahren im Amt.«

26. Kapitel

Carolin Köhlers Mobilbox hatte den ganzen Sonntag immer nur die gleichen Sätze hören lassen. »Hallo, hier ist Caro. Leider bin ich im Moment gerade beschäftigt und deshalb nicht zu erreichen. Wenn ihr mir eine wichtige Mitteilung machen wollt, sprecht bitte aufs Band. Ich melde mich dann. Danke!«

Neundorf hatte darauf verzichtet, die Frau um einen Rückruf zu bitten. Sie wollte ihr keine Gelegenheit geben, sich die Antwort auf ihre Fragen in Ruhe zu überlegen, wollte sie vielmehr spontan damit konfrontieren. Wäre der Weg nach Friedrichshafen nicht gar so weit ausgefallen, sie hätte sich die Frau ohne jede Voranmeldung persönlich vorgenommen, schon um ihre Körperhaltung und ihr Mienenspiel während des Gesprächs zu verfolgen. Oft genug war es ihr bei Vernehmungen in den letzten Jahren gelungen, diesen weitgehend unkontrollierbaren Verhaltensmerkmalen Schlüsse auf den Wahrheitsgehalt vieler Aussagen zu entnehmen. Erst am Montagmorgen, zu Hause am Frühstückstisch, hatte sie die Frau erreicht.

»Wir waren den ganzen Tag auf unserem Segelboot draußen auf dem See«, hatte sich Carolin Köhler entschuldigt. »Und an solchen Tagen bleiben die Handys prinzipiell aus. Sonst ist das keine Erholung. Vielleicht können Sie das verstehen? Aber was will die Polizei von mir?«

»Das kann ich gut verstehen, ja. Was ich von Ihnen will? Mich mit Ihnen unterhalten.«

»Weshalb? Das müssen Sie mir schon etwas genauer erklären.«

»Es geht um berufliche Angelegenheiten«, hatte Neundorf versucht, ihr Anliegen zu vertuschen.

»Berufliche Angelegenheiten? Weil ich gerade in den Vorstand unserer Bank befördert wurde?«

In den Vorstand der Bank, war es Neundorf durch den Kopf gegangen. Da musste die Veröffentlichung von Nacktfotos mit allen Mitteln verhindert werden. Mit wirklich allen Mitteln …

»Das möchte ich persönlich unter vier Augen mit Ihnen besprechen.«

»Okay. Wenn es unbedingt sein muss. Aber viel Zeit habe ich nicht.«

Neundorf hatte versprochen, sich kurz zu fassen, dann den frühen Mittag als Termin festgelegt.

Die Sonne stand hoch über den Schweizer Bergen und dem See, und ein laues Lüftchen wehte vom Wasser her, als sie gegen 11.30 Uhr in Friedrichshafen aus dem Zug stieg. Sie hatte sich im Amt eine Netzkarte der Bahn besorgt, um die weite Anreise möglichst stressfrei zu gestalten, sich dann sofort auf den Weg gemacht.

»Wir können uns treffen, wo immer Sie wollen«, hatte Carolin Köhler erklärt, »nur nicht in der Bank. Friedrichshafen ist zu klein, um sich nach Belieben anonym zu bewegen. Eine Polizeibeamtin bei mir im Haus und die halbe Stadt weiß Bescheid, noch ehe Sie das Gebäude verlassen haben.«

Auch der Einwand der Kommissarin, sie sei prinzipiell zivil gekleidet, hatte die Managerin nicht von ihrer Haltung abbringen können. »Wie gesagt: Wenn Sie mich sprechen wollen, jederzeit. Ich nehme mir frei. Aber kein Kontakt am Arbeitsplatz.«

Carolin Köhler erwartete sie auf dem Bahnhofsvorplatz in der Nähe der Unterführung. Die in ein helles Kostüm gekleidete Frau war trotz der großen Menschenmenge, die das Areal bevölkerte, von Weitem schon zu erkennen. Blonde, zu einem

Knoten gebundene Haare, ein hübsches, perfekt geschminktes Gesicht, kerzengerade Körperhaltung. Die selbstbewusste, hypererfolgreiche Managerin, überlegte Neundorf, als sie der Frau die Hand reichte und sich vorstellte.

Sie musterten sich kurz mit abschätzenden Blicken, verzichteten von Anfang an auf unnötige Floskeln.

»Ich habe dreißig Minuten Zeit«, erklärte Carolin Köhler, »wie wäre es mit einem Spaziergang am See? Bei dem schönen Wetter …«

Neundorf nickte, folgte ihrer Gesprächspartnerin zur nahen Promenade. Die teilweise weiß gesprenkelten Gipfel der Schweizer Berge thronten majestätisch über dem Wasser, vom Silvretta im Osten über den Altmann und den Säntis in der Mitte bis zum Finsteraarhorn und dem Titlis im Westen. Neundorf kannte das Panorama von unzähligen Besuchen, fühlte sich jedes Mal aufs Neue wieder in Urlaubsstimmung, wenn sie irgendwo im Umland zu Gast war. Sie passierten die üppig grünen Stauden des Stadtgartens, blieben stehen, den Blick auf die von unzähligen Booten und Schiffen bevölkerte Oberfläche des Sees gerichtet.

»So, jetzt dürfen Sie aber nicht länger mit Ihrem Anliegen hinter dem Berg halten«, eröffnete Carolin Köhler das Gespräch. »Sie arbeiten nicht hier in unserer Polizeidirektion?«

Neundorf zog ihren Ausweis, präsentierte ihn der Frau. »Nein, ich bin im Landeskriminalamt in Stuttgart tätig.«

»Und Sie fahren eigens hierher, um mich zu sprechen?«

Wenn sie wirklich so verblüfft war, wie sie das mit ihren Worten zum Ausdruck brachte, konnte sie das in ihrer Mimik sehr gut verbergen. Die Frau ist ein harter Brocken, überlegte Neundorf und beschloss zugleich, aufs Ganze zu gehen. »Nun ja, Nacktfotos dieser Qualität sind den weiten Weg wert, oder?«

Carolin Köhler versteifte am ganzen Körper. Ihre Lippen wurden schmal, kein Muskel zuckte. »Woher wissen Sie?«

Sie ist Profi genug, es erst gar nicht abzustreiten, dachte Neundorf. Mit der Frau sollte man sich nicht unbedingt anlegen. Wenn sie Stiegelmaier auf dem Gewissen hat, wird ihr das nur schwer nachzuweisen sein. »Ich arbeite beim LKA«, gab sie zur Antwort. »Wir haben schon Mittel und Wege ...«

»Die Fotos dürfen auf keinen Fall an die Öffentlichkeit«, zischte ihr Gegenüber. »Ich kenne meine Rechte und werde die besten Anwälte dafür engagieren.«

»Um Gottes willen, was denken Sie?« Neundorf hob beide Hände, um die Frau zu beruhigen. Carolin Köhler war sich offensichtlich voll bewusst, was da auf dem Spiel stand. Ob sie nur Anwälte engagierte, ihre Interessen zu schützen, oder nicht auch andere, weniger zimperliche Kräfte? »Immerhin haben Sie die Identität des Mannes schnell ermittelt«, sagte sie, die versteinerte Miene ihrer Gesprächspartnerin vor Augen. »Wie hat er reagiert, als Sie ihm zum zweiten Mal begegneten?«

»Zum zweiten Mal?« Die Frau löste sich aus ihrer Erstarrung, lief ein paar Schritte zu einer Sitzbank, ließ sich darauf nieder. »Es gab kein zweites Mal.«

Neundorf folgte ihr, blieb vor ihr stehen. »Sie waren im Hotel, wo es passiert war, erfuhren seinen Namen.« Sie verstummte, weil eine Gruppe Jugendlicher den Weg entlangkam, wartete, bis sie sich wieder entfernt hatten. »Also ich an Ihrer Stelle hätte dem Kerl die Pistole auf die Brust gesetzt.«

Carolin Köhler sah zu ihrer Gesprächspartnerin auf. »Das hätte ich auch gern, ja. Wenn ich seine Identität ermittelt hätte.«

»Sie haben sie doch im Hotel erfahren. Vom Geschäftsführer persönlich.«

»Es gibt keinen Manuel Maier. Weder in Ravensburg noch sonst wo. Jedenfalls nicht den, den ich suchte. Ist Ihnen das nicht bekannt?«

»Nein, den gibt es nicht. Aber Sie haben doch seinen richtigen Namen.«

»Den richtigen Namen? Nach dem suche ich heute noch.«

»Sie haben die Identität des Mannes, der Sie erpresste, nicht ermittelt?«

Carolin Köhler blickte Neundorf voll in die Augen, verzog keine Miene. »Wie denn? Ich verfüge nicht über die Mittel wie Sie.«

»Warum sind Sie dann nicht zur Polizei?«

»Zur Polizei?« Das kurze Lachen brachte deutlich zum Ausdruck, was die Frau von Neundorfs Vorschlag hielt. »Die Fotos dürfen nicht an die Öffentlichkeit, das verstehen Sie doch?«

»Sie haben kein Vertrauen, was einige meiner Kollegen anbelangt«, erklärte die Kommissarin. »Gut, ein Stück weit kann ich das nachvollziehen. Ein riesiger Apparat, eine teilweise anonyme Behörde. Es gibt keine Garantie, dass da alles im Verborgenen bleibt.«

»Sie sind sehr selbstkritisch«, attestierte Carolin Köhler. »Auf jeden Fall haben Sie meine Beweggründe genau verstanden.«

»Aber Sie haben es doch nicht aufgegeben, nach dem Kerl zu suchen. Nach dem, was er Ihnen angetan hat.«

»Nein, das habe ich nicht. Aber bisher hatte ich leider keinen Erfolg.«

»Sie haben gezahlt?«

»Ja. Aber das geht Sie nichts an.«

»Wie viel?«

»Viel zu viel.«

»Wie fand die Geldübergabe statt?«, fragte Neundorf.

»Dazu sage ich nichts. Ich möchte die Polizei nicht im Spiel haben, Sie wissen, weshalb.«

»Sie haben keine Angst, dass bald neue Forderungen kommen?«

Carolin Köhler ließ einen ersten Anschein von Unsicherheit erkennen. Sie atmete kräftig durch, rang um eine Antwort. »Natürlich habe ich die.«

»Aber Sie wollen unsere Hilfe trotzdem nicht in Anspruch nehmen.«

»Nein«, antwortete die Frau. »Sie wissen, weshalb. Ich hoffe, dass der Mann sein Wort hält. Mehr kann ich dazu nicht sagen.«

»Aber er verfügt immer noch über die Fotos. Er hat die Originale nicht aus der Hand gegeben. Der wird niemals zufrieden sein.«

»Was soll ich tun? Ich will keine Polizei. Er hat mein Geld erhalten. Ich hoffe, dass er es dabei belässt.«

Neundorf seufzte laut, ließ sich neben ihrer Gesprächspartnerin nieder. Keine zwanzig Meter entfernt schwappte das Wasser des Sees ans Ufer. »Eine ganz andere Frage: Wo waren Sie Samstagabend?«

»Wie bitte?« Carolin Köhler schnappte lauthals nach Luft, schaute fragend auf.

»Vorgestern Abend. Was haben Sie da getan?«

»Was ich da getan habe?«

»Genau.«

»Warum wollen Sie das wissen?«

Neundorf wartete mit ihrer Antwort, weil wieder eine Gruppe junger Männer an ihnen vorbeischlenderte und sie mit neugierigen Blicken bedachte. »Antworten Sie doch einfach auf meine Frage«, erklärte sie dann, als die Passanten außer Reichweite waren.

»Ich war bei unserem Boot«, sagte die Frau. »Wir wollten gestern raus, da musste ich nach dem Rechten sehen.«

»Sie waren allein?«

»Am Samstagabend? Nein«, erklärte Carolin Köhler.

»Wer war bei Ihnen? So zwischen 18 und 22 Uhr?«

»Mein Gott, was soll das? Benötige ich ein Alibi? Und wenn ja, wofür?«

»Das wissen Sie nicht?«

Carolin Köhler verfiel in ein kräftiges, etwas bemüht anmutendes Lachen. »Nein, das weiß ich nicht. Bei der Angelegenheit, derentwegen Sie mich hier aufsuchen, bin ich das Opfer, nicht der Täter, falls Sie das vergessen haben sollten.«

»Sagen Sie mir doch einfach, mit wem Sie Samstagabend zusammen waren.«

Die Frau ließ einen lauten Seufzer hören, zog ihr Handy aus der Tasche, reichte es der Kommissarin. »Hier, die Eins. Fragen Sie ihn selbst.«

27. Kapitel

Die Kamera mitsamt Hesslers Aufnahmen in seiner Hand. Alle Ereignisse unmittelbar vor dem Tod des Mannes, die er bisher nur von recht vagen Zeugenaussagen her gekannt hatte, jetzt deutlich sichtbar vor Augen. Braig hatte eine Weile gebraucht, die überraschende Entwicklung zu verarbeiten.

Tagelang hatten sie versucht, an das Material zu gelangen, hatten ihren Fahndungsapparat auf Hochtouren laufen lassen, Häuser überwacht und die Medien zu Hilfe gerufen – und jetzt war es auf so unverhoffte Weise gelungen, an den Film zu kommen. Er hatte keinen Zweifel, dass Theresa Räuber ihm die Wahrheit über die illegal in Deutschland lebende Frau und die Art und Weise, wie diese an die Kamera gekommen war, mitgeteilt hatte. Die Frau hatte mit dem eigentlichen Geschehen nichts zu tun und war nur durch Zufall in den Besitz des Camcorders geraten. Traumatisiert von dem schrecklichen Verbrechen, das sich direkt vor ihren Augen abgespielt hatte, war sie ohne Überlegung vor der Polizei davongerannt, die Kamera immer noch in der Hand. Sie jetzt noch weiter zu verfolgen, brachte die Ermittlungen nicht einen Millimeter weiter. Einzig und allein der Auswertung des Films mussten sie sich zuwenden, wenn sie vorwärts kommen wollten.

Immerhin stellten die Bilder ein Ergebnis der bisherigen Ermittlungen völlig auf den Kopf: Kulzer, der Hessler nur wenige Wochen vor dessen Tod nachweislich bedroht hatte, war zum Zeitpunkt des Verbrechens in unmittelbarer Nähe des Tatortes. Braig erinnerte sich an das scheinheilige Getue des Politikers, hatte dessen heuchlerische Worte im Ohr, mit denen er sein Verhältnis zu Emilia Widenoff beschrieben hatte. Und dann noch die Lüge mit seinem angeblichen Treffen in Stuttgart. War es möglich, dass der Landrat doch mit dem Geschehen in Aalen zu tun hatte?

Kurz vor 14 Uhr war Braig wieder im Amt angelangt. Noch von unterwegs hatte er Dolde angerufen und ein Treffen vereinbart. Der Techniker erwartete ihn in seinem Labor.

»Ich habe den Film«, erklärte er, die fragende Miene des Kollegen vor Augen. »Die Aufnahmen Hesslers unmittelbar vor seinem Tod.«

Dolde pfiff durch die Zähne. »Glückwunsch. Ihr habt die Illegale gefunden.«

»Die Sache ist kompliziert. Ich erkläre es dir später. Mir geht es um den Film. Bevor ich ihn der Staatsanwaltschaft übergebe, hätte ich gerne eine oder sagen wir sicherheitshalber mehrere Kopien. Und dann habe ich eine Bitte zu seinem Inhalt: Du siehst zwei Männer in einem Auto bei einer Geldübergabe. Kurz darauf eine Frau in Begleitung ihres Liebhabers. Als sie die Kamera bemerken, ergreifen alle drei sofort die Flucht. Unmittelbar danach hört man das Auto des Mörders auf den Mann mit der Kamera zurasen. Ist es möglich, den Typ des Tatfahrzeugs aufgrund der Geräusche zu identifizieren und kann eine der vorher sichtbaren Personen etwas mit diesem Auto zu tun haben?«

»Du meinst, ob einer von ihnen Hessler überfahren haben kann?«

»Genau. Kannst du bitte die zeitliche Abfolge genau überprüfen, ob das möglich ist?«

Dolde versprach ihm, sich sofort darum zu kümmern. »Die Kopien gebe ich dir gleich mit.« Er stülpte sich Plastikhandschuhe über, nahm die Kamera, lief ans andere Ende seines Labors. »Den Camcorder soll ich doch garantiert auf Fingerabdrücke überprüfen, oder?«

»Gerne, ja.« Braig bedankte sich, nahm wenige Minuten später einen Packen DVDs entgegen.

»Hier, die Kopien.«

Er verabschiedete sich von dem Techniker, eilte die Stufen hoch in sein Büro. Der Anrufbeantworter blinkte, der Computer signalisierte den Eingang mehrerer Mails. Braig hörte sich die Gesprächswünsche an, hatte zwei Mal zuerst Marietta Thonaks vorsichtige, im unmittelbaren Anschluss daran Söderhofers umso drängendere Stimme am Ohr.

»Wo bleibt die Identifikation der beiden Frauen?«

Braig studierte die eingegangenen Mails, fand keine grundlegend neue Information. Er lief zum Waschbecken, klatschte sich kaltes Wasser ins Gesicht, trocknete sich mit dem Handtuch sorgsam ab. Dann gab er Söderhofers Nummer ins Telefon ein.

Er begrüßte die Sekretärin, hörte gerade noch ihr: »Ah, Sie, Herr Braig«, als ihr Chef auch schon in der Leitung war.

»14.30 Uhr. Ist die Mittagspause zu Ende?«, brandete es ihm entgegen.

Gänsehaut kroch ihm den Nacken hoch. »Mittagspause?«, konterte Braig. »Ich bin kein Staatsanwalt. Das kann ich mir nicht leisten.«

Söderhofer schien es für einen Moment die Sprache verschlagen zu haben. Erst als Braig zu seinen nächsten Worten ansetzte, hörte er die Reaktion seines Gesprächspartners. »Oha, Braig, was ist heute los mit Ihnen?«

»Wir haben die Kamera.«

»Welche Kamera?«

»Ich weiß nicht, mit welcher Ermittlung Sie gerade beschäftigt sind. Wir hier untersuchen den Tod Herrn Hesslers.«

»Sie haben die Kamera?« Söderhofer schien zu begreifen. »Woher?«

»Woher wir sie haben, ist nicht relevant.«

»Sie haben die Illegale endlich festnehmen können? Das wurde auch höchste ...«

»Entscheidend ist allein der Inhalt des Films.«

»Die Frau muss sofort abgeschoben werden. Ich werde die notwendigen Maßnahmen dazu augenblicklich in die Wege leiten.«

»Immerhin sehen wir jetzt die letzten Sekunden vor Hesslers Ermordung.«

»Der Film ist intakt?«

»Er zeigt zwei Männer bei einer halbseidenen Geldübergabe und die andere Frau, von der wir bisher keine Beschreibung ...«

»Die zweite Frau, die spurlos vom Tatort verschwand?«

»Genau die. Sie ist sehr gut ...«

»Braig, Hände weg. Alles liegen und stehen lassen, in zehn Minuten bin ich bei Ih...« Noch im Verlauf des letzten Wortes hatte er die Verbindung unterbrochen.

Auch das noch. Braig seufzte laut auf. Söderhofer persönlich in seinem Büro. Er ahnte, was das zu bedeuten hatte. Unablässiges Fragen nach der Identität und dem Verbleib der illegalen Frau, nervenaufreibendes Hickhack um die Herkunft des Films.

Braig lief zur Kaffeemaschine, gab Pulver und Wasser ein, schenkte sich eine Tasse voll. Der würzige Duft des schwarzen Gebräus strich angenehm durch den Raum. Er setzte sich vor seinen Schreibtisch, nippte am Kaffee, trank Schluck um Schluck. Die Tasse war noch nicht ganz leer, als Söderhofers raumgreifende Gestalt in sein Büro stürmte. Ein massiger Körper, kein Hals, dafür ein wuchtiger Kopf mit kräftig gegelten Haaren. »Wuchtbrumme mit fünfzehn Brettern vor dem hohlen Schädel«, Neundorfs Charakterisierung traf die Sache auf den Punkt.

»Wo ist die Illegale?«, keuchte er.

Braig stellte seine Tasse zurück, versuchte freundlich zu bleiben. »Einen wunderschönen guten Tag erst Mal, Herr Staatsanwalt«, sagte er.

»Sie haben die Frau vernommen?«

»Es geht um den Film«, konterte Braig. »Ich nehme an, Sie wollen ihn sehen?«

»Und direkt im Anschluss leite ich die Ausweisung der Frau in die Wege. Sobald ich sie persönlich verhört habe. Diese illegalen Schmarotzer. Ich hoffe, Sie haben sie herschaffen lassen.«

»Wollen Sie den Film jetzt sehen oder nicht?« Braig bat den Mann, Platz zu nehmen, legte die DVD in den Player, schaltete den Bildschirm ein. Der Stuhl ächzte und knarzte, als sein Besucher sich darauf niederließ.

»Diese andere Frau, die spurlos verschwand, ist gut zu erkennen?«

»Das erwähnte ich doch schon. Recht gut, ja.«

»Dann leiten wir ihr Bild sofort an die Medien weiter und geben es in die Fahndung. Jetzt gleich im Anschluss, haben Sie verstanden?«

»Gleich im Anschluss, jawohl.« Braig sah, dass das Gerät betriebsbereit war. Er drückte auf *Play*, nahm seine Tasse, lief zum Waschbecken. »Darf ich Ihnen einen Kaffee anbieten?«

Söderhofer reagierte nicht, starrte nur auf den Bildschirm.

Die hell erleuchteten Gebäude der Thermen, die dunkle Limousine, die beiden Männer im Fond.

»Ah, der Herr Kohlscheid«, kommentierte Söderhofer. »Was macht der da?«

Braig wandte überrascht seinen Blick von der Kaffeemaschine, schaute zum Bildschirm. »Kohlscheid? Die Firma, die Brücken baut?«

»Genau«, meinte der Staatsanwalt. »Geld. Er hat mehrere Euroscheine. Wem gibt er die?«

»Sie kennen ihn nicht?« Braig konnte seine Häme nicht verbergen. »Das ist der Herr Landrat Kulzer, der da gerade einen Teil des Bestechungsgeldes des Brückenbauers entgegennimmt. Schließlich hat er ja mit Millionen von Steuergeldern die völlig unnötige Brücke errichten lassen.« Er sah, wie Söderhofer betroffen zusammenzuckte. Das passte ihm nicht in den Kram. Der feine Politiker, bei der Geldübergabe ertappt. Monatelang hatte er gelogen, seine politischen Gegner der infamen Hetze beschuldigt – und jetzt tauchte da plötzlich dieser Film auf …

Braig schenkte sich Kaffee nach, hörte das entsetzte Stöhnen seines Besuchers. Söderhofer wand sich auf dem Stuhl hin und her, schien in ihn hineinkriechen zu wollen, winselte wie ein schwer verletztes Tier. Der Film war am Ende, nur noch Flimmern auf dem Bildschirm.

Braig nahm seine Tasse, lief zu seinem Schreibtisch zurück. »Haben Sie die Frau gesehen?«

Der Staatsanwalt winkte nur ab. Bleich wie eine weiße Leinwand erhob er sich von dem Stuhl, wies auf den Monitor. »Der Film«, stieß er hervor. »Her damit!«

Braig wunderte sich über die Reaktion, holte die DVD aus dem Gerät.

»Die Fahndung sofort einstellen«, murmelte Söderhofer ungewohnt kraftlos. »Ab sofort nichts mehr an die Presse, nichts, hören Sie?«

»Sie wollen nicht …«

»Nichts an die Öffentlichkeit, Braig, ist das klar? Bei der Gesundheit Ihrer Söhne, das darf nicht an die Medien!«

28. Kapitel

Fahrten in die Bodensee-Region, sei es nach Konstanz, Radolfzell, Überlingen oder Friedrichshafen, hatte Neundorf bisher fast immer mit Urlaub oder erholsamen Wochenendtrips in Verbindung gebracht. Das Vergnügen, nach kurzer Anreise im See zu baden, eine Schiffs- oder Bootstour zu unternehmen oder einfach das beeindruckende Panorama der Schweizer Bergwelt auf sich wirken zu lassen, hatte sie in den vergangenen Jahren in den Frühlings- und Sommermonaten mehrfach genossen. Dass es ihr unmittelbar mit dem Beginn ihres Wiedereinstiegs in die seit mehr als eineinhalb Jahrzehnten ausgeübte Ermittlertätigkeit beruflich auferlegt werden würde, die allseits beliebte Region mehrfach aufzusuchen, hatte sie sich in den kühnsten Träumen nicht ausgemalt.

Schon die erste Tour nach Friedrichshafen war allerdings weitaus enttäuschender verlaufen, als sie erhofft hatte. In ihrem Bemühen, den Mörder Fred Stiegelmaiers zu finden, war sie in keiner Weise weitergekommen. So sehr sie auf dem Rückweg über die Worte Carolin Köhlers nachgedacht hatte, sie war nicht recht schlau daraus geworden. Die Frau hatte selbst zugegeben, es nicht bei der Rolle des Opfers des Erpressers belassen zu haben. Carolin Köhler hatte versucht, den Mann zu identifizieren, war aber angeblich an dessen gefälschtem Ausweis gescheitert. Ihr war nichts anderes geblieben, als die finanziellen Forderungen des Mannes zu erfüllen. Sie, die beruflich offenbar so durchsetzungsfähige und erfolgreiche Managerin, die es bereits in ihrem noch relativ jungen Alter in den Vorstand einer großen Bank geschafft hatte, sollte sich letztendlich doch damit abgefunden haben, nur einen passiven Part zu spielen und dem hinterhältigen

Verbrecher die aktive Rolle zu überlassen? Neundorf hatte Mühe, das zu akzeptieren.

Dass sie für den Samstagabend ein Alibi aufzuweisen hatte, musste nichts heißen. Neundorf war im Anschluss an ihr Gespräch mit Carolin Köhler bei Ulrich Balkes vorstellig geworden. Der Mann arbeitete in einer gehobenen Position bei der Stadtverwaltung und hatte das Alibi der Frau persönlich bestätigt. Was immer das heißen mochte. »Ein guter Freund der Familie«, hatte ihn Carolin Köhler vorgestellt, »technisch sehr versiert. Segeln ist sein Hobby, er half mir, das Boot auf Vordermann zu bringen.«

Selbst wenn man bereit war, das Alibi des guten Freundes der Familie zu akzeptieren, wer garantierte, dass die erfolgreiche Managerin nicht eine andere Person, vielleicht einen anderen guten Freund der Familie mit dem beauftragt hatte, was am Samstagabend unterhalb der Grabkapelle am Rand Untertürkheims geschehen war?

Neundorf hatte fast die gesamte Rückfahrt damit verbracht, sich die Aussagen Carolin Köhlers wie auch das selbstbewusste Auftreten der Frau wieder und wieder durch den Kopf gehen zu lassen. Irgendwie passte das nicht zusammen. Lag es an ihrer persönlichen Situation, dass sie zu keiner klaren Beurteilung der Managerin fand? Hatte sie durch die elf Monate währende partielle berufliche Abstinenz die Fähigkeit eingebüßt, ihren ermittlungsbedingten Anforderungen gerecht zu werden?

Mitten in ihren selbstkritischen Überlegungen hatte sie den Signalton ihres Handys vernommen. Überrascht hatte sie das Display studiert, eine Nummer des Amtes als Absender erkannt.

»I hans gfunde«, war Rössle ohne jede Begrüßung vorstellig geworden. »Jetzt grad in dem Moment. Und scho han i den Telefonhörer in der Hand.«

»Um was geht es?«, hatte sie sich leicht irritiert erkundigt.

»Um was es geht? Hano, alle Idiote von Sindelfinge, um was wohl?«

Sie hatte nicht reagiert, stattdessen auf seine Erklärung gewartet.

»Die Name und die Adresse von dene Nackede, was denn sonscht?«

»Ach so.« Endlich hatte sie seine Andeutungen begriffen.

»Ja ja, achso. So eifach war des net. Soll i davo afange, wie i die gfunde han? Ach was, do sitzet mir morge Abend noch am Apparat. Hauptsach, i han die Name von dene Nackede entdeckt.«

»Ich war gerade völlig in Gedanken, du musst entschuldigen.«

»Hano ja, isch ja scho gut. Die drei Fraue heißet Tanja Geible, Carolin Köhler und Rebekka Fromm. An die sind diese Geldforderunge jedenfalls adressiert. Welche Nackede des jeweils isch, han i net rausgfunde. Aber des isch ja au net wichtig. Die wisset scho selbscht, welche Körblegröße sie hent. Wichtig sind aber die Adresse von dene Fraue.«

»Nämlich?«

»Nur langsam, Frau Professora. Die Geible wohnt in Schwäbisch Hall und die zwei andere Fraue in Friedrichshafen.«

»Wie bitte?«, hatte Neundorf ihren Kollegen überrascht unterbrochen. »Diese Frau Fromm wohnt ebenfalls in Friedrichshafen am Bodensee?«

»Jedenfalls wie i des hier seh, ja. Die Erpresserbriefe sind an eine Rebekka Fromm in Friedrichshafen adressiert.«

»So ein Mist! Hätte ich das früher gewusst ...«

»Hano, also verehrte Frau Professora, au mir schießet nur mit Pulver. Schneller als die Feuerwehr ...«

»Verzeihung, ja. Das war keine Kritik an dir. Aber ich habe mich heute den ganzen Mittag dort aufgehalten und sitze gerade im Zug zurück.«

»Das tut mir leid. Aber so läuft's halt manchmal.«

Sie hatte sich die Adressen der Frauen notiert und von Rössle die Zusicherung erhalten, dass er sich weiter um die Auswertung der in Stiegelmaiers Wohnung entdeckten Unterlagen kümmern würde, war dann in ihr Büro gegangen, um der Staatsanwaltschaft eine Zusammenfassung ihrer Ermittlungen zu mailen.

Rebekka Fromm wirkte nicht gerade wie das blühende Leben, als Neundorf ihr am nächsten Mittag kurz vor elf Uhr gegenüberstand. Sie hatte die Frau am frühen Morgen telefonisch zu erreichen versucht, sich dabei aber nur mit der mürrischen Stimme des Ehemannes konfrontiert gesehen.

»Meine Frau? Wozu wollen Sie meine Frau sprechen?«, hatte er gepoltert. »Rebekka ist krank. Sie braucht ihre Ruhe.«

Erst nach mühseligem Hin und Her, während dem sie sich vage über polizeiliche Ermittlungen im Umfeld eines Unfalls in der Friedrichshafener Innenstadt ausgelassen hatte, war der Mann bereit gewesen, ihren Besuch zu akzeptieren. Sie hatte im Amt Bescheid gegeben, war eine Stunde früher als am Vortag gefahren.

»Sie sind von der Polizei und haben heute Morgen angerufen?«

Neundorf zog ihren Ausweis, stellte sich vor. Die Frau vor ihr war von ausgeprägten Schattenringen um die Augen gezeichnet; die eingefallenen Wangen ließen darauf schließen, dass sie in den letzten Wochen nicht gerade üppigen Mahlzeiten zugesprochen hatte. Gekleidet war sie dagegen sehr adrett; eine geblümte, folkloristisch anmutende Bluse, ein langer, weiter Rock, bequeme farbige Slipper an den Füßen. Neundorf sah, dass sie ihre kurzen, blonden Haare frisch gewaschen hatte, schätzte die Frau auf Anfang, Mitte vierzig. Wollte sie mit ihrer betont lebensfrohen Aufmachung von ihren psychischen Problemen ablenken?

»Mein Mann erzählte etwas von einem Unfall in der Stadt. Was habe ich damit zu tun?«

»Könnten wir in Ruhe unter vier Augen miteinander sprechen?«

Rebekka Fromm zögerte einen Moment, bat die Besucherin dann ins Haus. Eine breite, helle Diele, mehrere offene Türen, eine schmale Holztreppe ins Obergeschoss. Neundorf folgte der Frau in einen großen mit einem hellen Berberteppich ausgelegten Raum, nahm ihr gegenüber auf der weiträumigen Polstergarnitur Platz. Zeitungs- und Zeitschriftenstapel sowie einige Bücher lagen auf der Tischplatte.

»Möchten Sie gerne etwas trinken?«

Neundorf schüttelte den Kopf, war darum bemüht, möglichst schnell zum Thema zu kommen. »Ihr Mann arbeitet?«

Rebekka Fromm nickte. »Bei MTU, ja.«

»Dann sind wir im Moment ungestört.«

»Leonie kommt erst nach vier aus der Schule, ja.«

»Das mit dem Unfall war vorgeschoben«, bekannte Neundorf. »Es geht um die Fotos.« Sie hatte das letzte Wort noch nicht vollendet, als ihr Gegenüber auch schon reagierte.

Rebekka Fromm warf den Kopf nach unten, schlug sich die Hände vors Gesicht. »Oh, mein Gott, nein. Hört das denn nie auf?« Ihre Stimme erstarb unter leisem Schluchzen.

»Doch«, sagte Neundorf. »Das hört auf.« Sie wartete, bis die Frau wieder zu sich kam, wusste augenblicklich, woher deren angespannter Gesundheitszustand rührte.

Rebekka Fromm richtete sich langsam auf, sah unsicher zu ihr her. »Was wollen Sie?«, fragte sie.

»Sie brauchen keine Angst zu haben, Ihr Mann wird nichts davon erfahren. Von uns jedenfalls nicht.«

»Wie bitte?« Ihr Gegenüber sprang vom Sofa, starrte wie von einer Tarantel gebissen mit verzerrter Miene zu ihr her. »Mein Mann?« Sie riss ihre Arme in die Höhe, schnappte nach Luft.

»Er weiß Bescheid?«, fragte Neundorf vorsichtig.

»Mein Mann?« Rebekka Fromms Stimme drohte sich zu überschlagen. Sie winkte heftig ab, wandte sich zur Seite. »Wer weiß denn *nicht* Bescheid?«, rief sie dann plötzlich, so laut, dass Neundorf instinktiv die Ohren unter ihren Händen verbarg. »Wer?«

Da war ziemlich viel schiefgegangen, ahnte die Kommissarin. Was dieser ruchlose Erpresser, dessen Mörder sie hinterher war, mit seinen hinterhältigen Fotos angerichtet hatte ... War der Kerl es wirklich wert, dass sie sich diese Mühe machte?

»Dabei haben wir doch bezahlt! Alles, was er wollte.« Rebekka Fromm hatte sich unmittelbar vor ihr aufgebaut, starrte mit tränenverschleiertem Gesicht zu ihr herunter.

»Wie viel?«, fragte Neundorf.

Die Frau benötigte ein paar Sekunden, fand dann wieder zu sich. »10.000«, gab sie zur Antwort. »Euro.«

»Ohne Polizei.«

»Ohne. Er drohte ...« Sie verstummte, begann heftig zu schluchzen.

»Er drohte, die Fotos ins Internet zu stellen, wenn Sie die Polizei einschalten, richtig?«

Rebekka Fromm kramte nervös in der Tischschublade nach einem Papiertaschentuch, schnäuzte sich. Sie zerknüllte das Tuch, behielt es in der Hand, ballte sie zur Faust. »Wir haben uns genau daran gehalten. Wir haben alles gemacht, was er wollte, und das Geld bezahlt. Warum hat er die Fotos dann trotzdem ...« Die Worte erstarben in ihrem Hals. Sie starrte mit glasigen Augen zu ihrer Besucherin.

Neundorf hatte Mühe, zu begreifen. »Sie haben seine Forderungen genau erfüllt?«

»10.000«, erklärte die Frau. »Er wollte 10.000 Euro. Er dirigierte mich abends in einen Zug, ließ es mich aus dem Fenster werfen. Kurz vor Ravensburg.«

»Und dann?«

»Und dann?« Rebekka Fromm schnappte nach Luft, begann heftig zu husten.

Neundorf versuchte, sie zu beruhigen. »Bitte, Frau Fromm, ich möchte Ihnen helfen. Nehmen Sie doch bitte wieder Platz.«

»Mir helfen? Mir ist nicht mehr zu helfen. Der hat mir doch alles zerstört!« Die Frau winkte mit ihrer Rechten ab, lief dann wieder zum Sofa, setzte sich.

»Was war, nachdem Sie das Geld bezahlt hatten?«

Rebekka Fromm zog die Nase hoch. »Die Aufsichtsräte. Plötzlich hatten sie die Bilder.«

»Welche Aufsichtsräte?«

»Die von meiner Bank natürlich!«

Neundorf schaute elektrisiert auf. »Von welcher Bank?«

Rebekka Fromm nannte den Namen des Instituts.

»*Die* Bank?«, fragte die Kommissarin. Dieselbe, in der Carolin Köhler gerade in den Vorstand aufgerückt war, wie sie ihr gestern erzählt hatte.

»Ich war schon zum Vorstand ernannt, sollte den Posten drei Tage später antreten.«

»Und genau in dem Moment tauchten plötzlich die Fotos auf?«

»Das sage ich doch!«, schrie die Frau. Erneut schossen Tränen aus ihren Augen.

Neundorf wartete mehrere Sekunden, spürte, wie es in ihrem Kopf rumorte. War das wirklich nur Zufall? »Daraufhin wurde Ihre Ernennung wieder rückgängig gemacht?«

Ihr Gegenüber signalisierte wortlos Zustimmung.

»Stattdessen trat Frau Köhler an Ihre Stelle.«

Rebekka Fromm starrte erstaunt zu ihr her. »Sie kennen sie?«

Neundorf nickte. »Hatte sich Frau Köhler nicht für den Posten beworben?«

»Die?« Rebekka Fromm lachte hysterisch. »Wer denn sonst? Die lauert doch schon seit Jahren darauf. Was glauben Sie, wie oft sie mich schon auszubooten versuchte?«

»Sie waren Kolleginnen?«

»So nennt man das wohl, ja. Mit der Realität hat das allerdings nichts zu tun.«

»Sondern?«

»Fragen Sie meinen Mann. Er hat alles mitbekommen.«

»Seit wann weiß er von den Fotos?«

Die Frau warf ihre Hände in die Höhe. »An dem Tag, als der Brief kam. Ich habe ihm das Zeug sofort gezeigt.«

»Sie haben ihm ...« Neundorf schüttelte den Kopf. »Hatte er das Kuvert geöffnet?«

»Nein, ich habe es geöffnet. Abends, als ich aus der Bank kam. Ich wollte nicht glauben, was ich da sah, schob es ihm zu.«

Die Kommissarin musterte ihre Gesprächspartnerin überrascht. »Sie müssen außergewöhnlich viel Vertrauen zueinander haben.«

»Wir sind verheiratet, was ist da so außergewöhnlich?«

»Na ja«, Neundorf wusste nicht, wie sie sich ausdrücken sollte, »also, ich denke, nicht jeder Partner wird da so verständnisvoll reagieren.«

»Wenn dem anderen Gewalt angetan wird?«

»Wie meinen Sie das? In welcher Situation sind die Fotos entstanden? Ein One-Night-Stand in einem Hotel. Oder?«

»Sie meinen, ich hätte freiwillig ... Mein Gott, was denken Sie von mir?«

Neundorf holte tief Luft, versuchte, ihre Worte vorsichtig zu formulieren. »Sie wissen aber schon, wann die Fotos aufgenommen wurden.«

»Bei einer geschäftlichen Feier. Oder besser natürlich, danach. Uns war es gelungen, zwei große Aufträge an Land zu ziehen. Meinen Leuten und mir. Etwas überraschend, wir hatten eigentlich kaum Chancen. Das wollten wir feiern, den Tag der Unterschrift entsprechend ausklingen lassen, in einem Hotel in Frankfurt, wo auch der Kunde sitzt. Wir aßen und tranken, zugegeben, etwas viel, aber wir mussten ja nicht mehr fahren. Nur noch ins gebuchte Zimmer, das war ja nicht die Welt. Dann wurde mir plötzlich schlecht und sie brachten mich hoch. Mehr kann ich Ihnen nicht sagen. Ich weiß nur, dass es in der Nacht passiert sein muss, weil ich nur damals die Haare so trug wie auf den …« Sie verstummte, schluckte leise.

»Sie hatten nur damals die Frisur wie auf den Fotos.«

Rebekka Fromm nickte.

»Wer war bei dieser Feier anwesend?«, erkundigte sich Neundorf.

»Na ja, zwei meiner Kollegen. Meine Sachbearbeiter, die mir zugeteilt sind. Aber die können es nicht gewesen sein. Unmöglich. Es kommt nur ein anderer dafür infrage.«

»Von wem sprechen Sie?«

»Na ja, wir waren kurz davor, uns voneinander zu verabschieden, da setzte sich ein junger Mann zu uns. Ich war schon ziemlich müde und wollte in mein Zimmer, aber der Mann … Ja, er wirkte irgendwie so einsam und dann erzählte er, er sei allein auf Geschäftstour und da dachte ich, ein Glas … Er war sehr charmant und, hm, ja, bildhübsch.«

»War es vielleicht der hier?« Neundorf zog ihr Handy vor, holte das Bild Stiegelmaiers auf das Display, zeigte es ihrer Gesprächspartnerin.

»Ja, genau, das ist er. Manu, so war sein Name. Er setzte sich zu mir und dann tranken wir noch ein Glas zusammen. Und dann …«

»Ihre Kollegen waren ebenfalls dabei?«

Die Frau überlegte einen Moment, schüttelte dann den Kopf. »Nein, die gingen dann. Beide.«

»Und Sie?«

»Hm, ich weiß es nicht mehr so genau«, erklärte Rebekka Fromm. Sie legte ihre Stirn in Falten, versuchte, sich zu erinnern. »Ich wurde plötzlich total müde und irgendwie war mir auch schlecht ...«

»Nachdem Sie mit diesem Mann noch ein Glas getrunken hatten?«

»Einen Cocktail, ja.«

»Und dann?«

»Ja, ich weiß nur noch, dass ich zu meinem Zimmer ging. Das heißt, er, dieser junge Mann hat mich ein Stück begleitet.«

»Ein Stück?«

Die Frau stöhnte leise auf. »Ich weiß es nicht, Ehrenwort, ich kann mich nicht mehr daran erinnern, wie ich in mein Zimmer kam.«

»Ja, dann ist wohl alles klar«, sagte Neundorf. »K.O.-Tropfen. Dieser Manu hat sie Ihnen verabreicht und sie dann in Ihr oder in sein Zimmer gebracht. Und dort entstanden die Fotos.«

»K.O.-Tropfen?«

»Aber warum haben Sie nicht die Polizei eingeschaltet?«

Rebekka Fromm schüttelte den Kopf. »Ich wollte doch in den Vorstand der Bank. Da ist jede negative Publicity tödlich. Ich konnte mich nicht an Sie oder Ihre Kollegen wenden, wenn das an die Öffentlichkeit gelangt wäre ... Deshalb haben wir ja auch bezahlt. Und damit, so glaubten wir, wäre die Sache erledigt. Dabei ging es dann erst richtig los!«

29. Kapitel

Söderhofer zu erreichen war Braig weder am späten Montag noch im Verlauf des Dienstagvormittag geglückt, er hatte es mehrfach versucht.

»Er war kurz im Büro, ist aber ohne ein einziges Wort zu sagen sofort wieder verschwunden. Seit er gestern Mittag bei Ihnen war, ist er wie verändert«, erklärte Marietta Thonak. »Was haben Sie mit ihm gemacht?«

Braig musste grinsen. »Wir haben uns den Film angeschaut. Den aus Hesslers Kamera, den der Mann unmittelbar vor seinem Tod drehte.«

»Das muss ihn sehr beeindruckt haben.«

»Allerdings. Er durfte mit eigenen Augen zusehen, wie Seine Heiligkeit, der Herr Landrat, Bestechungsgeld kassiert. Was der jahrelang bestritten und als Hetze der politischen Gegner abgetan hat. Einer der Allmächtigen in diesem Ländle. Der Herr Staatsanwalt verbot mir natürlich augenblicklich, die Bilder für die Medien freizugeben. Die Machenschaften seines Parteifreundes müssen verborgen bleiben.«

»Ich hoffe nur, Sie lassen sich das nicht gefallen?«

»Was wollen Sie hören?« Dass er eine Kopie des Films an Thomas Weiss, den Lebensgefährten Neundorfs, der als Journalist tätig war, weitergegeben hatte, wollte er hier am Telefon nicht öffentlich äußern. Er kannte Weiss gut genug, um zu wissen, dass der dafür sorgen würde, dass das Foto mit der Geldübergabe im Fond des Wagens bald auf den Titelseiten zumindest der kritischen Zeitungen zu sehen sein würde. »Immerhin habe ich mir erlaubt, die Fahndung nach der illegal in Deutschland lebenden Frau auszusetzen. Die benötigt Hilfe, keine polizeiliche Verfolgung. Außerdem habe ich

Frau Widenoff, die von Kulzer misshandelt wurde, ermuntert, Strafanzeige gegen den Mann zu stellen. Das wird sie umgehend tun. Spätestens dann wird der Herr Landrat in die Schlagzeilen kommen. Auf eine Weise, die er sich selbst verdient hat.«

»Das ist gut. So langsam verstehe ich jetzt auch, weshalb mein Herr Chef es vorgezogen hat, vorerst auf Tauchstation zu gehen.«

»Hoffen wir, dass er dort möglichst lange bleibt.« Braig verabschiedete sich von seiner Gesprächspartnerin, mailte ihr dann die Information, die er von Dolde erhalten hatte.

»Ich muss dich enttäuschen«, hatte ihm der Techniker zuvor erklärt. »Der Film liefert dir leider nicht den Täter. Du musst weiter suchen. Wir können definitiv ausschließen, dass eine der dort sichtbaren Personen in dem Tatfahrzeug saß. Die Geräusche überlagern sich. Das ist eindeutig, tut mir leid. Und was den Wagen des Täters anbelangt, den wir nur akustisch mitbekommen: Mit neunzigprozentiger Sicherheit ist es ein mittlerer oder großer Daimler.«

Braig zeigte sich über das Ergebnis der Untersuchungen Doldes nicht sonderlich enttäuscht. Dass Kulzer oder Kohlscheid Hessler überfahren hatten, um die filmische Dokumentation ihrer Geldübergabe zu verhindern, war ihm von Anfang an unwahrscheinlich vorgekommen. Warum hatten sie dann nicht auch versucht, in den Besitz der Kamera zu gelangen? Angesichts der schreienden, traumatisierten Frau wäre das sicher ein Leichtes gewesen.

Gleiches galt für das heftig miteinander flirtende Paar. Auch sie hätten die Gelegenheit gehabt, der schreienden Frau die Kamera zu entreißen, hatten sich aber mit der Flucht begnügt. Nein, der Täter war auf dem Film nicht zu sehen, so schön das für die Arbeit der Ermittler auch gewesen wäre. Sie mussten in einem anderen Umfeld weiter nach ihm suchen.

Braig hatte diese Konsequenz der Untersuchungen Doldes gerade vergegenwärtigt, als Aupperle in sein Büro gestürmt kam. Mit hektischen Bewegungen und aufgeregter Mimik.

»Du musst entschuldigen, wenn ich gerade so hereinplatze, aber das kann ich nicht länger für mich behalten! Warum haben wir das nicht früher bemerkt?«

»Um was geht es?«

»Wo ist Katrin? Ich versuche sie die ganze Zeit zu erreichen, lande aber immer nur auf ihrer Mailbox.«

»Keine Ahnung. Soweit ich weiß, wurde sie schon am Samstag mit einer Ermittlung beauftragt, obwohl sie offiziell erst gestern wieder anfangen sollte. Nächsten Freitag will sie ihren Einstand feiern.«

»Ja ja, das ist mir alles bekannt. Sie untersucht den Tod eines Mannes, der am Samstagabend am Rand von Untertürkheim überfahren wurde. Er soll Frauen in Hotels angemacht und dann die Nacht mit ihnen verbracht haben.«

»Woher weißt du das?«

»Aus Katrins Protokoll. Das ist aber nicht alles. Der Typ machte seine Liebesnächte nämlich zu Geld.«

»Als Callboy?«, fragte Braig.

»Auf das läuft es im Endeffekt wohl raus. Ich glaube aber nicht, dass die beteiligten Frauen mit dieser Wortwahl einverstanden wären. Er hat sie nämlich gezwungen zu zahlen.«

»Mit welcher Methode?«

»Er nahm die Liebesnächte auf. Mit verborgenen Kameras.«

»Oh nein. Und erpresste dann die Frauen?«

»Genau. Und jetzt wurde er überfahren.«

»Na ja, dann dürfte es nicht allzu schwer fallen, herauszufinden, wo man nach dem Täter oder besser: der Täterin suchen muss.«

»Genau damit wird Katrin wohl beschäftigt sein, nehme ich an. Rössle hat die erpressten Frauen nämlich identifizieren können, wie ich in dem Protokoll gelesen habe. Vielleicht ist sie aber trotzdem auf der falschen Spur«, meinte Aupperle.

»Wieso?«

»Weil ich vorhin etwas entdeckt habe.«

»Und das wäre?«

»Der Erpresser, der am Rand von Untertürkheim überfahren wurde, heißt Fred Stiegelmaier.«

»Stiegelmaier?«

»Ich habe die Telefonnummern und die Adressen überprüft. Er ist identisch mit dem Stiegelmaier, mit dem unser Hessler kurz vor seinem Tod telefonierte. Du erinnerst dich?«

»Wie bitte?« Braig war von seinem Stuhl aufgesprungen, musterte überrascht seinen Kollegen. »Unser Opfer unterhielt sich kurz vor seinem Tod mit diesem Ermordeten von Untertürkheim?«

»Genau das«, erklärte Aupperle mit triumphierender Pose. »Und kurz zuvor hatte er es vergeblich bei der Firma Stiegelmaier und Hessler versucht.«

»Du bist dir absolut sicher, dass es sich genau um diesen ...«

»Für was hältst du mich?« Aupperle fuchtelte entrüstet durch die Luft. »Nummern und Adressen sind komplett identisch. Da gibt es überhaupt keinen Zweifel.«

»Stiegelmaier und Hessler. Der eine stirbt am Mittwoch und der andere am Samstag. Beide auf die gleiche Weise. Wurde in Untertürkheim ein verdächtiges Fahrzeug beobachtet?«

»In Katrins Protokoll steht etwas von einem dicken Daimler.«

»Genau wie bei uns. Dolde hat den Wagen akustisch zugeordnet. Das ist kein Zufall. Wir müssen sofort mit Katrin sprechen. Unsere Fälle haben miteinander zu tun.«

»Das sage ich doch. Aber sie ist nicht zu erreichen. Was weiß ich, wo sie steckt.«

»Was ist mit der Firma, die die beiden Männer gemeinsam betrieben? Hast du die schon überprüft?«

»Ja, gemeinsam mit Jacqui. Das ist keine richtige Firma. Eher so ein gemeinsamer Spleen der beiden. Die Firma hat ihre Adresse in Ludwigsburg. Ich war gestern dort, nachdem wir die Telefonverbindungen Hesslers aufgedeckt hatten. Die haben einfach die Wohnung und die Telefonnummer von Stiegelmaiers Mutter als Firmenadresse benutzt.«

»Stiegelmaiers Mutter? Du hast mit der Frau gesprochen?«

Aupperle nickte. »Ja, die bot mir sofort Kaffee an. Eine nette Dame, etwas vereinsamt, wie ältere Leute es manchmal sind. Ihr Sohn besuche sie jede Woche, erzählte sie, meistens mittwochs. Die laberte so begeistert von ihm, also ich weiß nicht …«

»Was meinst du?«

»Na ja, irgendwie … Ich wusste ja gestern nicht, dass der Typ, also ihr Sohn, am Samstagabend ermordet worden war. Für mich ging es darum, die Firma zu finden, an der Hessler beteiligt war. Aber die Frau …«

»Du glaubst, man hat vergessen, sie zu informieren, was mit ihrem Sohn geschehen ist?«

»Ja, also ich hatte nicht den Eindruck, dass sie Bescheid wusste, wirklich nicht. Die erzählte ganz begeistert von ihm und seiner Tätigkeit als Fotograf und Journalist und den Reisen, die er in dem Zusammenhang unternimmt.«

»In dem Zusammenhang?«

»Ja, als Fotograf, der öfter mit Journalisten unterwegs ist, um Stories zu recherchieren und sie mit Fotos zu unterlegen, so habe ich das verstanden. Hessler sei einer dieser Typen. Mit ihm sei er gelegentlich auf Tour.«

»Wo zum Beispiel?«

»Keine Ahnung. Das wusste sie auch nicht. Stiegelmaier wollte es nicht immer erzählen. Irgendwie sei es ihm nicht so recht, wenn sie darüber Bescheid wisse.«

»Wer weiß, was die in Wirklichkeit trieben. Saufereien oder Sextouren wahrscheinlich. Und um ja keine falschen Gedanken aufkommen zu lassen, umschrieben sie das als journalistische Arbeit.«

»Wenn du meinst.«

»Aber Hessler war ab und an dabei?«, vergewisserte sich Braig.

»Das erzählte sie, ja. Und anschließend, wenn sie wieder zurück waren, saßen sie oft im Zimmer ihres Sohnes und arbeiteten gemeinsam am Computer.«

»Du hast dir das Zimmer zeigen lassen?«

»Das Zimmer ihres Sohnes, nein.« Aupperle schüttelte den Kopf. »Du glaubst, da wäre was zu holen?«

»Na ja, jetzt, wo wir wissen, dass beide ermordet wurden ...«

»Sie erzählte mir was von seinem Schrank. Sein Heiligtum nannte sie den, das immer abgeschlossen sei. Fred habe ihr aufgetragen, ganz besonders auf den Inhalt aufzupassen und ihn niemandem zu zeigen ...« Aupperle stockte mitten im Satz. »Lauter Computerkram sei da drin. Ergebnisse seiner Arbeit.«

»Du hast ihn nicht überprüft?«

»Ich wusste doch nicht, dass der Mann ebenfalls ermordet wurde. Ich dachte, der lebt ... Aber jetzt ...«

»Du fährst sofort wieder hin und bringst alles her. Wo wohnt die Frau?«

»In Ludwigsburg. In Schlößlesfeld nicht weit von der Schule.«

»Gut. Dann machst du dich gleich auf den Weg. Und ich versuche derweil, Katrin zu erreichen. Irgendjemand wird doch wissen, wo sie sich aufhält.«

30. Kapitel

Sonne, blauer Himmel, das Panorama der Schweizer Berge über dem See, dazu spätsommerlich warme Temperaturen – Neundorf war an diesem Mittag für keine dieser Verlockungen zugänglich. So attraktiv das Umfeld auch war, in dem sie sich gerade bewegte, Rebekka Fromms Aussagen, ja ihr gesamtes Auftreten hatten sie aufgewühlt und in einen Zustand heilloser Verwirrung gestürzt. Der Bankerin war ohne Zweifel übel mitgespielt worden, weitaus schlimmer als ihrer Kollegin – aber so sehr Neundorf auch danach suchte, das Geschehen in den Zusammenhang mit Stiegelmaiers kriminellen Machenschaften einzuordnen, es wollte ihr nicht gelingen.

Fast die gesamten zweieinhalb Stunden der Rückfahrt nach Stuttgart war sie damit beschäftigt, Ordnung in ihre wirren Gedanken zu bringen – ein plausibler Grund, weshalb der Erpresser die Fotos veröffentlicht beziehungsweise den Aufsichtsräten der Bank hatte zukommen lassen, obwohl Rebekka Fromm die geforderte Summe vollständig bezahlt hatte, wollte ihr nicht einfallen. Was Stiegelmaier dazu veranlasst, warum er sein willfähriges, keinerlei Widerstand leistendes Opfer derart ans Messer geliefert hatte, war ihr nicht ersichtlich.

Was Neundorf zudem zu schaffen machte, war die Art und Weise, wie der Mann an die Nacktfotos Rebekka Fromms gekommen war. Weshalb hatte er sich in ihrem Fall von Anfang an brutaler Gewalt bedient? Warum hatte der – den Bildern und auch den Beschreibungen der beiden Frauen nach – so smarte, blendend aussehende und äußerst charmant auftretende junge Mann bei Rebekka Fromm zu K.O.-

Tropfen gegriffen, um sich die Frau gefügig zu machen, wo er doch sonst so viel angenehmer zu seinem Ziel kam? Diese primitive Art der Gewalt passte nicht zu seinem übrigen Verhalten. Weshalb war er bei Rebekka Fromm dazu übergegangen? Weil sie sich freiwillig nicht hatte verführen lassen?

Neundorf ließ ihr Handy ausgeschaltet, um sich ungestört der Grübelei über das seltsame Vorgehen Stiegelmaiers hinzugeben. Je länger sie darüber nachdachte, desto klarer wurde ihr die Notwendigkeit, eine Frage in den Mittelpunkt ihrer Nachforschungen zu stellen, die sie bisher vernachlässigt hatte: Wer profitierte von den Gewaltakten, die Rebekka Fromm angetan worden waren?

Jetzt eröffnete sich plötzlich ein neuer Gesichtspunkt: Nicht nur Fred Stiegelmaier hatte Nutzen aus seinen kriminellen Taten gezogen, sondern eine weitere Person: Carolin Köhler. Sie, die bankinterne Konkurrentin um den Vorstandsposten, war beruflich erst in dem Moment zum Zug gekommen, als die kompromittierenden Fotos Rebekka Fromms bei den Mitgliedern des Aufsichtsrates aufgetaucht waren. Ihr Karrieresprung basierte auf dem unverhofften Elend ihrer Mitbewerberin. Hatte die Frau auf irgendeine Art und Weise bei der ganzen Affäre mitgemischt?

Neundorf versuchte, sich das Gespräch mit Carolin Köhler vom Vortag zu vergegenwärtigen. Sie war sich über die Frau nicht ganz klar geworden: Trotz ihres äußerst selbstsicheren Auftretens hatte die Bankerin letztendlich zugegeben, den Launen des Erpressers möglicherweise weiterhin ausgesetzt zu sein.

Sie hörte die Lautsprecherdurchsage des Zugführers, dass Esslingen in Kürze erreicht sei, riss sich gewaltsam aus ihren Gedanken. Nur noch wenige Minuten bis Bad Cannstatt. Sie zog ihr Handy vor, schaltete es wieder ein, hörte sich die eingegangenen Mitteilungen an. Braigs Nachricht, der sie darüber unterrichtete, dass es in ihren beiden Ermittlungen offensichtlich einen engen Zusammenhang gab ... Neundorf nahm seine Information überrascht wahr, beschloss, den Kollegen gleich nach ihrer Ankunft im Amt aufzusuchen.

Rössles zuerst aufgeregte, später dann, beim dritten vergeblichen Kontaktversuch ärgerliche Stimme ließ sie aufhorchen.

»Also, verehrte Frau Professor, wo immer Sie sich gerade herumtreiben, rufet Se doch bald zurück, i han do was ganz Verrücktes entdeckt!«

»Ja, Frau Professor, Sie hent's wohl net nötig, den Kollege do unte in seinem Loch zurückzurufe! Der soll sich um den Granatemischt, den er do ausgrabe hat, selbscht kümmere, wie?«

»Alle vierzigtausend Idiote von Sindelfinge, mit welche Halbdackel bisch du denn beschäftigt? Jetzt leck doch den ganze Scheißdreck am Arsch und ruf endlich zurück! Wie lang soll i denn noch warte?«

Der Zug fuhr schon in den Cannstatter Bahnhof ein, als sie Rössles Nummer eingab. Der Techniker klang ziemlich ungehalten, als er ihre Stimme hörte, ließ nur ein kurzes »So schnell als möglich bei mir im Labor!« vernehmen, warf sie dann sofort wieder aus der Leitung.

Neundorf kam seinem Wunsch nach, eilte sofort nach dem Betreten des Amtes zu den Technikern. Rössle zu finden war nicht schwer; er hockte breitbeinig auf einem zerschrammten Metallhocker und starrte auf einen Bildschirm, in dem eine Dokumentation über die Zerstörung eines eigentlich unter Naturschutz stehenden Areals zu laufen schien. Neundorf verfolgte den Film erst mehrere Sekunden, bevor sie sich bemerkbar machte.

Rössle drehte den Kopf zur Seite, nahm seine Besucherin nicht sonderlich erfreut zur Kenntnis. »Jetzt leck die Katz am Arsch«, brummte er. »Die Frau Professor persönlich.«

»Ich hatte ein langes Gespräch«, versuchte sie, ihn versöhnlicher zu stimmen. »Ich musste mein Handy ausschalten, tut mir leid.«

»Den ganze Tag lang? Alle Idiote von Sindelfinge, des war a wichtiges Gespräch!«

»War es, ja. In Friedrichshafen am Bodensee. Heute schon wieder.«

»Ja, da hättsch glei bleibe könne, wenn des gwusst hättsch!« Er deutete auf eine CD auf seinem Labortisch, lief zu seinem Medienschrank, schaltete den Monitor aus. »Des war a Dokumentation von deinem Stiegelmaier und dem Hessler, den se letzte Woche in Aalen über de Haufe gfahre hent. Der Stiegelmaier die Kamera, der Hessler anscheinend die Recherche. Aber was i da entdeckt han, hat nur mit dem Stiegelmaier zu tun.«

Neundorf warf ihm einen fragenden Blick zu, zuckte mit den Schultern. Sie wusste nicht, wovon er sprach.

»Zu sehe gibt's nix, nur was zu höre«, erklärte Rössle. »I han des aus dem Stiegelmaier seinem Safe. Den ganze Krempel, den mir mitgnomme hent. I nehm an, der hat einfach sein Handy mitlaufe lasse, um des alles zu dokumentiere. Die weiß do garantiert nix davo.« Er legte die CD in den Player, blieb an dem Gerät stehen, um die Lautstärke entsprechend zu korrigieren, wartete auf den Ton.

Die Aufnahme setzte unvermittelt ein.

»… wie du mich identifiziert hast?«, war die nervöse Stimme eines unbekannten Mannes zu hören.

»Das wüsstest du wohl gerne, was?«, antwortete eine Frau. Ihre Stimme hatte einen hämischen Unterton. Sie lachte laut, kam Neundorf irgendwoher bekannt vor. »Das hat mich 8.000 Euro gekostet«, fuhr die Frau fort. »Immerhin 2.000 weniger als du haben wolltest, Manuel Maier.« Sie zischte verächtlich, unterstrich ihren Triumph mit ausgiebigem

Gelächter. »Nur so viel«, sagte sie dann, »ich sehe ja, dass du vor Neugier zergehst: Ein guter Detektiv und schon hast du die Adressen der halbprofessionellen Passfälscher, die nicht allzu viel kosten. Dass du für deinen Manuel Maier nicht mehr als drei oder vier große Scheine hingelegt hast, war mir von Anfang an klar. Tja, und dann legte ich eben noch ein paar drauf.« Als sie erneut in heftiges Gelächter ausbrach, erkannte Neundorf die Stimme. Trotz der starken Verzerrung infolge schlechter Aufnahmequalität. Gestern noch hatte sie mit der Frau gesprochen. Carolin Köhler, daran gab es keinen Zweifel.

»Und? Was willst du jetzt?«, war wieder der Mann zu hören, Unsicherheit in der Stimme. »Polizei? Oder mich gleich erschießen?«

»Das würde dir so gefallen, was?« Das Gefühl des Triumphes angesichts ihres Erfolgs war der Frau deutlich anzuhören. »Nein, das habe ich dir ja schon am Telefon erzählt. Deshalb bin ich nicht hier.« Sie hustete leise, steckte sich anscheinend eine Zigarette an. Neundorf hörte, wie sie ein Feuerzeug zuklappen ließ, den Rauch dann langsam inhalierte und genüsslich wieder von sich stieß.

»Ich habe eine Aufgabe für dich, Fred Stiegelmaier.« Sie formulierte den Namen langsam, Buchstabe für Buchstabe, lachte dann leise. »Aber natürlich als Manuel Maier.«

»Als Manuel Maier?«, fragte Stiegelmaier.

»Genau dieselbe Tour wie mit mir. Dasselbe Programm.«

»Ich soll …«

»Hier. So sieht sie aus.«

Das Rascheln von Papier war zu hören, dann die verwundert klingende Stimme Stiegelmaiers. »Ich soll …mit dieser Frau …?«

»Rebekka Fromm ist ihr Name. Sieht doch ganz gut aus, oder? Na ja, nicht so umwerfend, aber mein Gott, du musst dich halt überwinden. Ein guter Schauspieler bist du ja, das habe ich selbst erfahren. Also, du schaffst das schon. Diese Frau. Dasselbe Programm wie mit mir. Du lässt sie zahlen, darfst sogar das Geld behalten. Nur die Bilder, die gehen an mich.«

»Du willst die Bilder? Wozu?«

»Das geht dich nichts an. Lass das nur meine Sorge sein.«

»Wo und wann soll das stattfinden?«

»Den genauen Termin werde ich dir noch mitteilen und den Ort ebenfalls. Kommt ganz darauf an, wo sie ihren nächsten erfolgreichen Abschluss feiert.«

»Und wenn sie nicht mitmacht?«

»Oh, du armer Kerl! Du meinst, du packst sie nicht? Hm, ich weiß natürlich nicht, wie frigide die liebe Rebekka ist. Gott, sie scheint an ihrem Alten und ihrer Familie zu hängen wie eine Klette, aber … Gut, ich habe vorgesorgt. Hier, im Notfall musst du eben das verwenden …« Neundorf hörte die Frau in irgendetwas kramen, dann schien sie einen Gegenstand auf einem Tisch abgestellt zu haben.

»Was ist das?«

»Was wohl?« Carolin Köhler ließ wieder ihr hämisches Lachen hören.

»Doch nicht …«

»K.O.-Tropfen«, sagte die Frau. »Für den Notfall.«

»Nein.« Stiegelmaiers Stimme klang plötzlich hart. »Das kommt nicht infrage.«

»Gut. Dann gehe ich zur Polizei.«

»Ich tu der doch keine Gewalt an!«

»Ach nein?« Carolin Köhler lachte aus vollem Hals. »Und was war das dann mit mir? Du Dreckschwein hast mich in allen Lagen und Stellungen fotografiert und mich erpresst und …«

»Ja gut«, der Mann schien sich immer noch zu wehren, »aber trotzdem …«

Ein heftiger Schlag ließ Neundorf zusammenfahren. »Hier, schau sie dir an, die liebe Rebekka.« Die Stimme der Frau hatte an Schärfe gewonnen. »Irgendwann in den nächsten Wochen. Den Ort und den Termin teile ich dir genau mit. Du hältst dich bereit. Das Geld ist für dich, aber die Bilder gehen an mich. Und wenn du nicht mitspielst – du weißt, was dann passiert! Ich mache dich fertig, das kannst du mir glauben!«

31. Kapitel

Weit über neunzig Prozent der erfassten Straftäter waren Angehörige des männlichen Geschlechts – Neundorf hatte diesen Sachverhalt in ihrer langjährigen Karriere als Kriminalkommissarin zur Genüge erfahren. Frauen kamen im Verlauf ihrer Ermittlungen meist nur als Zeugen oder Opfer, selten jedoch als Täter ins Spiel.

»Was, glaubst du wohl, ist der Unterschied zwischen uns Menschen und den Stechmücken?«, hatte ihr Sohn Johannes sie vor ein paar Tagen mit einem Grinsen im Gesicht gefragt.

Ihr war keine passende Antwort eingefallen.

»Das musst du doch wissen, bei deinem Beruf«, hatte er daraufhin erklärt. »Nur die weiblichen Stechmücken fallen Tiere und Menschen an, um deren Blut anzuzapfen. Sie benötigen diese wertvolle Flüssigkeit zum Reifen ihrer Eier.«

Sie hatte ihm aufmerksam zugehört und sich belehren lassen, dass die männlichen Stechmücken ihrem Namen hingegen keine Ehre machten.

»Sie stechen Menschen jedenfalls nicht«, hatte er sein neu erworbenes Wissen ausgeführt, »sondern begnügen sich damit, bestimmte Pflanzen auszusaugen, um an Nährstoffe zu gelangen. Deshalb kann man eindeutig sagen: Bei den Stechmücken sind die Weibchen die Bösen, bei uns Menschen dagegen die Männer.«

Dieser Sachverhalt hatte sich im Verlauf ihrer aktuellen Ermittlung offenkundig ins Gegenteil verkehrt, jedenfalls was die Ursache für Rebekka Fromms schmachvollen Karriereknick betraf. An der üblen Intrige, der die Frau zum Opfer gefallen war, trug nicht allein Stiegelmaier, sondern in ganz besonderem Ausmaß Carolin Köhler schuld. Sie hatte sich, daran gab es für Neundorf keinen Zweifel mehr, der kriminellen Machenschaften des Mannes bedient und ihn in nicht weniger menschenverachtender Weise für ihre eigenen Zwecke eingespannt. Es war müßig, darüber zu spekulieren, wer im Fall Rebekka Fromms den schlimmeren Part übernommen hatte, ob Fred Stiegelmaier oder Carolin Köhler – beider Verhalten war vollkommen indiskutabel und strafrechtlich zu ahnden.

Neundorf hatte unmittelbar nach der von Rössle präsentierten Dokumentation des Gesprächsmitschnitts des Ermordeten den zuständigen Staatsanwalt Bockisch verständigt und die Verhaftung Carolin Köhlers beantragt. Bockisch war ihrem Ansinnen nach kurzer Anhörung ohne jedes Bedenken gefolgt und hatte beim Ermittlungsrichter um die Festnahme der Frau nachgesucht; er kannte die Kommissarin zur Genüge, hatte jahrelang in gegenseitiger Wertschätzung mit ihr gearbeitet.

Blieb nur zu klären, ob Carolin Köhler entgegen dem Alibi, das ihr Freund Neundorf gegenüber persönlich bestätigt hatte, auch für den Tod Stiegelmaiers verantwortlich war. Hatte der Erpresser als gefährlicher Mitwisser einer skrupellosen Intrige sterben müssen?

Sie fand keine Zeit, darüber nachzudenken, lief ihr doch auf dem Weg zu ihrem Büro Braig in die Arme. Sie hatten sich am vorvergangenen Wochenende mit ihren Familien privat getroffen, seither aber nicht mehr miteinander gesprochen. Neundorf begrüßte ihn, merkte an seiner Körperhaltung, dass er in Eile war.

»Ich habe mehrmals versucht, dich zu erreichen«, erklärte er, »hast du dein Handy …«

»Tut mir leid«, antwortete sie. »Ich hatte ein wichtiges Gespräch und jetzt auch noch eine erste Festnahme.«

»Eine Festnahme im Fall Stiegelmaier?«, fragte Braig überrascht.

»Ja«, bestätigte sie, »ob es mit seinem Tod zu tun hat, kann ich aber noch nicht sagen.«

»Das kommt jetzt doch etwas unverhofft«, bekannte er. »Ich bin nämlich gerade unterwegs nach Ludwigsburg. Mario ist bei Stiegelmaiers Mutter. Er scheint etwas Wichtiges entdeckt zu haben.«

»Aupperle ist bei Stiegelmaiers Mutter? Was habt ihr mit dem Mann zu tun?«

»Das ist es ja«, antwortete Braig. »Deshalb wollte ich dringend mit dir sprechen.« Er warf einen Blick auf seine Uhr, überlegte kurz, schlug ihr dann vor, ihn zu begleiten. »Wenn es irgend geht, komm doch mit. Mario machte es sehr wichtig, ich glaube, der ist wirklich auf einen entscheidenden Sachverhalt im Zusammenhang mit dem Tod Stiegelmaiers gestoßen.«

Neundorf sagte unter der Bedingung zu, dass sie kurz an einer Bäckerei vorbeischauten, um sich einen Kaffee und eine Kleinigkeit zu essen besorgen zu können, ließ sich dann den neuesten Stand von Braigs Ermittlungen erklären.

»Hesslers und Stiegelmaiers Tod stehen in engem Zusammenhang. Dafür sprechen nicht nur ihre gemeinsame Firma oder wie man diese angeblich journalistischen Touren bezeichnen soll, sondern auch die Telefonate, die sie bis unmittelbar vor der Ermordung Hesslers miteinander führten. Und vor einer Stunde haben mir die Techniker mitgeteilt, dass die Lackspuren, die sie an der Kleidung der beiden Leichen fanden, von ein und demselben Fahrzeug stammen, einem mittleren Daimler«, fasste Braig seine Ausführungen zusammen.

Neundorf aß den Rest ihrer Brezel, die sie sich besorgt hatte, trank den letzten Schluck ihres Kaffees. »Von demselben Wagen? Dann ist ja tatsächlich alles klar. Aber was sind das für journalistische Touren, die Hessler und Stiegelmaier unternahmen?«

»Wir wissen es nicht. Noch nicht.«

Sie waren in Ludwigsburg angelangt, bogen auf die Schorndorfer Straße ab, als sich Neundorfs Handy meldete. Sie nahm das Gespräch an, hatte den Kollegen Stöhr am Ohr.

»Hm, es ist so, Frau Neundorf. Sie müssen entschuldigen. Wir haben da eine Redakteurin vom Fernsehen.«

»Ja und?«

»Hm, also die Frau möchte dringend den Ermittlungsleiter zum Fall Stiegelmaier sprechen. Es sei unbedingt nötig, behauptet sie, es könne nicht aufgeschoben werden.«

»Ja, was will die Frau?«

»Es ist so, hm, wenn Sie erlauben, ich verbinde Sie.«

»Okay, nur zu.« Neundorf musste nicht lange warten, dann hatte sie eine Journalistin des Südwestrundfunks in der Leitung.

»Es geht um die Herren Stiegelmaier und Hessler. Bin ich bei Ihnen richtig?«

»Stiegelmaier und Hessler«, wiederholte Neundorf laut. Sie sah den neugierigen Blick ihres Kollegen, versuchte, ihn mithören zu lassen. »Sie sind richtig, ja. Neundorf ist mein Name. Ich kann Ihnen aber keine neuen Auskünfte zu der Angelegenheit mitteilen.«

»Das will ich auch gar nicht. Vielleicht habe ich was für Sie.«

»Für mich? Wieso?«

Sie bogen in die Neckarstraße ein, passierten auf der linken Seite den Friedhof, sahen rechts den Hinweis zur Schlößlesfeldschule.

»Wir hatten heute Stiegelmaiers und Hesslers DVD in der Post. Am Sonntag abgestempelt.«

»Welche DVD?«

»Na ja, die Recherche, die die beiden uns angekündigt haben.«

Braig folgte dem Schild, sah von Weitem schon Aupperles Dienstfahrzeug stehen.

»Sie waren über die Recherche informiert?«, versuchte Neundorf, ihre Unwissenheit zu kaschieren.

»Informiert ist das falsche Wort. Sie haben uns Andeutungen über den Inhalt zukommen lassen. Ich muss aber gestehen, dass wir die Brisanz dieser Arbeit unterschätzt haben. Wir haben das Ganze nicht ernst genommen, um es deutlich zu formulieren. Die Firma hatte uns in den vergangenen Jahren schon mehrere angeblich aufsehenerregende Beiträge angekündigt, die sich dann meistens aber als Luftnummern entpuppten.«

»Welche Firma?«

»Na, von wem sprechen wir denn? Stiegelmaier und Hessler natürlich.«

»Aber auf die neue Recherche trifft das nicht zu.«

Braig stellte das Auto ab, deutete auf das Haus. Neundorf nickte, folgte ihrem Kollegen, das Handy am Ohr.

»Na ja, ich nehme an, Sie kennen den Film, richtig? Falls wir ihn verifizieren können, ist das eine Bombe, oder?« Sie gab Neundorf einen Moment Zeit, über ihre Worte nachzudenken, fügte dann hinzu: »Bevor wir ihn senden, wollen wir aber Ihre Stellungnahme dazu einholen.«

»Sie wollen ihn heute noch senden?«

»Ja, natürlich, sobald wir ihn verifiziert haben. Das können wir uns nicht entgehen lassen. Noch dazu, wo die Männer beide ermordet wurden. Das wollte ich vorher noch mit Ihnen abklären: Was halten Sie von diesen Recherchen? Sind Sie dabei, sie zu überprüfen? Und glauben Sie, es gibt einen Zusammenhang mit dem Tod von Herrn Stiegelmaier und Herrn Hessler?«

Sie hatten den Eingangsbereich des Hauses erreicht, sahen die beiden Blechschilder *Anna Stiegelmaier* und *Stiegelmaier und Hessler* neben der Tür. Braig läutete. Eine etwas verhärmt wirkende, ältere Frau öffnete, warf ihnen einen fragenden Blick zu.

»Wir sind von der Polizei«, sagte Braig. »Mein Kollege …« Er verstummte, weil er Aupperles Stimme aus dem Hintergrund der Wohnung hörte.

»Schau dir das an. Diese DVD ist eine Bombe.«

Braig sah das zustimmende Nicken der Frau.

»Kommen Sie rein.« Sie schob die Tür vollends zurück, reichte ihnen die Hand.

Braig kondolierte der Frau, stellte sich und seine Kollegin vor, sah Neundorfs Winken. Sie blieb vor der Tür stehen, versicherte der Journalistin, sie in wenigen Minuten zurückzurufen, folgte Braig ins Innere.

Aupperle saß mitten im Wohnzimmer, einen reich gedeckten Tisch vor sich. Kaffee, Wasser, ein angeschnittener Käsekuchen. Direkt daneben ein hoher Stapel verschiedener DVDs. An der Wand dahinter ein mittelgroßer flimmernder Bildschirm.

»Frau Stiegelmaier wollte nicht, dass ich die DVDs mitnehme. Sie sind das Einzige, was ihr von ihrem Sohn bleibt. Deshalb habe ich dich gebeten, zu kommen.« Er reichte Neundorf die Hand, zeigte auf das Fernsehgerät. »Frau Stiegelmaier, Sie sind einverstanden, wenn wir uns die DVD anschauen, ja?«

Die Frau nickte, bot den neu hinzugekommenen Gästen Kaffee und Kuchen an. Braig und Neundorf lehnten freundlich ab, baten darum, zuerst den Film anschauen zu dürfen.

»Hat mein Freddy deshalb sterben müssen?«, hauchte die Frau.

Aupperle hob abwehrend seine Hände. »Wir wissen es noch nicht, Frau Stiegelmaier. Aber wir werden den Kerl kriegen.« Er schob den beiden Kommissaren ein weißes

Kuvert zu, machte sich an der Fernbedienung zu schaffen. »Hier war die DVD drin.«

Sollte mir etwas zustoßen, muss diese DVD unbedingt zur Polizei, stand in großen schwarzen Buchstaben auf beiden Seiten des Umschlags.

»Ich fand sie oben in seinem Schrank«, sagte Aupperle. »Ihr seid soweit?«

Braig und Neundorf nickten fast gleichzeitig.

Der Film setzte unvermittelt ein. Aufnahmen eines fremden Landes. Traumhaft schöne Strände mit ausgelassen das Leben genießenden Dandys und Blondinen, modernen Gebäuden, großen Autos. Dann plötzlich das krasse Gegenteil: Von Elend geprägte Siedlungen, zerfallene Häuser, ärmlich gekleidete Menschen. Dazu eine männliche Stimme aus dem Hintergrund. »Die Ukraine – ein gespaltenes Land.«

Sie folgten den Aufnahmen, sahen immer neue Motive, die das Motto des Filmes illustrierten. Dann wieder die Stimme, die die Motivation der Filmemacher erklärte. »Purer Zufall veranlasste uns zu diesen Recherchen. Wir trafen in Deutschland auf eine junge Frau, die von hier geflohen war und das alles erzählte. Wir wollten es nicht glauben, bis wir es auf insgesamt drei verschiedenen Reisen mit eigenen Augen sahen.«

Plötzlich wechselte das Motiv. Mitten in die von Armut gezeichneten Dörfer der Titel eines Hochglanzprospektes über den Bau eines Waisenhauses. In deutscher Sprache. Dazu das Gesicht eines bekannten Politikers und dessen Worte. Braig erkannte den Mann sofort, wusste, wo er die Szene schon einmal identisch gesehen und gehört hatte. »Mein Name ist Thomas Bittler. Sie kennen mich wahrscheinlich. Ich habe schon viel gearbeitet in meinem Leben, wichtige Projekte angepackt und verwirklicht und sehr viel zum Wohlergehen unseres Landes beigetragen. Eines muss ich Ihnen heute sagen: Das Schönste, das ich je erleben durfte, ist, diesen armen Geschöpfen eine Heimat zu bieten, mit allem, was dazugehört. Die Kinder sehnen sich nach nichts mehr als nach Aufmerksamkeit, Zuneigung, Liebe. Natürlich ist es wichtig, für ihr tägliches Brot, frische Kleidung und ein warmes Zuhause zu sorgen. Aber das Allerwichtigste, das habe ich inzwischen begriffen, ist unsere persönliche Zuwendung. Ihnen Zeit, Hilfe, ganz einfach Liebe zu schenken, ist das höchste aller Gefühle. Das baut mich selbst auf und schenkt mir neue Kraft für meine politische Arbeit zu Hause. Ich komme jedes Mal frisch und gestärkt nach Deutschland zurück. Das kann ich allen Landsleuten nur dringend ans Herz legen: Nimm eines dieser jungen Wesen hier in den Arm und schaue in seine vor Dankbarkeit leuchtenden Augen – das wirst du dein ganzes Leben nicht vergessen! Diese jungen Menschen haben mich die Liebe wieder neu gelehrt.«

Im Anschluss an Bittlers Worte die Bilder eines großen Gebäudekomplexes, teilweise noch im Bau, umgeben von einem grünen Park. Aufnahmen aus dem Inneren der Häuser: Einfache, aber unübersehbar mit Herz eingerichtete Zimmer für jeweils zwei oder drei Kinder. Breite Betten, große Schränke, verschiedene Spielsachen in fast jedem Winkel. In den Räumen der Älteren nur noch ein, höchstens zwei Betten, dazu Schreibtische und Computer. Große, mit Tischen und Stühlen ausgestattete Versammlungsräume, mehrere Küchen, Nasszellen und Toiletten und ein Speisesaal. Zusätzlich zwei Sporthallen und als Krönung der ganzen Anlage eine kurz vor der Vollendung stehende Schwimmhalle. »Das war der offizielle Teil der Anlage«, kommentierte eine männliche Stimme, »wahrhaftig eine sehenswerte, fast luxuriöse Einrichtung.«

Die Kamera schwenkte zur Außenfassade, zeigte den Eingangsbereich, folgte dem Gebäudekomplex bis zum Park.

Üppig grüne Büsche, ein Birkenhain, dahinter ein mit Schilfrohr und Sumpfgras bewachsener, verlandender See. Das Bild schwankte hin und her, zeigte dann aus der Ferne die Rückseite des Parkgeländes. Ein kleines Haus, von dichten, grünen Sträuchern und hohen Bäumen verdeckt, im Hintergrund die Gebäude des Waisenhauses gerade noch zu erahnen.

Die Kamera zoomte näher heran, präsentierte die Eingangstür fast über den halben Bildschirm weg. Ein grobschlächtig wirkender Mann in Latzhosen näherte sich dem Gebäude, zwei junge Mädchen vor sich. Die kleine Gruppe betrat das Haus, schloss die Tür.

»Ich bin nur eines von vielen jungen Mädchen«, ertönte plötzlich eine weibliche Stimme aus dem Off in gebrochenem Deutsch, »mit denen sie das getan haben. Alle paar Tage kamen die Kunden, und dann holten sie wieder ein paar der Kinder und übergaben sie ihnen. Und jedes Mal mussten wir ihnen zu Diensten sein. Zum Glück ist es mir gelungen zu fliehen. Nie mehr gehe ich dorthin zurück. Aber die Kinder, die dort geblieben sind, mit denen geht es weiter. Aber das interessiert niemand.«

Eine junge Frau kam ins Bild, deutete auf ein Plakat mit dem Porträt Thomas Bittlers. »Dieser Mann lässt sich in Deutschland feiern«, erklärte sie mit ihrem starken Akzent. »Dabei macht er all diese Schweinereien mit. Er hat mich abgeholt, mich und andere Mädchen. Was er mit mir getan hat, möchte ich nie mehr erleben. Er ist ein großes Schwein.«

Das Bild wechselte erneut, zeigte wieder das alte Motiv. Ein dunkles Auto kam den holprigen Weg entlang, machte unmittelbar vor dem Gebäude Halt. Ein älterer Mann stieg aus, lief zu dem Haus, läutete. Der grobschlächtige Typ öffnete, wechselte ein paar Worte mit dem Mann, nahm dann Geldscheine in Empfang. Kurz darauf trat der Neuankömmling ins Haus.

Wenige Minuten später derselbe Vorgang. Wieder eine größere dunkle Limousine, diesmal ein jüngerer Mann. Dieselbe Zeremonie. Läuten, Begrüßung, Geldübergabe, Eintritt ins Haus.

»Nimm eines dieser jungen Wesen hier in den Arm und schaue in seine vor Dankbarkeit leuchtenden Augen – das wirst du dein ganzes Leben nicht vergessen!«, war plötzlich Bittlers Stimme aus dem Hintergrund zu hören. »Diese jungen Menschen haben mich die Liebe wieder neu gelehrt.«

Erneut der grobschlächtige Typ, wieder zwei Mädchen vor sich ins Haus begleitend, ein Wagen nach dem anderen den holprigen Weg entlangfahrend. Das Bild hin und her schwankend, die Kamera auf die ankommenden Autos und ihre Kennzeichen fokussiert, dann die Gesichter der aussteigenden Männer auf den Bildschirm zoomend. Fahrzeuge aus den verschiedensten Ländern. Russische, polnische, deutsche. Junge Männer, ältere, dazwischen zwei greisenhafte Gestalten. Und plötzlich, mit heftig wackelndem, unstet hin und her schwankendem Bild, kurz deutlich zu erkennen, dann wieder leicht verwischt, das Profil eines Mannes, sein Auto verlassend und energischen Schrittes auf das Haus zueilend, das jedem, der den Film verfolgt hatte, zur Genüge bekannt war. Dazu seine Stimme aus dem Off: »Mein Name ist Thomas Bittler. Sie kennen mich wahrscheinlich. Die Kinder sehnen sich nach nichts mehr als nach Aufmerksamkeit, Zuneigung, Liebe. Nimm eines dieser jungen Wesen hier in den Arm und schaue in seine vor Dankbarkeit leuchtenden Augen – das wirst du dein ganzes Leben nicht vergessen! Diese jungen Menschen haben mich die Liebe wieder neu gelehrt.«

32. Kapitel

Thomas Bittlers Dementi war laut und deutlich ausgefallen. Nein, so ungeheuerlich diese Vorwürfe auch seien, er wolle dennoch sofort darauf eingehen. Er habe weder Tobias Hessler noch Fred Stiegelmaier getötet. Das sei überhaupt nicht möglich gewesen, habe er sich doch nachweislich sowohl zum Zeitpunkt des Todes von Herrn Hessler als auch dem von Herrn Stiegelmaier in der Ukraine in seinem Waisenhaus aufgehalten. Dafür könne er mehrere Zeugen aufbieten, deren Namen er gerne nenne, zudem habe er hier als Beweis seine Flugtickets von der Hin- und Rücktour, äußerte der Mann am Mittwochmorgen auf einer eigens in Stuttgart in seiner Villa kurzfristig einberufenen Pressekonferenz. Bei der ganzen Aktion handele es sich um nichts anderes als eine Intrige seiner politischen Gegner, aber deren Methode kenne man ja. Mehr habe er nicht mitzuteilen.

»Ist das nicht seltsam?«, hatte Braig sich gewundert. »Der Mann wird des systematischen Missbrauchs von Minderjährigen bezichtigt und äußert sich dazu mit keinem Wort?«

So sehr Söderhofer sich dagegen sträubte, sah er sich dennoch dazu gezwungen, Ermittlungen wegen des Verdachts des Missbrauchs von Minderjährigen gegen Bittler einzuleiten. Der Druck der Öffentlichkeit nach der Präsentation von Teilen des Films in den Medien war zu stark.

»Unsere Telefone stehen nicht mehr still«, hatte Braig ihm erklärt. »Die Journalisten wollen wissen, was wir von den Aufnahmen halten. Was soll ich antworten?«

»Nur keine voreiligen Schlüsse«, hatte der Staatsanwalt geantwortet. »Noch ist nicht geklärt, ob die Aufnahmen wirklich authentisch sind. Sie wissen selbst, wie leicht es heute möglich ist, einen Film zu manipulieren. Herr Bittler ist politisch sehr engagiert. Können Sie ausschließen, dass es sich um eine Intrige seiner Gegner handelt?«

Das hättest du wohl gerne, war es dem Kommissar durch den Kopf gegangen, schließlich handelt es sich bei dem Mann um deinen Parteifreund. Er hatte sich aber jede Bemerkung erspart und das Gespräch beendet, um sich seiner Arbeit zu widmen.

Die Überprüfung der am frühen Morgen endlich von den betroffenen Telefongesellschaften übermittelten Gesprächsverbindungen Stiegelmaiers brachte keine grundlegend neuen Erkenntnisse. Braig, Neundorf und Stührer arbeiteten die Telefonate der letzten Tage nacheinander ab und unterhielten sich mit den Gesprächspartnern des Mannes, die sie erreichen konnten. Kein einziger Beitrag von Wert, nicht ein Hinweis auf seinen Mörder. Die einzige Verbindung, von der sie sich entscheidende Erkenntnisse versprachen, der Anruf eineinhalb Stunden vor seinem Tod, der ihn wohl an den Rand Untertürkheims gelockt hatte, war keinem Absender zuzuordnen.

Aller Wahrscheinlichkeit nach mit einem nicht registrierten oder entsprechend manipulierten Prepaid-Handy ausgeführt und deshalb nicht zu identifizieren, verlautbarte die zuständige Gesellschaft. Die einzige Feststellung, die sich in dem Zusammenhang machen ließ, war die Erkenntnis, dass sich der Anrufer mitten in der Stuttgarter City aufgehalten hatte. Dort hatte nämlich ein Sendemast seine Impulse aufgenommen.

»Verdammter Mist«, schimpfte Stührer. »Sollen wir jetzt etwa sämtliche Einwohner der Innenstadt überprüfen?«

Deprimiert von der erneuten Erfolglosigkeit ihrer Arbeit hörte Braig kurz vor zwölf sein Telefon läuten. Ohne aufs Display zu achten, griff er nach dem Hörer.

»Ich bin es, Genkinger.«

Das mühselige Suchen und Überprüfen hatte Kraft gekostet. Braig benötigte mehrere Sekunden zu einer Antwort. »Oh, das überrascht mich jetzt aber. Haben wir unsere Miete noch nicht überwiesen?«

Der Tierarzt hatte ihn noch nie im Amt angerufen, Braig konnte sich jedenfalls nicht daran erinnern. Sie unterhielten sich zwar oft und gern, längst auf freundschaftlicher Ebene, seinen Vermieter aber vom Arbeitsplatz aus zu kontaktieren, war eine neue Erfahrung.

Dr. Genkinger ließ sein gewohnt herzhaftes Lachen hören. »Das werde ich sofort überprüfen.« Er räusperte sich, fand zu einem ernsthafteren Ton. »Nein, es geht um diesen Stiegelmaier. Daran arbeiten Sie doch, oder?«

»Ja«, bestätigte der Kommissar überrascht.

»Heute Morgen war Frau Bopfinger in der Praxis und hat mir etwas erzählt, was Sie interessieren könnte.«

»Isis Bopfinger?«

»Unsere Partykönigin, genau.«

»Mit ihrem Caruso.«

»So ist es. Sie kennen meine Goldesel ja alle. Caruso scheißt gleich Hunderter, da muss man schön artig sein und seinem Frauchen zuhören, wenn es sich seine Seele erleichtern will. Ich nehme an, dass mich die Frau weniger ihres Carusos wegen besucht als vielmehr deshalb, um jemand zu haben, der sie reden lässt, ohne gleich dazwischenzugehen, aber sei's drum ... Jedenfalls, am vergangenen Samstagabend gegen 19.40 Uhr war sie in Untertürkheim, genauer am Rand von Untertürkheim in der Gehrenwaldstraße und wollte in die Württembergstraße einbiegen, als plötzlich ein dunkler Daimler mit hohem Tempo an ihr vorbeischoss.«

Braig glaubte nicht richtig zu hören. »Am vergangenen Samstagabend«, vergewisserte er sich. »Und das Auto schoss stadteinwärts an ihr vorbei?«

»Ganz genau. Und obwohl der Wagen so schnell fuhr, konnte sie den Fahrer genau erkennen.«

»Wer war es?«

»Nicole Bittler-Heunemeister.«

Braig glaubte zu spüren, wie sein Körper Adrenalin in seinen Blutkreislauf pumpte. Massen von Adrenalin. Er sprang von seinem Stuhl auf, lief, das Telefon am Ohr, hektisch hin und her.

»Frau Bopfinger will damit natürlich nicht den Verdacht auf diese Frau lenken. ›Stellen Sie sich vor‹, erzählte sie mir aufgeregt, ›beinahe wäre die arme Frau Bittler diesem Mörder begegnet. Um Gottes willen, kann die von Glück sagen, dass sie gerade noch davonkam. Wie die Zeitungen schreiben, war das nämlich genau die Zeit, als es passierte‹, sagte sie. Und deshalb hat sie am Sonntag bei den Bittlers angerufen, um der Frau genau das mitzuteilen.«

»Und?«, fragte Braig.

»Da war aber nur eine Angestellte am Apparat und die informierte sie, Frau Bittler sei noch in der Nacht, also von Samstag auf Sonntag zu ihrem Mann in die Ukraine gefahren. Etwas früher als geplant. Sie wollte den neuen Daimler, den sie erst seit ein paar Tagen fuhr, dorthin überführen. Als Geschenk für einen führenden Politiker dort, um sich sein Wohlwollen für das Waisenhausprojekt zu sichern.«

»Das neue Auto«, stammelte Braig, »in die Ukraine.«

»Genau das«, bestätigte der Tierarzt.

33. Kapitel

Nicole Bittler-Heunemeister glich einem Monster, das einer Horrorshow entwichen war.

Braig und Neundorf standen vor ihrem Bett in der Ulmer Universitätsklinik, konzentrierten sich auf die Teile ihres Gesichts, die nicht von dicken Bandagen bedeckt waren.

Die Verletzte zischte irgendetwas von »verkommenem Journalistenpack«, giftete und geiferte vor sich hin.

Nach dem Anruf Dr. Genkingers war alles sehr schnell gegangen. Braig und Neundorf waren ohne Rücksprache mit Söderhofer bei Thomas Bittler vorstellig geworden und hatten nach seiner Frau verlangt.

»Meine Frau. Sie machen wohl Witze, wie?«, hatte er geantwortet und ihnen mitgeteilt, dass Nicole Bittler-Heunemeister seit ihrem schweren Unfall in der Chirurgie der Ulmer Universitätsklinik liege.

»Was für ein Unfall?«, hatte Braig gefragt.

»Samstag- auf Sonntagnacht. Sie wollte mir ein neues Auto in die Ukraine bringen.«

»Dabei ist sie verunglückt? Wo?«

»Kurz vor Ulm. Wegen überhöhter Geschwindigkeit. Der Wagen hat sich überschlagen.«

»Wo ist er?«

»Wer? Der Wagen?«

Braig und Neundorf hatten sich die Adresse der Werkstatt geben lassen, dann die Kollegen vor Ort verständigt und sie darum gebeten, sofort Lackproben des Unfallfahrzeugs ins LKA zu bringen. Sie hatten sie über die Brisanz der Angelegenheit aufgeklärt, danach Rössle informiert und ihn um einen sofortigen Vergleich ersucht.

Nach einem kurzen Imbiss waren sie dann nach Ulm aufgebrochen. Rössles Anruf hatte sie unmittelbar vor der Klinik erreicht.

»Treffer«, hatte er gelobt, »alle Idiote von Sindelfinge, jetzt hent ihr die Drecksau doch noch kriegt.«

»Ja«, hatte Braig geantwortet. »Aber die Morde gehen nicht auf das Konto des Kinderschänders, sondern auf das seiner Frau.«

Sie waren die Treppen hochmarschiert, hatten Nicole Bittler-Heunemeisters Zimmer betreten.

»Das Spiel ist aus, Frau Bittler«, erklärte Neundorf nach einer kurzen, sehr förmlichen Begrüßung. »Wir haben alle Beweise.«

Die Frau ging hoch wie eine Rakete, fing an zu schimpfen und vor Wut zu geifern. »Verkommenes Pack!«, ließ sie wie eine unaufhörlich laufende Schallplatte immer wieder vernehmen.

»Diese jungen Menschen haben mich die Liebe wieder neu gelehrt«, zitierte Braig aus der heuchlerischen Ansprache ihres Mannes. »Die Worte habe ich oft gehört. Seit dem Film von Herrn Hessler und Herrn Stiegelmaier habe ich endlich begriffen, wie sie zu verstehen sind.«

Eine Kaskade von Schimpfworten und Flüchen ging über ihm nieder.

Braig ließ sich nicht beirren. »Wissen Sie, wann mir die Worte zum ersten Mal zu Ohren kamen?« Er gab selbst die Antwort. »Heute vor einer Woche. Bei Frau Bopfinger in Stuttgart. Sie kamen damals leider etwas zu spät und waren auch ziemlich außer Atem, ich habe es mit eigenen Augen gesehen. Seit einigen Minuten weiß ich auch, warum. Es hat doch etwas länger gedauert in Aalen, Herrn Hessler über den Haufen zu fahren, als Sie das geplant hatten.«

Die Frau schien kurz vor der Explosion. »Ja und?«, stieß sie schwer atmend hervor. »Auch wenn mein Mann zehnmal am

Tag mit Minderjährigen vögelt, was geht die das an? Er hat nun mal diese Veranlagung, aber er macht das im Ausland und deshalb haben die sich da nicht einzumischen!« Sie richtete sich in ihrem Krankenbett auf, schien vor Wut beinahe zu platzen. »Er hat schon so viel Gutes getan, da darf er auch mal an sich selbst denken! Und wenn zwei so verkommene Halunken glauben, sie könnten unser gemeinsames Lebenswerk zerstören, dann täuschen die sich! Ich habe sie gewarnt, alle beide, als sie uns vor ein paar Wochen mit ihren Schnüffeleien belästigten. Und als sie trotzdem keine Ruhe gaben und uns mit angeblich eindeutigen Filmaufnahmen aus der Ukraine drohten, machte ich ihnen klar, dass sie mich noch kennen lernen würden!«

»Die haben Sie kennen gelernt«, meinte Braig, als er sich endlich wieder verständlich machen konnte. »Und das haben beide Männer mit dem Leben bezahlt.«

34. Kapitel

Die Pressekonferenz am nächsten Morgen unterschied sich derart von all ihren Vorgängerveranstaltungen der vergangenen Jahre, dass das sogar die Neugier der überaus zahlreich anwesenden Journalisten erregte. Braig und Neundorf hatten die Hintergründe der Morde an Tobias Hessler und Fred Stiegelmaier ausführlich dargelegt, unzählige ins Detail reichende Fragen verschiedener Medienvertreter beantwortet. Kurz vor dem absehbaren Ende der Veranstaltung hatte ein Journalist das einzig noch ungelöste Problem auf den Punkt gebracht.

»Darf ich das ungewohnte Dauerschweigen des anwesenden Herrn Staatsanwalts als Hinweis interpretieren, dass die beiden Kriminalbeamten in den vorliegenden Fällen ausnahmsweise imstande waren, die Verbrechen ohne seine leitende Hand aufzuklären?«, hatte er mit unverhohlenem Grinsen gefragt, »oder möchte der Herr Staatsanwalt uns damit zu verstehen geben, dass die Ermittlungsergebnisse nicht unbedingt seinen politischen Wunschvorstellungen entsprechen?«

Söderhofers Reaktion hatte alle verblüfft. Er war fast regungslos auf seinem Stuhl sitzen geblieben, hatte nur müde mit seiner rechten Hand abgewinkt.

»Was ist mit dem los?«, fragte Neundorf nach dem Ende der Konferenz. Sie waren auf dem Weg zu ihren Büros. »So kenne ich den Kotzbrocken überhaupt nicht. Macht es ihm so zu schaffen, dass er die Machenschaften seiner wunderbaren Parteifreunde nicht unter Verschluss halten konnte?«

»Na ja, zwei Tiefschläge innerhalb von zwei Tagen – das steckt selbst ein Söderhofer nicht einfach so weg.«